醫統江山

第二輯

卷16 內奸攻心

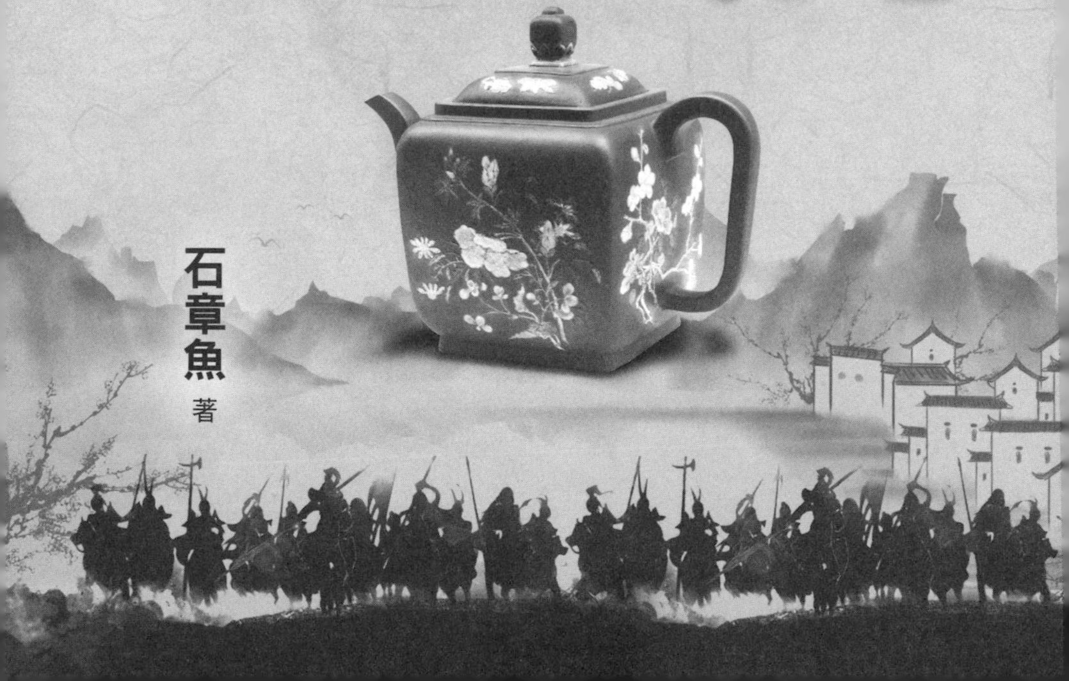

石章魚 著

這個世界上
沒有絕對的壞人
也沒有絕對的好人

目錄

第一章

商人逐利為先

胡小天微微一笑，商人逐利為先，
胥不留也跳脫不出這個道理，他此番主動向自己示好，
或許可能是因為燕王這座大靠山已經失勢，
他開始謀求以後的退路，
以胥不留的精明頭腦絕不會白白付出。

胡小天將玄鐵劍插入背後，雙手交叉，掌心向內，五指如鉤，正是不悟教給他的伏虎擒龍手。

不悟緩緩點了點頭，猶如被風吹動的烏雲般向胡小天緩緩飄來，雙手伸出猶如鳥爪，他倒要看看自己一手教出的徒弟如今究竟修煉到了怎樣的地步。

胡小天之所以放棄使用玄鐵劍，絕非是因為輕敵，更不是念著師徒之誼要對不悟手下留情。不悟的武功胡小天非常瞭解，就算自己達到了劍氣外放，未必能夠傷得了他，真正可能一招制敵的就是破天一劍，但是要在不悟麻痹大意的狀態下。不悟右手揚起，五道凌厲的指力破空而出。

胡小天也是一爪迎出，兩人都知道對方內力渾厚，近身相搏，短時間內已交換了十多招，兩人都是以伏虎擒龍手應對，從地上打到空中，從空中又打到了地上。

他們的這段交手更像是賽前熱身，彼此試探對方的內力究竟到了怎樣的地步，彼此之間並沒有施展出全力，雖然你來我往的非常激烈，可是並沒有真正用性命相搏，真正倒楣的卻是靠近他們的那些黨邑族武士，還沒有來得及逃離就被兩人凌厲的爪勁所傷。不悟雖然屬於他們的陣營，可是他下手卻比胡小天更加殘忍，看到一人擋住自己的去路，劈手一抓一扯，竟將之撕裂成兩半。

兩人身軀同時升騰而起，然後高速俯衝而下，猶如兩隻雄鷹在空中相搏，靠近之時，同時化爪為掌，掌心在空中相撞，發出蓬的一聲巨響，然後兩人同時後撤，不悟身軀猶如黑雲般向後漂浮，胡小天的身軀卻猶如疾電，螺旋下降，落地之時，抬腳將一人踢飛出去。

不悟的身軀居然滯留於空中，身上黑色斗篷隨著夜風輕輕浮動，他冷笑道：「我早就看出你是個狼子野心的傢伙，以為你學到了我全部的本事嗎？」

胡小天站在草地之上，微微一笑：「何必故弄玄虛，這虛空禪法是從緣空老和尚那裡偷來的吧，剛才我是讓你，既然你不知死活，那就別怪我不客氣了。」他腳下小草劇烈擺動起來，有若勁風吹拂。其實此時夜風平息，根本和外界無關，乃是胡小天內息外放，在他的身體周邊形成了一個無形的氣罩。

不悟看到小草起伏的方向已經知道發生了什麼，內心不覺一怔，想不到這小子吸取了緣空的內力，非但沒有經脈爆裂而死，反而活得越發滋潤，若是他能夠完全將緣空的內力收為己用，那麼這世上只怕再也沒有人可在內力之上與他抗衡，想到這裡不悟內心中感到一陣恐懼，他下定決心一定要剷除這個隱患。

不悟雙手來回滑動，緩慢至極，像極了太極的起手式，圓而不斷，意氣相連。不悟身體周圍的空間似乎出現了一個空洞，這空洞內強大的吸引力將周圍的一切吸引進去，乾枯的小草連根拔起，旋轉著向不悟飛去。

不悟凌空飄在天地之間，有若引動了他周邊的天地，在這一方土地之上他才是主宰，不悟一字一句道：「我再教你一件事，武功的至高境界卻是要天地為我所用，引動天地之力！內力再強也抗不過天！」

不悟連續擊出兩拳，正反不同的兩種力量，宛若狂濤駭浪，以摧枯拉朽之勢撲向胡小天，而不悟的身軀也倏然啟動，他的身軀竟然淵如山嶽，氣勢似乎可以碾壓一切，就連遠處觀望的人都感到一股強大的氣浪向周圍輻射而來，枯草從地上紛紛飛起，迷得眾人睜不開眼，不悟有若神魔降世，他的實力在這一招之間完全爆發出來，羅漢金剛掌，普通的招式，卻擁有著碾壓一切的力量。

周圍的所有人從內心深處升起一種毀天滅地的幻覺。

胡小天此時魁梧的身軀也不如昔日那般挺拔，雙腿微屈，挺直的背脊也似乎突然駝了，在對方的強大壓力下強橫如胡小天也不得不選擇低頭。寧折不彎固然能夠保持氣節，可男人偶爾彎一次也無妨，至少能夠保全性命。更何況彎也只是剎那之間，男子漢大丈夫能屈能伸，胡小天彎下身軀卻是為了更好的發力。

胡小天沒有到引動天地之力的境界，但是他會利用環境，利用周圍的一切條件，身軀陡然彈射而起。

不悟剛才漂浮於半空之中，輕盈如羽，頃刻間卻變成了一座氣勢萬鈞的巨岩。

胡小天外放內息形成的氣罩，在不悟眼中無非只是護體罡氣罷了，這種境界對不悟來說再尋常不過，雖然他也欣賞胡小天小小年紀就已有了這樣的修為，承認這廝是個難得一見的武學奇才，可他卻無愛才之心，今次就要將這個奇才一手扼殺。

護體罡氣有若隱形護甲，可以最大限度地起到防護作用，不悟本以為胡小天的防禦力大大增強，可是在胡小天彈射而起躍向空中，迎向他的剎那，他卻感覺到一股蕭颯之氣，眼前似乎突然失去了胡小天的蹤影，他面對的似乎並非是一個人，而是一柄劍，一柄巨大而無形的劍！

也就在此時不悟方才意識到胡小天真正的實力遠比這廝表現出的更加強大，剛才的那幾次交手的用意卻是在迷惑自己，要讓自己麻痹大意。儘管如此，不悟仍然不認為胡小天擁有和自己抗衡的能力。

羅漢金剛掌！簡單的招式被不悟使用到了極致，微微分開的五指，看似乾枯瘦削的手掌卻擁有強大到不可抗拒的力量，五指如山，罩落而下。不悟的雙目充滿了自信，他堅信任何對手都會在自己這一掌下化為齏粉。

兩股不同的能量於虛空中相撞，在外人的眼中，胡小天無異於自投羅網，不悟的這一掌勢必要拍在胡小天的天靈蓋上。

宗唐大驚失色，他距離太遠，想要去救，已經來不及了，維薩也因為惶恐，忘記了繼續奏響迷魂曲。

唐輕璇正在人群中血戰，看到眼前一幕，也發出一聲驚呼。

熊天霸距離最近，別看這廝愚魯，反應卻是極快，右手的大錘脫手飛出，猶如流星射向不悟和尚的後心。

不悟看都不看，一掌拍落。掌心在距離胡小天頭頂還有三尺距離的時候卻遭遇到一道鋒利至極的劍氣，不悟手臂劇震，若是繼續向前就有可能被洞穿掌心，這在不悟來說根本是不可能的事情，驚慌之中，急忙收回手掌，與此同時鐵錘撞在他的後心，熊天霸雖然卯足力氣，可是他的這次突襲對不悟並未造成任何傷害。

胡小天猶如一柄出鞘的劍，刺傷不悟之後，右手閃電般探伸了出去，以迅雷不及掩耳之勢探到了不悟的臉上，伏虎擒龍手！兩根手指有若利爪，深深刺入不悟的雙目之中，胡小天下手絕不容情，對付不悟這樣的高手，但有絲毫的猶豫就會前功盡棄，而不悟周身修煉得都是強橫至極，但是這雙眼睛卻是後來移植，並不是他身體原有的一部分，可以說是他周身最為嬌嫩最為軟弱的地方，也就是他的罩門，若是旁人攻擊倒還罷了，胡小天現在的內力何其強大，出手如電，硬生生將不悟的這雙眼睛給摳挖了出來。

不悟眼前一黑，內心惶恐到了極點，他好不容易方才重見光明，為了這雙眼睛付出了極大的代價，猛然失去對內心的打擊是巨大的，而胡小天表現出的強大更讓他對自己的武功瞬間失去了信心。

胡小天本準備一拳擊碎不悟的咽喉，可是不悟的身體卻如同泥鰍一般從他手上滑了出去，瞬間已經衝入人群。

胡小天豈容他輕易逃掉，大喝道：「哪裡走！」

不悟被胡小天重新變成了瞎子，他不敢戀戰，轉身一路狂奔，只要擋住他去路的，他一律下狠手殺死，才不管是敵是友。其實不悟過去即便是沒有眼睛，他的聽力和感知力一樣可以讓他對周圍環境做出準確判斷，可是在他重新獲得光明之後，他在不知不覺中對這雙眼睛就變得越來越倚重，在突然被胡小天挖去雙目之後頓時亂了陣腳，不敢戀戰，能夠想到的只是儘快逃離這個地方。

胡小天在後面緊追不捨，可是不悟的輕功極其驚人，胡小天的馭翔術還是從他那裡學到的，再加上胡小天心有羈絆，追出一段距離，看到被不悟越甩越遠，於是放棄了繼續追趕的想法，轉而回來大殺四方。

黨邑族人雖然勇猛善戰，可是在這場戰鬥中根本沒有占到半點便宜，再加上熊天霸那個殺神大殺四方，已經將他們嚇得膽戰心驚，番僧被殺，不悟逃離之前，這些黨邑族人就開始作鳥獸散。

胡小天這邊的武士一個個如猛虎出閘乘勝追殺，黨邑族人死傷慘重，現場俘獲了十多名俘虜。

審問俘虜的事情自然由維薩負責，經過詢問得知，這些黨邑族人乃是受了郭紹雄的委託前來清剿他們。胡小天心中納悶，他曾經和郭紹雄打過交道，那小子沒什麼本事，這次居然搞出這麼大的事情，如果今晚的圍剿是他所策劃，那麼足以證明他就是殺害唐鐵漢等人的真凶，可以郭紹雄的能量根本不可能請到不悟和尚，就算

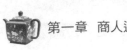

他爹郭光弼也沒這個面子。

胡小天又讓維薩仔細問了問，竟然問出了郭紹雄的藏身之處，郭紹雄現在正在瀚爾金部落，原來他們父子逃到了嵇城之後，就和瀚爾金部落關係不錯，聯手瀚爾金部落對付黨邑族其他的部落，瀚爾金部落有人，而郭光弼可以提供給他們良好的裝備和金錢，雙方一拍即合，郭紹雄還跟瀚爾金部落酋長的女兒查金克茶訂了親。

對這些黨邑族俘虜並無留下的必要，這其中還有幾人參與了屠殺唐鐵漢的行動，胡小天對此自然不能輕饒，下令將幾名俘虜全都處死，然後眾人即刻離開了古堡。

這一仗他們只有十多人受了輕傷，並無人在戰鬥中犧牲。

唐輕璇得知兄長果然是被郭紹雄和瀚爾金部落聯手所害，心中復仇的願望更熾，恨不能現在就去瀚爾金部落復仇。

胡小天卻感覺到其中必有蹊蹺，如果不悟今晚沒有出現，那麼他或許會認為，郭紹雄為了報復自己聯手瀚爾金部落聽起來好像很有道理，可不悟的出現，讓胡小天產生了另外一個想法。唐鐵漢和那些兄弟的被殺更像是一個精心謀劃的佈局，或許郭紹雄和瀚爾金部落也只是其中的一個棋子罷了，真正的用意是要將自己引到這裡來。

不悟居然說要殺自己的是七七？不知是他真的這樣認為，還是連他得到的消息都是錯誤的。

整件事在唐輕璇看來是簡單的，可胡小天卻想得更多，從中看出疑點的也不僅僅是他，梁英豪也意識到情況有些不對，低聲向胡小天道：「主公，事情好像有些不對。那瀚爾金部落據說有兩萬多人，我們若是前往那裡根本沒有取勝的機會。」

胡小天點了點頭，以他們現在的人馬去挑戰一個兩萬餘人的強大部落，想要取勝無異於天方夜譚。究竟是什麼人製造的陰謀？難道是任天擎？這件事到底和七七有無關係？

此時有武士過來稟報道：「啟稟主公，後方有數百人向咱們追趕過來了。」

熊天霸原本走在最前，聽到又有敵人到了，他撥轉馬頭回到胡小天的身邊，大聲道：「來多少都不怕，三叔，咱們聯手將他們打回去。」

胡小天舉目望去，卻見遠方果然有一群人馬正向這邊而來，不過那隊人馬並非齊頭並進，在距離他們還有半里左右距離的時候，其餘人馬放慢，有三騎脫離大部隊向他們追趕上來，正中一人卻是大雍商人昝不留。

胡小天示意眾人不可攻擊，催馬迎了上去，呵呵笑道：「昝兄，想不到咱們這麼快就見面了。」他留意到昝不留身邊的兩人全都是典型的黨邑族裝扮。其實胡小天對昝不留也抱有疑心，儘管此前昝不留曾經派人提醒過他，可胡小天仍然覺得昝不留這個傢伙處處充滿了疑點。

昝不留看到胡小天如釋重負地舒了口氣道：「胡公子沒事就最好不過。」

胡小天道：「還以為昝兄已經走了呢。」

昝不留道：「思前想後，不該在此時離去，本想和公子並肩作戰，可是昝某卻無這樣的實力，所以前往塔南、里間合兩大部落求援，沒想到終究還是晚了一步。」他身邊的兩名黨邑族人乃是來自塔南和里間合部落的將領，昝不留跟他們一直都有生意來往，所以才被昝不留說動前來相助。

胡小天微笑點頭，無論是真是假，也得向他們表示謝意，抱拳道：「多謝幾位相助了。」

昝不留將胡小天的謝意向兩人轉達，那兩人也同時向胡小天行禮。

昝不留道：「胡公子，這裡並非久留之地，不如咱們一起去鷹澗谷，瀚爾金的那幫賊子就算天大的膽子也不敢追到那裡去。」

胡小天想了想，昝不留應該不敢在這時候算計自己，他們雖然打了勝仗，可瀚爾金部落絕不會就此善罷甘休，用不了多久，追兵就會追蹤而至，以他們現在的力量恐怕無法和對方抗衡，安康草原地廣人稀，躲藏起來也不容易，接受昝不留的幫助也是一個不錯的選擇。

胡小天對黨邑族內部的事情多少也瞭解過一些，知道瀚爾金部落在其中勢力最強，依仗他們的勢力對其他同族部落進行欺凌搶掠，安康草原之上做出了無數暴行，所以塔南和里間合部落雖然和瀚爾金是同族，但是非但沒有任何同族的友情，反而恨不能將之除去而後快。

前往鷹澗谷的途中，昝不留又告訴了胡小天一些事情，自從郭光弼父子來到秭城之後，他們和瀚爾金部落的酋長帖力拓勾結，聯手欺壓其他的部落，意圖掌控整個安康草原，現在安康草原其他的部落對兩者都恨之入骨。

昝不留和這些前來增援的黨邑族人都覺得不可思議，胡小天這邊所有人加起來還不到六十人，非但在兩千名瀚爾金部落勇士的圍攻下活了下來，而且成功將之擊敗，並斬殺一千餘人。胡小天這些人的戰鬥力實在強大到了匪夷所思的地步，昝不留心中暗忖，幸虧自己沒有和他作對，否則只怕免不了人頭落地的下場。

鷹澗谷位於安康草原不多見的山丘地帶，他們抵達這裡的時候已經是清晨時分，黨邑族和其他的草原民族一樣擁有著遊牧的習俗，在幾座山丘之間，一片白色的蒙古包點綴在金黃色的枯草之上，朝霞滿天，為蒙古包蒙上了一層玫紅色，炊煙陣陣是牧民正在點燃曬乾的牛糞準備早飯，距離蒙古包不遠處的圍欄中，辛勤的牧民正在牛群中擠奶。

露珠在金色的草葉尖端滾動，在晨光的照射下璀璨猶如鑽石。

維薩和唐輕璇都被這草原美麗的清晨景色迷住了。

前方一隊黨邑族人縱馬前來相迎，為首一人乃是塔南部落的年輕首領華力，對胡小天等人的到來他表現得非常熱情。

招呼胡小天等人用完早餐，胡小天和昝不留縱馬來到鷹澗谷旁邊的山丘之上，舉目望去，一輪紅日已經升起在東方，整個草原都閃爍著金色的光芒。

昝不留道：「塔南、里間合部落的統領都願意和公子聯手剷除瀚爾金部落。」

胡小天道：「他們有什麼條件？」天下沒有免費的午餐，兩大部落在此時雪中送炭，答應和他一起對付瀚爾金部落，這不能不讓胡小天考慮他們的動機。

昝不留道：「黨邑族人並不團結，瀚爾金部落依仗人多勢眾，多年來欺壓其他部落，燒殺搶掠無惡不作，郭光弼率領殘部來到嵇城之後，他們狼狽為奸，圖霸整個安康草原，已經激起了其他部落的公憤，公子想要為部下報仇，而這些小部落想要爭取生存的權力，我看你們目標一致，不謀而合，所以才決定幫你們牽頭。」

胡小天微笑道：「你又為什麼幫我？」

昝不留道：「公子懷疑我的誠意，這也不怪你，此前在雍都我對公子並未推心置腹是因為我有不得已的苦衷，這些年來興隆堂之所以能夠發展如此規模，全都仰仗了燕王薛勝景的幫助。燕王於我有恩，我若是出賣他就是不義，我對公子絕無加害之心，公子可以回頭想想，這些年來昝某可曾做過對不起公子的事情？」

胡小天微微一笑，商人逐利為先，昝不留也跳脫不出這個道理，他此番主動向自己示好，或許可能是因為燕王這座大靠山已經失勢，他開始謀求以後的退路，以沓不留的精明頭腦絕不會白白付出。

胡小天故意道：「燕王現在何處？」

沓不留搖了搖頭道：「我不知道，以他的能力，如果真想藏起來，任何人都不會找到。」

胡小天此前曾經讓維薩控制沓不留的心神，知道他所說的應該是實話，他的目光投向朝陽下的草原，低聲道：「我懷疑瀚爾金部落和郭光弼父子也只是被人利用的棋子罷了，背後或許還有大康的勢力插手其中。」

沓不留聞言也是一驚，事情比他想像中更加複雜。

胡小天道：「其實任何複雜的事情都可以用最簡單的辦法來解決，幫我告訴他們，我答應和他們同盟，而且如果以後我的大軍攻到了秫城，我不會犯安康草原一草一木，將這片草原留給他們。」他的這番話說得豪情萬丈。

沓不留望著胡小天，雖然目前來說胡小天的勢力並未發展到這裡，可是胡小天的這番話卻並不讓人感覺到有任何的浮誇成分，胡小天堅毅的表情和充滿自信的聲音讓沓不留從心底對他產生一種信服，他相信胡小天擁有這樣的資格，更擁有這樣的能力。

胡小天向沓不留道：「燕王雖然是我的結拜兄長，可是那個人並不好相處，我曾經跟他合作過，深知他的厲害，我送給沓兄一句話。」他停頓了一下，加重語氣道：「與虎謀皮！」

昝不留抿了抿嘴唇，當然能夠聽出胡小天這句話對自己的提點，論到對薛勝景的瞭解，昝不留並不比胡小天少，他笑了笑道：「胡公子這句話我記住了。」

胡小天點了點頭道：「昝兄何時離開呢？」

昝不留道：「我只是一介商人，打仗並不在行，還是儘早抽身離開的好。」

胡小天道：「昝兄這次前往域藍國僅僅是為了做生意嗎？」他此前已經知道昝不留的目的，現在問他只是想試探昝不留到底誠意幾何。

昝不留的表情顯得有些糾結，足以猜到他此時心中的矛盾。

昝不留明白若是想獲得胡小天的信任，僅僅靠目前的表現還不夠，胡小天需要的是他透露薛勝景的消息，昝不留雖然認同胡小天目前的實力，但是在他的心底深處對薛勝景仍然存在著畏懼，猶豫了好一會兒方才道：「受人之托，忠人之事。」雖然沒有挑明是為燕王做事，可這句話也等於坦白。

胡小天微微一笑，也沒有繼續追問，昝不留能把話說到這個份上已經實屬不易了。從山頂俯瞰，可以看到塔南部落有不少車馬開始轉移，這其中多半都是老弱婦孺，胡小天皺了皺眉頭，低聲道：「他們是要走嗎？」

昝不留道：「應該是提前轉移老弱婦孺，準備和瀚爾金部落展開決戰吧。」

胡小天道：「我現在方才明白你們將我請到這裡的初衷，只怕不是為了幫助我，也不是為了聯盟，而是利用我們作為誘餌，將瀚爾金部落大軍吸引到這裡。」

昝不留充滿欽佩道：「當真什麼都瞞不過公子，不過塔南和里間合部落他們的確有和公子聯盟的誠意，任何人都不敢輕視公子的實力。」他這句話沒有說謊，僅憑著不到六十人的隊伍就擊敗了瀚爾金部落的兩千餘人，誰敢輕視這樣一支隊伍？

胡小天道：「如果我沒猜錯，我們在鷹澗谷的消息應該已經被散佈了出去，用不了多久，瀚爾金部落的大軍就會來到這裡復仇。」

昝不留道：「瀚爾金部落已激起眾怒，不僅僅是塔南和里間合部落，這次他們聯絡了安康草原上的其他五個部落，下定決心要將瀚爾金部落這個毒瘤剷除。」

胡小天回到部落之中，看到華力正在和宗唐交談，想不到這位年輕的首領漢話居然說得不錯。華力見到胡小天回來，大笑站了起來，他右手放在心口向胡小天深深一躬，充分表達了對胡小天的尊重。

胡小天道：「酋長客氣了。」

華力道：「公子一行是我們部落最尊貴的客人。」

胡小天心想你把我們當成誘餌才對，他開門見山道：「瀚爾金部落的人馬什麼時候會來到這裡？」

華力的臉上流露出錯愕的表情，他本以為自己在這件事上做得神不知鬼不覺，卻想不到人家早已識破了他的用意。華力道：「根據目前得到的探報，瀚爾金方面

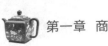

正在集結軍隊，還沒有離開部落。」

胡小天道：「照你估計瀚爾金方面能夠集結多少大軍？」

華力想了想道：「八千到一萬人。」

胡小天環視周圍道：「你們塔里和里間合兩個部落加起來有多少人馬？」

「四千左右，可是加上其他五個部落，我們應該可以有一萬人，在人數上不會居於下風。」華力或許是看出了胡小天的懷疑，又解釋道：「我們已經定下協議，只要瀚爾金部落發兵鷹澗谷，他們就會第一時間前來包夾，跟我們裡應外合將瀚爾金的軍隊全部殲滅。」

胡小天雖然相信華力已經聯合了七個部落，可是他對這七個部落的戰鬥力並無足夠的瞭解，而且世事多變，誰又能保證其餘五個部落，在戰鬥打響之時能夠及時過來夾攻敵軍？更何況聯繫了這麼多的部落，其中難免會有傾向於瀚爾金部落的人，如果中間任何一個環節出錯，後果將不堪設想。

胡小天道：「既然酋長已經安排妥當，這裡應該已經沒我們的事情了。」

華力聞言一怔，不知胡小天究竟是什麼意思。

胡小天微笑道：「誘敵深入固然好計，可按照你的計畫必然是一場刀光劍影的血戰。很抱歉，我對這場仇殺並無興趣。」

華力道：「瀚爾金人殺了你的部下，搶了你的駿馬，你和我們擁有一樣的仇人！」在他看來，胡小天應該和自己同仇敵愾。

胡小天道：「你聽誰說的？」從華力的這番話來看，他應該是已經猜到了自己的身分。

華力道：「這麼大的事情又怎能隱藏得住，你們殺了那麼多瀚爾金部落的人，眼前的局勢下也只有我們才能幫助你們，唯有我們合作才能戰勝瀚爾金部落。」

胡小天道：「我並非不願意跟你們合作，而是你們的作戰計畫存在很大的破綻，就算你的計畫順利實施，能夠集結七個部落的驍勇戰士，也不過一萬人，和瀚爾金部落相比並無任何的優勢可言，更何況瀚爾金部落前來復仇，群情激奮，萬眾一心，你們這七個部落恐怕不會像他們那般心齊。」

華力沉默了下去，胡小天所說的的確是實情，這種聯盟若是壓倒性的實力還好，一旦戰事陷入膠著，又或者某方犧牲太多，那麼不排除每個部落都想最大限度地保存自身實力，避免不必要犧牲的可能。

胡小天道：「我們已經來到鷹澗谷，如果我沒猜錯的話，你們已經將這個消息透露給了瀚爾金部落，也就是說你們的目的已經達到，我們這群人自然也失去了利用的價值。」

華力道：「你們想走？」

胡小天微笑道：「並非要走，如果我們要走，當初又何必要來。我只是覺得這樣硬碰硬的戰爭，未必能夠取得勝利，你們放出消息，將瀚爾金部落的主力吸引到這裡，將他們牽制住，同時可以派出一支隊伍趁著他們出兵後方空虛之際，攻擊他們的大本營。」

華力面露激動之色，顯然被胡小天的話說動，其實這些黨邑族人多半是勇猛有餘智慧不足，胡小天所說的計策也算不上高深莫測，可是在華力看來卻多智近妖。

華力想了想道：「我們可以派人聯繫恩科部落，趁著他們出兵之際攻打他們的大本營。」

胡小天道：「瀚爾金部落應該會有高手潛伏，為了穩妥起見，還需有人事先潛入其中，跟你們裡應外合。」

華力道：「對他們部落內部的情況我倒是非常清楚，可是派誰去才合適？」

胡小天道：「我去！」

前往瀚爾金部落並不需要太多人，除了華力派給他們的嚮導之外，胡小天只帶上了熊天霸同行，這小子性情勇武衝動，除了胡小天以外，誰也鎮不住他。

唐輕璇、維薩、宗唐、梁英豪等人就留在鷹澗谷。雖然眾人對胡小天此去冒險都非常緊張，可是他們仍然選擇了服從。

熊天霸對此次深入敵後表現得異常興奮，他和胡小天一樣都換上了黨邑族人的

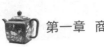

服飾，跟隨那名嚮導向瀚爾金部落挺進，距離瀚爾金部落的營地還有二十里距離的時候，看到瀚爾金部落的大軍已經出發，他們得到消息之後果然集結大軍向鷹澗谷挺進，意圖找塔里部落要人，並追究他們窩藏之罪。在安康草原上，瀚爾金部落是毋庸置疑的霸主，在郭光弼退守秭城之後，他們的實力更是與日俱增。

胡小天三人藏在草丘後方，望著遠方急速行進的大軍，以對方現在的行軍速度，最遲三個時辰之後就能夠抵達鷹澗谷。

熊天霸吞了口唾沫道：「娘的，那麼多人，看起來應該不止一萬吧！」

胡小天不禁為鷹澗谷的局勢感到擔心，雖然他知道宗唐有能力率領其他人保全性命，可是看到瀚爾金大軍如此洶湧如潮的陣列，內心也是一沉。

那名嚮導也懂得漢話，他的家人全都在部落中，顫聲道：「我們所有人都加上也不過一萬人，這場仗該如何打？」在他看來無疑已經是大禍臨頭了。

胡小天淡然道：「他們三個時辰才能到鷹澗谷，我們只需在一個時辰內攪亂他們的老巢，發出信號。你們派去恩科部落的人應該早就到了，接到我們的信號，恩科部落的兩千猛士多久能夠殺入瀚爾金部落的老巢？」

那嚮導道：「半個時辰內！」

胡小天道：「加起來也不過是一個半時辰，瀚爾金的大軍只怕還沒到鷹澗谷就會收到老巢被攻擊的消息，到時候他們十有八九會折返回來保護老巢，鷹澗谷的危機自然解除。」無非是圍魏救趙，趁其後方空虛，攻其不備，這種計策對中原那些陰謀家來說根本不足為奇，可是對安康草原這些首選武力來解決問題的部族來說簡直是匪夷所思神鬼莫測。

熊天霸道：「來得及，就算來不及給出信號，我們一把火將他們的帳篷給燒了！」這貨骨子裡是個強盜性格，沒有他不敢幹的事情。

夜幕降臨之時他們已經來到了瀚爾金部落的營地，草原部落營地並無邊界，舉目望去，但見部落營地之中大概有千餘頂帳篷，規模龐大，似乎一直連到遙遠的天地之間，那嚮導輕車熟路，帶領兩人借著夜色的掩護潛入行營之中，那嚮導指明中心大帳的所在，悄然離開，並未隨同他們兩人一起進入其中。這是胡小天主動提出的，既然來到了地方就沒必要再帶著嚮導，不然目標太大，反而會成為累贅。

進入營地之後，反倒不必擔心暴露了，因為他們穿著黨邑族的服飾，這種部落營地到底和訓練有素的軍營無法相提並論。別說戒備森嚴，甚至連基本上的防備都沒有。

熊天霸悄悄對胡小天道：「只需我帶五百人馬就能踏平他們的營地。」

胡小天卻做了個手勢，示意熊天霸別說話。迎面有一隊負責巡夜的武士過來，兩人耷拉下腦袋，把皮帽拉低，看來瀚爾金部落還是有些警戒的。那隊武士並未停留，也沒有對這兩個混入營地的傢伙產生任何疑心，帶著一陣風走了過去，一股濃烈的羊膻氣。

熊天霸感覺自己的鼻子有些敏感，險些一個噴嚏打出來，好不容易才忍住，等到那巡夜武士走遠，熊天霸方才捂著鼻子，極其壓抑地打了個噴嚏。

胡小天指了指中心大帳，向他道：「你去牛馬圍欄，我去那邊看看。」

兩人分頭行動，熊天霸前往馬圈對付牛馬，胡小天則悄然靠近中心大帳，按照此前嚮導的指引，那中心大帳中住著的應該是瀚爾金部落的酋長帖力拓，胡小天並不清楚帖力拓今晚有沒有親自出征鷹澗谷，若是他身在大帳之中，抓住了他就等於控制了大局。

胡小天就快靠近大帳之時，忽然聽到一個女子厲聲呵斥，他慌忙躲了起來，卻見遠處有兩人走了過來，一男一女，兩人都穿著黨邑族服飾，那女子顯得怒氣沖沖，另外一人看著有些熟悉，仔細一看竟然是郭光弼的兒子郭紹雄。

郭紹雄上前抓住那女子的手臂卻被那女子用力甩開，然後揚起手來狠狠給了他一記耳光，怒罵道：「畜生！你竟然趁著我不在勾引我的侍女！」

胡小天從兩人的對話中已經推斷出這女子的身分，應該就是酋長帖力拓的女兒查金克茶，她和郭紹雄已經定下婚約，從某種意義上來說也是一種和親，正是通過這種關係兩者更加緊密地團結在了一起。

胡小天心中暗笑，看來郭紹雄一定是偷腥被查金克茶抓了個正著，打翻了醋罈子，現在正在找他的晦氣。

郭紹雄也不是什麼好脾氣，挨了一巴掌之後，一把將查金克茶的手臂抓住，揚起右手。

查金克茶怒道：「你想怎樣？」身為酋長的女兒，性情也是非常驕橫跋扈。

郭紹雄強忍心中憤怒，恨恨放下了手，咬牙切齒道：「我不跟你一般計較。」

查金克茶冷冷道：「若非是我爹強迫，我豈會答應嫁給你，你等著，等我爹凱旋歸來，我就告訴他你幹的醜事，我要跟你解除婚約！」她說完轉身甩手而去。

郭紹雄望著查金克茶的背影，雙目迸射出憤怒之色，他轉身去了一旁的營帳，在營帳前看了看周圍，確信無人跟蹤，這才掀開帳門走了進去。

胡小天心中暗忖，難道這廝在帳篷裡還藏著一個女人不成？如果真要如此，還真是要佩服他的膽子了。胡小天悄然靠近帳篷，一輪明月升起在夜空之中，皎潔的月光猶如水銀瀉地，將整個營地照得分外明亮，胡小天尋找了一個合適的位置，避免暴露自己的行藏，卻聽帳篷內傳來郭紹雄的說話聲，他憤憤然道：「這個賤人，我恨不能一刀殺了她！」

裡面傳來一個蒼老的聲音道：「小不忍則亂大謀。」

胡小天心中一驚，這聲音分明來自於惡僧不悟，想不到他被自己摳掉雙目之後竟然逃到了這裡，又或者他始終都藏身在翰爾金部落，其實自己本來就應該想到的，翰爾金部落阻殺他們的時候，惡僧不悟就出現在那裡。

郭紹雄道：「前輩，您讓我做的事情我全都做了，也把胡小天給您引過來了，您何時把解藥給我？」

不悟桀桀笑道：「何必心急，短時間內你並無性命之憂，你且耐心等待，等我傷好了再說。」

胡小天從他們的對話中明白，郭紹雄原來是受了不悟的威脅，應該是不悟給他服下毒藥，這才逼迫郭紹雄出手對付唐鐵漢，胡小天心中暗罵，原來不悟才是這背後的罪魁禍首。

此時遠處亮起了火光，傳來牛馬的驚恐嘶鳴，胡小天舉目望去，卻見馬圈的方向火光衝天，無數牛馬從攔圈中蜂擁而出，顯然是熊天霸已經順利得手。

營帳內的郭紹雄和不悟也都聽到了外面的動靜，郭紹雄道：「前輩請稍待，我出去看看。」

他掀開帳門正準備出門，冷不防迎面一拳砸在他的面龐之上，將郭紹雄砸得仰頭便倒，然後以迅雷不及掩耳之勢，向裡面衝了進去，認準了不悟所在的位置，一劍劈出。

不悟失去雙目之後，不得不重新依靠聽力，可是他的聽力乃是在三十多年的囚禁生涯中磨煉而出，甚至比他移植得來的雙目更加好用。

第二章

同胞相殘

同胞兄弟的陷害，不悟被困天龍寺三十年，
其中所承受的痛苦和委屈難以形容，
三十多年來，他晝思夜想，心中念著的只有一件事，
就是找到穆雨明用盡辦法折磨他，才能消心頭之恨。
可是他非但沒有復仇成功，反而又被仇人所乘，
這是何等的悲哀，何等的痛苦。

不悟此前之所以敗在胡小天的手中，胡小天武功突飛猛進，跟隨劍魔學會破天一劍固然是其中一個原因，而不悟本身的武功也沒有達到巔峰狀態，別看他得到了一雙眼睛，可是這雙眼睛非但沒有讓他的實力增加，反而成為他的負累，不悟對這雙來之不易的眼睛非常珍惜，這就決定他在生死相搏之時畏手畏腳，生怕別人傷到他的眼睛，面對胡小天這樣的高手，即便是有一絲一毫的羈絆都會讓他的武功大打折扣，更何況胡小天突然祭出劍魔窮盡一生方才總結出的唯一殺招。

現在的不悟實力反倒比起失去雙目之前更加厲害，人心中一旦沒有了牽掛，自然就沒有了羈絆，不怕失去，又有什麼好怕。黑暗中不悟一掌劈出，掌刀無形，手掌摩擦空氣卻發出金屬破空的聲音。

劍風刀氣於黑暗中碰撞，兩股強大能量的撞擊在中心爆發，繼而引發向周圍輻射蔓延的氣浪。帳篷宛如充滿氣的皮球，因為短時間內驟然增大的壓力突然鼓漲起來，帳篷因承受不住巨大壓力竟爆裂開來，發出蓬的一聲巨響，其中夾雜著一個人的慘叫，卻是被胡小天擊倒在地的郭紹雄，被這股巨大的衝撞力擊飛了出去，身體飛出十多丈，落下之時不巧砸落在一頭公牛的頭頂，牛角從他的胸腹洞穿，慘叫聲戛然而止，瘋狂的公牛挑著郭紹雄的屍體繼續狂奔，外面已經亂成一團。

無論外面怎樣變動，胡小天和不悟的心中只剩下了對方。

月光如水籠罩兩人的身軀，不悟昂首挺胸，眼眶深深凹陷下去，半邊面孔形同骷髏，胡小天向前重重踏出一步，然後身軀彈射而起，雙手擎起玄鐵劍，高舉過頂，凝聚全身的力量，一劍劈落，這一招乃是誅天七劍中威力最為強大的一式，可是其中卻融入了胡小天自己的東西，誅天七劍重在劍氣外放，而胡小天在拜劍魔東方無我為師，並從他那裡學會了破天一劍之後，突然明白了一個道理，沒必要追求所謂的劍氣外放，劍氣外放在遠距離對戰之時或許能夠派上用場，但是在近距離作戰的時候，其殺傷力未必能夠比得上直接攻擊。

人在劍在，劍在人在，人就是劍，劍就是人，無需分出彼此。

不悟雖然看不到胡小天，可是卻能夠感覺到這股強大的殺氣，在他的腦海中清晰出現了一道影像，乃是一柄巨劍徑直朝著自己的頭頂劈落，不悟雙手交叉，十指向天，竟然以血肉之身去阻擋胡小天的這次攻擊。

胡小天看到這廝竟然不知避讓，心中暗忖，任你不悟如何強大，我這一劍也要將你劈成兩半，玄鐵劍首先仍然遇到了不悟的護體罡氣，劍勢稍緩，高手對決，時機往往就在瞬息之間，不悟雙手變換，死死將玄鐵劍的劍身夾住，身體也因胡小天強大的劈砍力劇震，雙足深深陷入地面一尺有餘，不悟的力量並非抗爭，而是因勢利導，夾住玄鐵劍的手向下全力牽引，胡小天收勢不及，玄鐵劍直刺地面，他的身軀也被這股強大的牽引力牽著向下方衝去。

胡小天應變奇快，第一時間棄去玄鐵劍，以神魔滅世拳近身應對，一拳向不悟的心口砸去，神魔滅世拳乃是他外公虛凌空所傳，威力奇大，適合近戰。

不悟這次採取的戰術和上次完全不同，他竟然放棄了放手，任憑胡小天一拳砸在身上，也是同樣的一拳擊中胡小天的小腹，胡小天的拳頭落在不悟身上發出一聲悶響如同擊中朽木，不悟的這一拳砸在胡小天的身上卻發出蓬的一聲如同悶雷，兩人都被對方的這一拳砸得氣血翻騰。

胡小天暗歎不妙，不悟的戰術分明是硬碰硬以死相搏，自己正值青春年少，他卻是個黃土埋到脖子的糟老頭，同歸於盡的話自己豈不是太吃虧？可現在想要更改戰鬥方式已經沒有任何的可能，不悟宛如瘋魔一般，拳腳如同暴風驟雨一般向胡小天攻擊而去，根本不給胡小天任何喘息的機會。

面對不悟瘋狂的進攻，胡小天只能以同樣的方法來對待，畢竟他不但練成了護體罡氣，還有內甲防身，按理說是占了便宜的，可是胡小天很快發現不悟似乎根本感覺不到疼痛，這樣的對攻，自己明顯落入下風，不悟的戰術就是要用密集如同雨點般的攻擊，讓自己透不過氣來，要讓自己無法施展出破天一劍那樣的絕招。

無法遠攻，只能近戰，胡小天想要躲開對方暴風驟雨般的瘋狂攻擊，只能採取貼身戰術，他竟然一把將不悟抱住，採取摔跤一樣的方法，將不悟的身體掄起來向地上重重摔去。

不悟如同牛皮糖一樣緊貼在胡小天的身上，雙腿盤在他的身上，一手摟住他的身體，一手在胡小天身上拚命捶打，胡小天揚起拳頭照著他的禿腦袋也是一通痛錘，兩位頂尖高手現在的打法和市井潑皮無異。纏鬥之中，胡小天終於抓住不悟的手腕，意圖故技重施，以虛空大法吸取不悟的內力。

不悟拚命掙扎，胡小天豈能放過這個千載難逢的良機，丹田氣海虛空若谷，強行將不悟的內力吸入自己的體內，不悟死命擺脫，胡小天心中暗忖，現在才知道要逃已經晚了，不悟的內力已經開始源源不斷流入他的體內。

胡小天暗自得意，任你不悟如何強大，終究還是要擺在我的手下，只需吸走你的部分內力，此消彼長，就可輕易將之置於死地。

可現實卻並非胡小天想像中那樣如意，不悟的內力奔入胡小天的經脈卻陡然加快，猶如大河奔流，確切地說應該是冰河奔流才對，一股奇寒無比的內力透過胡小天的經脈直衝他的體內，胡小天意識到不妙的時候已經晚了。

乃是不悟利用胡小天使用虛空大法對付自己的時候，將一股奇寒無比的內力導入到他的經脈之中。胡小天整個人如墜冰窟，經脈被這股陰寒內息所震懾，身體幾近麻木。他馬上明白發生了什麼，這世上的事情都有正反兩面，自己利用虛空大法吸取內力的時候，雖然可以剝奪對方的內力，但是自己的經脈也等於對外敞開了大門，若是有人可以在這種狀態下實現反擊，那麼可以沿著胡小天的經脈直接摧毀他的丹田氣海。

胡小天在過去從未遇到過這樣的變態人物，即便內力強大如緣空，武功絕頂如東方無我，他們在虛空大法的面前唯有抗爭，卻做不到通過兩人經脈相通的時候，以內力攻擊胡小天的經脈丹田，胡小天屢屢得手，因而也忽略了這個隱患，如今卻被不悟抓住。

不悟陰惻惻道：「在這個世界上，論到對虛空大法的熟悉還有誰能夠超過我？呵呵，呵呵呵……」他發出一陣桀桀怪笑，冰冷陰寒的內力猶如長江大河一般透入胡小天的經脈，他要抓住這千載難逢的良機，從內部摧毀胡小天的丹田氣海，奪去這廝的性命。

胡小天瞬間從雲端墜入了深淵，比起陰險狡詐的不悟和尚，他在對敵經驗上終究還是差上了一籌。

不悟揚起了右手，手指彎曲如鉤，緩緩向胡小天的雙目靠近，他好不容易才得到的雙目又被胡小天挖去，在心中恨極了胡小天，他要以其人之道還治其人之身，要讓胡小天品嘗雙目被人挖出的痛苦。

胡小天道：「且慢，我有話說！」其實他只是想故意拖延時間罷了。

不悟冷哼一聲，他冷冷道：「已經太晚了！」

胡小天正準備迎接自己悲慘命運的時候，卻見一個彎腰駝背的黨邑族老人來到不悟的身後，無聲無息，一掌就印在不悟的後心。

如果不是胡小天親眼所見根本不會相信，在黨邑族部落中竟然還有那麼一位深藏不露的高手，以不悟的武功，竟然沒有察覺對方的到來。不悟身軀一震，他想要反擊，可惜已經遲了，感覺後心宛如被人開了個大口子，內息奔湧而出，身後這人竟然也修行了虛空大法，而且造詣絲毫不次於胡小天。

不悟充滿惶恐地轉過身去，他看不到身後那人的模樣，胡小天卻看得真真切切，只見那黨邑族老人一隻獨目流露出凶殘的光芒，他不由得心中一震忽然想到了這人是誰！

不悟顫聲道：「你是……」

那黨邑族老人聲音尖細：「怎麼？連我都不認得了？你不是一直都在找我？如今我站在你的面前，你居然不認得我了？」原來這黨邑族老人正是李雲聰所扮。他自從離開皇宮之後，便隱姓埋名，可是不知為何他的身分竟然被不悟知道，不悟一路追蹤，李雲聰四處逃竄，最終被逼到了邊塞，到這裡總算得以暫時擺脫，而不悟卻沒有因此而放棄。

李雲聰道：「我終於明白了一件事，想要徹底躲開你就要把你除掉！」

不悟的身軀顫抖了起來，他感覺自己的生命隨著內力正在源源不斷的流逝……

李雲聰的突然襲擊讓不悟的內力飛速流逝，胡小天可謂是從死亡的邊緣爬了回來，不悟本來想要摳去胡小天雙目的手指垂落了下去，和報復胡小天相比，擺脫身後的李雲聰方才是當前最緊要的事情。李雲聰人抓住這千載難逢的良機，將不悟的內力源源不斷吸入自己的體內。

讓不悟驚恐的是，他感覺到另外一股吸力出現了，來自於胡小天，胡小天在短暫的麻痹之後，身體開始緩慢恢復，也在抽吸不悟的內力，他的丹田氣海已經適應了不悟的陰冷內力，胡小天對自己的處境再清楚不過，他的四肢目前還不能動彈，唯一恢復活力的就是丹田氣海，李雲聰雖然在生死關頭救了他，可並不能因此而認定李沉舟對自己抱有善意，這老太監城府極深，內心陰惡，保不齊他在除掉不悟之後同時向自己下手的可能。

同時面對兩個掌控虛空大法的高手，不悟任憑神功蓋世，也已經無力招架，他惶恐道：「你……你究竟是誰？」

李雲聰桀桀怪笑道：「不知道我是誰？你因何會追蹤我？我就是你的兄弟穆雨明！」

不悟雖然早已猜到，可是李雲聰親口承認了身分仍然對他震撼不小，因為這位同胞兄弟的陷害，他被困天龍寺整整三十年，其中所承受的痛苦和委屈實在難以形容，這三十多年以來，他晝思夜想，心中念著的只有同樣一件事，那就是找到穆雨明用盡辦法折磨他，方才能夠消除些許的心頭之恨。可是他非但沒有復仇成功，反而又被仇人所乘，性命落入對方的執掌之中，這是何等的悲哀，何等的痛苦。

不悟咬牙切齒道：「你這畜生，竟然用如此手段殘害你的同胞兄長。」

李雲聰冷笑道：「你又是什麼好人？當初你引我進入天龍寺藏經閣，根本就是利用我當誘餌，若非我識破奸計，提前下手，那個被困三十年的人只怕就是我。」

胡小天此前曾經聽不悟說過他們兩兄弟之間的事情，不悟將所有的事情全都推到了李雲聰身上，可從李雲聰所說的這番話來看，先設計害人的那個卻是不悟。

不悟竭力掙扎，可是在兩大擁有虛空大法的高手之間，卻如同一隻墜入蛛網的蚊蟲，無論怎樣掙扎都無法突破蛛網的束縛，他慘然道：「若非是你這畜生勾引大嫂，我……我怎會生出滅你之心。」

李雲聰道：「當年你一心練武，從來不關心虹影的冷暖，讓她獨守空房，她生病的時候誰人照顧她？她受了欺負誰替她出頭？你可知道她心中的委屈……」說到這裡他猛然一頓，怒吼道：「你這無情無義的混帳竟然殺了她！」

胡小天聽到這裡已經是一頭的狗血，這兩兄弟原來還有這樣的一段過去，看來是不悟當年只顧著練武冷落了老婆，於是做兄弟的就熱心承包了照顧嫂子的責任，照顧著照顧著就照顧到了床上去了，難怪這兩人會有這麼深的仇恨。

不悟道：「我沒殺她，我又怎能讓她這麼容易就死，我要讓那賤人知道背叛我的下場，我要讓她親眼見證你悲慘的下場，要讓她生不如死，一生痛苦……」

李雲聰尖聲叫道：「你好狠！」

不悟道：「那也比不上你，害得我在天龍寺暗無天日地過了三十年。」

李雲聰咬牙切齒道：「我又是被誰所害？我和虹影兩廂情願卻被你拆散，是你害得我隱姓埋名，是你害得我連男人都做不成，隱姓埋名藏身皇宮，我本不想找你的晦氣，可是事情過去這麼多年，你仍不肯放過我，是你自己找死，怨得誰來？」

不悟的聲音明顯虛弱了許多，剛才他還在掙扎，試圖從兩人的包夾圍攻中脫困，可現在他已經徹底放棄了希望，唯一能夠攻擊對方的只剩下了這張嘴巴，不悟道：「你或許還不知道，當日咱們潛入天龍寺之前，那賤人已經有了身孕。」

李雲聰聽到這裡內心劇震，他這一生最大的恨事就是淨身入宮，失去了做男人的權利，也再無可能繁衍後代，現在聽不悟說虹影當年已經有了身孕，內心自然激動非常，他強行抑制住內心的激動道：「那孩子在哪裡？」

不悟呵呵笑了起來。

李雲聰怒道：「你笑什麼？有什麼好笑？」

不悟道：「你以為呢？」

李雲聰因為過度擔心，聲音都顫抖了起來：「你殺了他是不是？」

不悟道：「你現在是不是很痛苦？很懊悔？」

李雲聰怪叫了一聲，突然一腳狠狠踢在不悟的身上，將不悟踢得飛了出去，重重摔落在了地上，兩名黨邑族人聽到了動靜，向這邊圍攏過來，指著李雲聰道：

李雲聰的身軀已經閃電般飛撲出去，以驚人的速度撲向兩人，他根本沒有出手，強橫的護體罡氣已經將兩名黨邑族人彈飛出去，摔到地上骨斷筋折一命嗚呼。

李雲聰抓住不悟的咽喉，咬牙切齒道：「告訴我！」

不悟搖了搖頭道：「你沒機會知道了。」

李雲聰大吼一聲，一拳重擊在不悟的小腹，將不悟打得蜷曲起來，形同一隻大號的蝦米，不悟心中黯然，他的內力已經被胡小天和李雲聰聯手吸走了九成，現在所剩無幾，餘下的內力再也無法護住自己的內腑，噗地噴出一口鮮血。

李雲聰道：「我不殺你，我要留你在身邊一點點折磨你，我要讓你知道活著遠比死了更加難受。」他將癱軟如泥的不悟扛在肩頭，獨目轉向胡小天。

胡小天此時丹田氣海翻騰澎湃，雖然吸納了不悟不少的內力，可是他的四肢尚未恢復行動自如，看到李雲聰的目光望向自己，內心不由得暗暗叫苦，這老太監還不知道要怎樣對付自己呢？唇角泛起一絲微笑道：「李公公，別來無恙！」

李雲聰的臉色陰沉，獨目之中殺機閃現，他低聲道：「你居然也來到這裡。」

胡小天故意歎了口氣道：「康都一別，不覺經年，我手下的商隊在安康草原被人劫殺，我自然要前來查明。」

「你幹什麼？」

「可曾查清到底是什麼原因？」

胡小天向不悟看了一眼道：「應該問問他，是誰讓他潛伏在這裡對付我？」

不悟一言不發。

胡小天道：「其實你不說我也知道，是洪北漠對不對？他想要將我剷除，避免我揭穿他的秘密對不對？」胡小天故意將話題主動引向秘密，乃是提醒李雲聰，自己乃是最接近皇陵真相的那個，畢竟李雲聰當年曾經提出要和自己合作，等到自己打下江山的時候將皇陵交給他。只是此一時彼一時，現在連胡小天自己都沒有把握李雲聰到底是什麼想法。

李雲聰陰惻惻笑道：「你是怕我殺你對不對？」他何其狡詐，一眼就看出胡小天現在的困境，的確現在出手幹掉胡小天乃是絕佳時機，只是他殺掉胡小天又有何意義？

胡小天嘿嘿笑道：「李公公這話從何說起，李公公對我有授業之恩，我對李公公可一直都當成長輩敬重。」

李雲聰封住不悟的穴道，緩緩點了點頭道：「你是什麼人我清楚得很，咱家的確沒有殺你的必要，可是以你的武功，我今日不殺你，以後必然制不住你，你說我要不要白白放過這個千載難逢的機會？」

胡小天暗叫不妙，卻仍然一臉的笑：「李公公還記得咱們此前的約定嗎？不如你仔細問問不悟，看他知不知道皇陵中的秘密？」

李雲聰道：「天下間萬事萬物相生相剋，虛空大法也不是沒有其他的武功可以克制，你剛才之所以會著了他的道兒，是因為他瞭解虛空大法的弱點，利用自身內力突入你的丹田氣海，如果咱家再晚來一刻，現在你恐怕已經成了一個死人，所以咱家救了你的性命。」

胡小天笑瞇瞇道：「多謝！」他承認李雲聰所說的這番話是事實。

李雲聰道：「沒什麼好謝的，咱家本來也不是想救你，這虛空大法是咱家傳授給你，本來也沒有料到你會有如此的造化，可現在看來，卻無心成就了你的這番驚人藝業。」

胡小天道：「所以我心裡對李公公其實很是感激呢。」

李雲聰道：「你現在對我好話說盡，無非是擔心咱家要害你，其實你不必這樣做，以咱家的為人，又怎麼可能做好事呢？」他笑瞇瞇走向胡小天，顯得就像是一個慈祥的老人，可在胡小天眼中，這老太監卻是前所未有的可怕。

胡小天笑道：「這個世界上沒有絕對的壞人也沒有絕對的好人，其實您老不妨做一次好事，多積點德，或許能夠找到你那個素未謀面的孩子呢？」

李雲聰臉上的笑容倏然收斂，獨目冷冷盯住胡小天道：「咱家非但不殺你，而且還會幫你，只要你乖乖聽話，咱家可保你一生平安無事，可你若是不乖，那就會丹田爆裂而死。」他將不悟的身體扔在了腳下，然後伸出手去，貼在胡小天的後心之上。

胡小天暗叫倒楣，好不容易才從不悟的手下逃生，又遇到了比不悟更陰險更難纏的李雲聰，這兄弟兩人果然都不是什麼好東西。胡小天道：「看來你是不打算知道皇陵的秘密了。」

李雲聰微笑道：「與其跟你合作，不如將你牢牢控制在咱家手中，將名震天下的胡小天玩弄於掌心之中也不失為一件快事。」

胡小天道：「李公公好狠的心，絲毫不念咱們昔日的情分了。」李雲聰並非直接吸取他的內力，而是先將內力送入他的體內，李雲聰的內力宛如波浪一般起起伏伏忽強忽弱，這是為了避免自身被胡小天的虛空大法所制，李雲聰對虛空大法的瞭解要遠超胡小天。

胡小天現在能做的只是抱守元一，護住丹田，避免丹田氣海被李雲聰攻破，不悟和尚剛才之所以能夠將胡小天制住，完全是因為胡小天疏忽大意的緣故，攻其不備方才侵入他的經脈，胡小天此時雖手足無法動彈，可是內心中已做好了準備。

李雲聰不緊不慢道：「虛空大法其實共分為上下兩部，你以為咱家得到的只是上部？咱家雖然拿走了上部，可是那下部咱家卻是過目不忘，將每一個字都記得清清楚楚，天下間真正懂得虛空大法的人只有咱家，這虛空大法的修煉必須先從經脈修起，必須先強壯經脈，開闊丹田，方才可以海納百川，博采眾力，只可惜壯大經脈的辨法修為起來是難之又難，咱家修煉了三十多年方才成功，也就是說咱家的水池已經挖好，只等水源將水池充滿，不悟是第一個，你恰巧是第二個，呵呵，想不到上天對咱家如此眷顧。」

李雲聰的內息如同一把鋒利的小刀，在胡小天的經脈中披荊斬棘般行進，胡小天感覺經脈有種被撕裂的痛楚，一直以來他也都在尋求壯大經脈的方法，雖然他並沒有學會虛空大法的下半部，但是射日真經也能夠起到相應的作用，這應該是李雲聰計畫之外的事情，他本以為胡小天僅僅修煉虛空大法的半部，很快就會走火入魔經脈盡斷而死，卻想不到胡小天居然屢有奇遇，成功克制住了體內的異種真氣。

胡小天的體內如同矛與盾的對決，李雲聰的內息彙集成為鋒芒，意圖穿破胡小天丹田氣海的壁壘。

胡小天卻竭盡全力護住自己的丹田氣海，避免被李雲聰突破。

李雲聰的臉上浮現出一絲獰笑，胡小天以為可以阻止自己對他下手嗎？自己修煉過整本的虛空大法，一切時機都已成熟，如今上天又送了兩份大禮給自己，豈能錯過，傳入胡小天體內的內勁開始旋轉，猶如鑽頭一般向胡小天的丹田氣海內進行突破。

胡小天的神情變得無比恐慌。

李雲聰輕聲道：「無需反抗，咱家不會要了你的性命，只是幫你，你體內吸取了那麼多的異種真氣，對你來說可沒有任何好處，咱家幫你將這個隱患去除，從此以後你再不用擔心會走火入魔。」

胡小天丹田氣海的壁壘終於被李雲聰的內息攻陷，在李雲聰的操縱下，這股內息旋轉著向胡小天的丹田氣海透入。然而在李雲聰的內力透入胡小天的丹田之後，感覺一股逆時針的旋轉力開始形成，在胡小天的丹田氣海中形成了一個漩渦，這漩渦飛速旋轉，李雲聰唇角流露出一絲陰險的笑意，胡小天正在亡命掙扎，試圖利用虛空大法造成的丹田氣旋將自己的內力牽扯進去，在李雲聰看來胡小天的掙扎反抗根本就是徒勞無功。

胡小天丹田氣海中氣旋的旋轉雖然越來越急，可是卻根本無法將李雲聰透入的內息吸住，非但如此，反而他的內息被李雲聰從丹田的缺口之中匯出，李雲聰才是真正將虛空大法修煉完整的唯一人物，胡小天的內息猶如大河開閘，沿著自身經脈滾滾湧出，從李雲聰的掌心匯入他的體內。

李雲聰一邊將胡小天的內力吸入，一邊將他的內力轉化，可是李雲聰很快就發現一個讓他頭疼的問題，即便是利用虛空大法也無法將胡小天的內力轉化。

此時身後傳來一聲暴吼：「老賊！放開我三叔！」卻是熊天霸在馬欄製造混亂之後，又點燃了幾頂帳篷，現在過來和胡小天會合，不料正看到眼前的場面，熊天霸看到胡小天一動不動，一個黨邑族老傢伙手掌貼在他的後心之上，情急之下，手中大錘飛出，旋轉著向李雲聰的腦門問候而去。

李雲聰看都不看，左臂一揮，噹的一拳將鐵錘砸得飛向遠處，落在一名倒楣的黨邑族人身上，將之砸得腦漿迸裂命喪當場。

熊天霸大吼道：「放開！」他揚起手中剩下的那柄大錘衝了上去，大錘照著李雲聰的腦袋擊落，李雲聰伸出左手一把就將大錘抓住，熊天霸想憑藉蠻力將大錘拽走，卻想不到對方的掌心如同有吸力一般將大錘牢牢吸住，連帶著熊天霸的身體一起被牢牢吸附在錘柄之上。

熊天霸雖然神力蓋世，但是在李雲聰這種級數的高手面前仍然不堪一擊，他並不擔心熊天霸，真正讓他頭疼的乃是胡小天，胡小天的內力源源不斷地湧入他的丹田氣海，可是李雲聰卻無法將之成功轉化，更讓他惶恐的是，胡小天的內息進入他丹田之後灼熱無比，如同火燒一般，李雲聰開始意識到事情大大不妙，眼下唯有將自己的丹田氣海封住，避免胡小天的內力不斷湧入，在無法將之轉化為己用的前提下，胡小天的渾厚內力非但對自己無益，反而還會傷及自己的身體。

李雲聰想要封閉丹田氣海的時候又發現一個極其嚴峻的問題，他根本無法封住，胡小天的內力沿著兩人之間相通的經脈瘋狂湧入他的丹田氣海，若是任由這種情況繼續下去，用不了多久李雲聰就會因為丹田急劇膨脹而死，短時間內他的心情經歷了從高空到低谷的落差，剛才是恨不得將胡小天所有的內力全都納為己用，現在卻是恨不得馬上將胡小天的內力阻擋在外，可是無論他怎樣努力都無濟於事，胡小天灼熱的內力匯成滾滾熱流瘋狂湧入李雲聰的丹田氣海。

李雲聰總算知道什麼叫引火焚身，感覺到丹田氣海正在因為異種真氣的注入而迅速膨脹，就快達到他所能夠承受的極限，李雲聰暗叫不妙，想要保住自己的丹田氣海唯有儘快為之減壓，李雲聰的目光落在熊天霸的身上，眼前唯一可以利用之人也只有他了，熊天霸被李雲聰困住動彈不得，口中罵罵喋喋。卻見李雲聰突然放開了大錘，正準備發動進攻之時，李雲聰卻一掌將他的大錘拍飛，然後一掌拍在熊天霸的天靈蓋上。

熊天霸雖然膽大，此時也不禁嚇得魂飛魄散，這老傢伙武功如此厲害，一巴掌拍下來自己焉有命在？可他並沒有腦漿迸裂，而是感覺頭頂一股雄渾的力量貫入了自己的體內。

若非別無選擇，李雲聰又怎麼捨得將好不容易得來的內力送給他人，更麻煩的是，胡小天注入他丹田氣海的那些內力，他根本無法操縱，更不用說將之導入熊天霸的體內，他能夠控制的只是原本屬於自己的內力，所以只能白白便宜了熊天霸這個傻小子。

胡小天的內息雖然在不斷奔出體外，可是他的頭腦卻始終保持清醒，他並不知道也遇到了麻煩，心中暗忖，若是任由李雲聰吸取自己的內力，自己就算內力再強也很快就會油盡燈枯，而今之計唯有摒棄雜念，增強丹田氣海的吸力，爭取將丹田氣海的缺口封住。

熊天霸身軀不住顫抖，嘴巴突突突突叫個不停，這廝心中暗忖，我今次必然命喪於此。

胡小天和熊天霸都不知道真正的狀況，李雲聰現在是啞巴吃黃連有苦自己知，為了避免丹田爆裂，他不得不將自己的內力源源不斷地輸給熊天霸。

讓李雲聰恐懼的是，胡小天丹田氣海的漩渦越轉越急，形成的吸力也越來越大，現在流入自己體內的內力越來越少，李雲聰本想趁著這個機會擺脫胡小天，然後從熊天霸體內再將自己的內力吸回來。然而因為他根本無法擺脫胡小天，非但擺脫不開，甚至連他剛剛吸來的內力如今竟然開始向胡小天體內倒流。

李雲聰惶恐到了極點，他開始意識到事情已經向最壞的方向演變了，胡小天正在一點點奪回本屬於他自己的內力，李雲聰非但無法阻止胡小天拿回內力，他甚至連本屬於自己的內力也拿不回來了，他已經完全失去了控制，他的手掌甚至控制不住熊天霸的腦袋，熊天霸終於脫離李雲聰的控制，一屁股重重坐在了地上。

熊天霸坐在地上顯得渾渾噩噩，他根本不清楚究竟發生了什麼，摸了摸腦袋，又摸了摸胸脯，確信自己仍然活著，馬上又關心起胡小天的事情。轉身望去，卻見李雲聰的手掌仍然抵在胡小天的後心之上。

熊天霸心頭火起，一把抓起不遠處的大錘，不知為何感覺大錘輕了許多，一躍而起，這廝輕輕一跳竟然跳起兩丈多高，熊天霸嚇得差點沒把娘給叫出來，他這一輩子還從來沒有跳得如此之高，大鐵錘照著李雲聰的腦袋上就問候了過去：「你姥姥的，給我放手！」

噗！熊天霸的這一錘威力何其巨大，竟然將李雲聰砸成了一灘肉醬。李雲聰就算想破腦袋，也不會想到自己最後會落到這樣的結局，竟被一個愣小子砸成肉醬。

胡小天緩緩站起身來，熊天霸慌忙奔了過去：「三叔，你沒事吧？」

胡小天搖了搖頭，目光投向遠方的不悟，看到不悟和尚正一瘸一拐地向遠方逃去，不悟的內力被李雲聰吸走不少，剛才李雲聰對付胡小天和熊天霸的時候，他竟然利用所剩無幾的內力衝開了穴道，想要趁亂逃離。

胡小天心想這次絕不能讓不悟逃了，他向熊天霸道：「把他給我抓回來！」

熊天霸點了點頭，一個箭步竄了出去，簡直可以用動如脫兔來形容。熊天霸現在體內的內力不僅僅來自於李雲聰，還有李雲聰從不悟體內吸去化為己用的部分全都白白送給了他。熊天霸自己並不知道發生了什麼，只是覺得自己無論速度還是力量都比起剛才強大出不知多少倍，一把就將不悟的脖子給掐住了，大吼一聲：「哪裡走？」

熊天霸憑空得了一身的內力，他根本沒有適應，更不用談什麼掌握力度，他自已以為還是平時的手勁兒，可實際出手的力量比起平時十倍都不止，若是在往常，別看熊天霸一身蠻力，可他甚至都無法突破不悟的護體罡氣，更不用談到對他造成致命傷害，可今時不同往日，短短的時間內，這廝卻得到了一場天大的造化。

不悟甚至連反抗的動作都沒做出，就被熊天霸抓起，扔到了胡小天腳下。

不悟一動不動地躺在地上，腦袋以不符合生理結構的曲度耷拉在胸前，如同一隻燒雞，胡小天伸手探了探他的脈息，再抓起不悟的身體，不悟的頸椎已經被熊天霸給捏碎，已經一命嗚呼了。

熊天霸也意識到不悟已經死了，摸了摸後腦勺仍然渾渾噩噩道：「死了？咦？我根本沒用多大的力量呢。」

胡小天真是哭笑不得，他已經看出了其中的原因，自己和李雲聰的這場內力爭奪，無心成就了熊天霸。

胡小天心中暗歎，不悟和李雲聰隨便哪個都稱得上絕頂高手，兩人生前只怕想不到會這樣送命，而且死得如此之慘。

胡小天蹲下身去，再次確認不悟已經死了，在他身上搜了一遍，發現了一卷帛書，展開一看，不由得驚喜起來，原來那卷帛書上記載著虛空大法的下半部，看來不悟一直都將這帛書隨身攜帶。

此時一個魁梧的黨邑族男子騎在一匹黑色駿馬之上，揮動狼牙棒向兩人衝了過來，熊天霸抓起大錘，一個箭步跨出去，劈手就是一錘，他現在無論出手的力量還是速度都比先前大上許多，對方出手在他眼中顯得極其緩慢，所以熊天霸雖然動作較晚卻是後發先至，大錘砸在駿馬身上，將那黨邑族男子連人帶馬砸得飛向半空。

熊天霸雖然知道自己力氣大，可過去就算傾盡全力也沒有將人家連人帶馬砸飛出去的經歷，目瞪口呆地望著空中翻飛慘叫的一人一馬，愕然道：「娘嘍！我沒怎麼用力啊！」

胡小天望著這傻小子真是無可奈何，不過心中卻欣喜無比，自己身邊雖然好手不少，但是真正的頂尖高手並沒有幾個，熊天霸今日得此機緣，其武功突飛猛進，在內力上甚至可以比肩自己，再加上這廝天生神力，以後天下還有幾人能夠跟他單打獨鬥？

此時恩科部落的兩千名勇士也殺到了翰爾金部落的老巢，展開一場激烈對攻，熊天霸豈肯錯過這場熱鬧，掄起兩支大錘衝了上去，猶如砍瓜切菜一般所向披靡。翰爾金部落留在營地駐守的那些人遭遇突襲已經亂了方寸，再看到對方如此強悍，一個個無心戀戰，四散而逃。

郭光弼望著火光衝天的方向，兩道濃眉擰在了一起，一旁謝堅低聲道：「大帥，前方失火的地方就是翰爾金部落的大本營。」

郭光弼從鼻子裡哼出一聲，然後用力抿緊了嘴唇，猛然揮起馬鞭重重抽打在馬身上，全速向大火燃燒的方向奔去。

熊天霸殺得興起，正準備追殺之時，卻被胡小天叫住，大局已定，他們沒必要久留，此時那名帶他們前來的嚮導驚慌失措地來到他們面前，驚呼道：「壞了，有一支大軍正向這邊飛速推進，嵇城郭光弼的隊伍，大概有一萬多人呢，而且是他親自領軍……」

熊天霸大聲道：「一萬多人又能怎地？我一樣可以將他們擊退。」這廝實力驟然增加數倍，現在可謂是信心滿滿。

那嚮導道：「恩科部落的人都已經準備撤了，你們若是不走，留在這裡等於送死。」

熊天霸望著胡小天，顯然是以他馬首是瞻，胡小天皺了皺眉頭，心中暗自盤算，郭光弼的一萬多軍隊前來，不知其中是否有郭光弼在，如果他在，今天倒是一個將他剷除的絕佳時機。錯過了今日，再想找到郭光弼恐怕沒那麼容易。

胡小天道：「你幫我轉告恩科部落的頭目，他們若是今日逃了，以後的安康草原仍然要被郭光弼和翰爾金部落聯手欺壓，有我們相助，今晚是戰勝郭光弼的唯一機會，他若是想放棄，我們就此離去，再不管你們的事情，你幫我問問他，究竟是想跪著生，還是願意站著死？」

那嚮導猶豫了一下，終於還是向恩科部落的頭領走去。

熊天霸兩隻大眼珠子眨了眨：「三叔，你當真想幹掉郭光弼？」

隨同郭光弼前來的共有約一萬五千人，他們本以為對方會望風而逃，卻想不到他們非但沒走，反而就留在那裡嚴陣以待。

郭光弼勒住馬韁，謝堅伸手示意眾人停下腳步，做了個手勢，大軍在草原上排列起方陣。

熊天霸騎在一匹高頭大馬之上，馬前橫放著一人，此人穿著郭紹雄的衣服，被五花大綁，正是胡小天所扮。

胡小天用眼角的餘光望去，發現郭光弼手下的這幫將士在列陣方面明顯拖遝，不過和自己身後的恩科部落的那些人相比已經算訓練有素，但是如果和自己麾下將士相比，卻要差上不少，畢竟郭光弼徵召的這些將士大都是半路出家，能夠有如今的戰術水準還多虧了謝堅的調教，可是這幫人的底子實在太差，再加上時日過短，以謝堅的本事也無力將他們在短時間內調教成為一支英勇善戰之師。

熊天霸縱馬來到隊伍前方，大吼一聲道：「呔！爾等給我聽著！想要郭紹雄的性命就給我乖乖聽話，不然我將他的腦袋揪下來！」他一把抓住胡小天的髮髻逼迫他仰起頭來，其實胡小天現在披頭散髮的，遠看跟鬼一樣。

兩軍之間距離有五十丈左右，再加上夜色深沉，郭光弼一方就算目力再強也無法辨認熊天霸抓住的這人到底是誰。謝堅老謀深算，低聲提醒道：「大帥小心有詐。」

郭光弼點了點頭，此時對面又推出一名黨邑族少女，卻是郭紹雄的未婚妻子查金克茶，查金克茶尖聲叫道：「救命！救命！郭伯伯快救我們……」她並不知道郭紹雄已經死了，以為熊天霸抓住的那個人就是郭紹雄，看到援兵前來，自然沒命呼救。她聲音尖細，不過辨識度極高。

郭光弼已經聽出是查金克茶，怒道：「混帳東西，竟然劫持我兒、兒媳！」

謝堅道：「大帥不必心急，他們必有條件。」

胡小天以傳音入密叮囑熊天霸如何去做，熊天霸大吼道：「都給爺爺我聽著！你們全都給我停在原地不動！」

郭光弼大聲道：「大膽狂徒竟敢劫持吾兒，還不快快放人，我答應饒了你們的性命就是！」心繫獨子的安全，自然不敢輕舉妄動，主動提出讓步。

謝堅心中暗歎，郭光弼越是如此，對方或許就越會變本加厲，可事關郭紹雄的性命，他也不敢亂出主意，萬一郭紹雄有什麼閃失，他也承擔不起這個責任。

熊天霸擺了擺手，恩科部落得到了他的首肯，馬上掉頭就走，這其實都是他們事先的約定，縱然胡小天和熊天霸兩人神勇，可是以兩千人對付對方的一萬五千人勝算仍然太低，即便是能夠取勝也必將付出慘重的代價，胡小天雖然熱血動員，可恩科部落也不是傻子，好話說盡，最終還是想出了這個險中求勝的辦法，讓恩科部落先撤，人家才答應陪他們冒險一試。

得到熊天霸的首肯，恩科部落的人馬迅速撤退，一會兒功夫就撤了個乾乾淨淨，郭光弼大聲道：「他們都已經走了，你還不放了我兒！」

熊天霸哈哈大笑道：「急什麼？我現在放了他，你豈不是馬上就率領大軍追趕過來，等等！反正有的是時間。」

郭光弼投鼠忌器只能耐心等待，胡小天故意掙扎了幾下，他的嘴上被布條勒住，大聲叫嚷，只是發出嗚嗚之聲。熊天霸照著他的屁股上就是一巴掌，大吼道：「叫！再叫老子把你給閹了！」當然是為了增加可信度，雖然這廝沒敢發力，可這一巴掌拍得胡小天屁股也是一痛，這廝手太重了，胡小天以傳音入密罵道：「混小子，你跟我有仇嗎？」

熊天霸這才知道自己出手太重，沒敢再來第二下。

關心則亂，郭光弼現在已經信了十足，他大聲道：「你還不快快放人？我郭光弼向來言出必行，你只需放了我兒，我保你平安離開這裡。」

胡小天估摸著恩科部落已經走得差不多了，郭光弼就算現在想要追趕也來不及了，當下提醒熊天霸放人，熊天霸揚起手來，將五花大綁的胡小天扔了出去，隨手一拉繩索，將此前被棄在地上的查金克茶一下拉了起來，橫放在自己的馬上，掉頭就跑。

郭光弼看到兒子被熊天霸扔下，第一個衝出來去接應，謝堅想要阻止已經來不及了，慌忙率領眾人也衝了上去。

胡小天躺在地上，目光盯著郭光弼，計算好距離，陡然從地上飛掠而起，在空中以內力崩斷了身上的繩索，宛如蒼鷹搏兔，於空中閃電般俯衝下去。此番變故實在太過倉促，郭光弼意識到這變化之事，胡小天已經俯衝到他的頭頂。身後響起謝堅的驚呼之聲：「放箭！放箭！」

無數羽箭向胡小天射去，可是這些羽箭根本無法突破胡小天的護體罡氣，更談不到傷害他分毫，胡小天突破箭雨已經來到郭光弼的面前，一腳將郭光弼劈向自己的長刀踢飛，然後飛撲在郭光弼的身後，以匕首抵住郭光弼的咽喉，大吼道：「誰敢再上前一步，我就讓他血濺五步！」

郭光弼面如死灰，他本以為被熊天霸制住的是自己的兒子，卻想不到會發生這種變化。

謝堅等人雖然人數眾多，可是看到郭光弼落入了胡小天的手中，無人敢輕易上前，謝堅顫聲道：「大家冷靜，千萬不可輕舉妄動。」

胡小天呵呵笑道：「還是謝先生明智！」

謝堅此時方才從聲音中辨別出他的身分，確定眼前假扮郭紹雄的人乃是胡小天無疑。謝堅平靜道：「我當是誰，原來是鎮海王，難怪有那麼大的膽子，你以為能夠從這裡逃得出去嗎？」

胡小天微笑道：「誰說我要逃？如果我要逃的話，還會在這裡等你們？」

郭光弼怒道：「不必管我，殺了他！」

胡小天哈哈大笑：「你終究還算是有些膽色，比你那窩囊廢兒子強多了。」

郭光弼道：「你將紹雄怎樣了？」

胡小天道：「不如我帶你去見他。」

此時遠處傳來一聲哇呀呀的怪叫，卻是熊天霸去而復返，揮舞著兩隻大錘回來接應，看到胡小天已經得手，這廝樂不可支，大笑道：「三叔，我去幹翻他們！」

胡小天瞪了他一眼，熊天霸方才灰溜溜在他的身邊勒住馬韁。

胡小天道：「謝先生，我們借人一用，等脫險之後自會放他離開。」

謝堅道：「我家少帥是不是被你們殺了？」他從眼前的一切推斷出一個結論。

胡小天還未說話，熊天霸搶先道：「殺了怎地？那膿包貨竟然敢搶我們的馬隊，殘殺我們的兄弟，殺了他都是便宜他了。」

郭光弼聽到兒子已經遇害的消息，整個人猶如五雷轟頂，他大聲狂呼道：「給我殺了他，給我殺了他們，別管我！」

胡小天一巴掌將郭光弼拍暈了過去，然後冷冷望著謝堅，凜冽的殺氣瞬間將謝堅包圍，謝堅從心底打了個寒顫，竟感覺到只要胡小天願意，隨時可以拿走自己的性命。

胡小天以傳音入密向謝堅道：「謝先生，你放心這番話他們都聽不到，你乃大智大慧之人，郭紹雄聯合瀚爾金部落殺死我的兄弟，奪走我的馬群，這件事我無論怎樣都要給兄弟們一個交代，郭光弼已經是強弩之末，就算我不殺他，他日也必然被其他勢力吞併，謝先生不為自己著想也要為親人和朋友著想，今日你放我們離去，我保證給你們留一條活路，不然我離開之後，必然率兵前來血洗稱城，將城內所有軍民屠殺殆盡！」

謝堅聽到胡小天說到要屠城的時候內心不由得一緊，正在猶豫的時候，隊伍之中一人衝了出去，大吼道：「放開我家主公！」卻是郭光弼麾下猛將劉虎頭。此人也是驍勇善戰，以力大勇猛著稱，在郭光弼軍中赫赫有名。

劉虎頭挺起鑌鐵槍殺出陣列，胡小天使了個眼色，熊天霸催馬迎了出去，一錘砸在劉虎頭的大槍之上，強大霸道的力量已經將槍桿砸彎，劉虎頭雙手虎口均被震裂，鮮血流出，根本拿捏不住鑌鐵槍，變了形的大槍脫手飛出。

說時遲那時快，熊天霸的第二錘已經招呼上去，噗！將劉虎頭連人帶馬砸倒在地，現場血光四濺，慘不忍睹。

熊天霸宛如一尊魔神，傲視對方陣營，揚起沾滿鮮血的大錘，炸雷般吼叫道：

「誰敢來戰？」

郭光弼手下雖然人多，可畢竟是一幫烏合之眾，看到主帥被擒，又看到他們之中以勇猛著稱的劉虎頭剛剛衝出去就被熊天霸一錘給砸成了肉泥，一個個被嚇得心驚膽顫，更別說還有什麼鬥志了。

謝堅何等精明，他已經完全明白今日發生的事情，胡小天並非沒有逃走的機會，人家是故意不逃，鋌而走險要一舉將郭光弼除去，自己雖然覺得不對，可終究還是沒有識破人家的計策，最終被他們所乘。

雖然心頭已經開始動搖，可是謝堅在眾人面前仍然要裝模作樣，他大聲道：「胡小天，你們膽敢傷害我家大帥一根汗毛，就讓你們後悔來到這個世上。」

胡小天哈哈大笑，一手拎起郭光弼，調轉馬頭向遠方疾馳，熊天霸緊跟他的身後為他保駕護航。

胡小天的聲音響徹在天地之間：「謝堅，爾等但有一個人敢追蹤我們，我就殺了郭光弼這老賊。」

謝堅心中暗歎，胡小天今日所為分明是必殺郭光弼，如今大局已定，非人力能夠挽回，郭光弼父子一死，他們的內部必然陷入混亂之中，謝堅派出一支千人的騎兵隊伍尾隨追擊，其餘大軍在後方跟隨，其實他心中已經明白，就算追上也無濟於事，應該要為接下來的事情考慮了。

胡小天和熊天霸兩人將後方追兵遠遠甩在身後，倒不是因為他們的馬快，而是因為郭光弼手下的那幫將士已經被兩人神勇的表現嚇破了膽子，誰也不敢全力追趕，誰也不嫌自己的命長，更何況萬一跟得太近，胡小天惱怒之下殺了郭光弼，誰也擔不起這個責任。

謝堅有一點並沒有算錯，胡小天壓根沒想過要留下郭光弼的性命，郭光弼被胡小天挾持，口中大罵不已。胡小天歎了口氣道：「本以為你也算得上一方人物，想不到如此不堪。」抓起郭光弼狠狠向地面摔去，郭光弼又怎能禁得起他大力一摜，被胡小天摔得粉身碎骨當場身亡。

熊天霸也被胡小天的舉動嚇了一跳，想不到胡小天出手要比自己還乾脆利索。

倒不是胡小天狠心，對胡小天而言，郭光弼只是一個被人利用的小角色，原本他並沒有想這麼早對付郭光弼，可是唐鐵漢的死促使他提前出手，郭紹雄和瀚爾金部落聯手製造了這起血案，其原因卻是因為不悟和尚在後起作用，而不悟的背後肯定還會有指使者。

如今親手對付唐鐵漢的這些人都已經得到了應有的下場，郭紹雄、郭光弼乃至不悟和尚全都先後喪命，對唐鐵漢和那些死去的兄弟也總算有了個交代，可這件事對胡小天而言並不算完，他必然要將此事追查到底，找到幕後的真凶讓他得到應有的懲罰。

第三章

禍害大康的初衷

自己年事已高，時日無多，兒子是自己的唯一希望，
兒子的前途和大雍的命運相比，顯然前者的份量更重。
在李沉舟控制大雍朝廷後，文承煥的內心徹底改變，
唯一沒變的就是要禍害大康的初衷，
他要竭盡自己所能，幫助自己的兒子成就大業。

胡小天和熊天霸返回鷹澗谷的途中，遇到了匆匆趕回大本營的瀚爾金部落的人馬，兩人選擇迴避，瀚爾金部落經此一役之後損失慘重，而郭光弼的死亡讓他們之間的聯盟也不復存在，安康草原的格局必將重洗，在沒有郭光弼勢力插手的前提下，其他各部應該有實力和瀚爾金部落一戰，而且會佔據上風。

熊天霸望著金色晨輝下匆匆行進的瀚爾金兵馬，低聲道：「真想衝下去殺個痛快。」

胡小天望著這傻小子，發現他這一夜之間產生了脫胎換骨的變化，一雙黑白分明的大眼珠子精光閃爍，整個人充滿了強大的信心和氣場，胡小天知道這是因為熊天霸得到了李雲聰和不悟內力的緣故，只是有一個問題讓胡小天感到困擾，即便是自己掌握了虛空大法的上半部，仍然無法將所吸收的內力全都納為己用，熊天霸卻又是如何做到的？他的內力根基遠不如自己，卻在短時間吸納了兩大高手的內力，並能將之發揮出來，難道這廝的丹田氣海和周身脈絡天生強大？

這個問題胡小天想不通，熊天霸自然也不可能作出解釋，總之這對胡小天來說是一件大好事，李雲聰和不悟之死，幫他造就出一位可躋身頂級高手陣列的人物。

兩人回到鷹澗谷，華力和宗唐、唐輕璇、維薩、梁英豪等人出來迎接，眾人都為取得的勝利歡欣鼓舞，唐輕璇聽說謀害自己大哥的兇手已經授首，忍不住熱淚盈眶，為大哥報仇雪恨的願望總算得以實現。

華力及其部落中人將胡小天視為挽救部族命運的恩人，對他千恩萬謝，盛情款待，胡小天並沒有久留，當日午宴之後率領部下離開了鷹澗谷，一路向東而行，兩日之後已經接近嵇城，黃昏時分他們在草原露營，胡小天看到唐輕璇在遠處，跪在草地上，雙手合什朝著夕陽的方向默默祈禱，他悄悄來到唐輕璇的身後並未驚動她，等到唐輕璇祈禱完畢方才意識到他的到來，唇角總算露出一絲久違的笑意：「小天，謝謝你！」

胡小天將自己的披風為她披在身上，草原黃昏風大，冷風高速行進在草原之上，發出怪獸般的嘶吼，胡小天愛憐地撫摸了一下唐輕璇的頭頂，輕聲道：「你我之間，還用得上說這種客氣話，你不用謝我，其實這次我心中歉疚得很，如果不是當初我奪走了興州，郭光弼父子也不會對大哥下手。」他並沒有將這件事的真正內幕透露給唐輕璇知道，如果她知道真凶另有他人，內心仍然無法安寧。報仇的事情交給自己就好，就讓唐輕璇認為大仇得報，從此心安也好。

唐輕璇搖了搖頭，螓首抵在胡小天的肩頭，淚水無聲落下，抽噎道：「大哥一向最疼我，以後再也沒有人……像他……像他那樣縱容我了……」

胡小天抓住她的肩頭，讓她抬起頭來，低下頭去，輕吻她光潔的額頭，然後將她的嬌軀用力摟入懷中，信誓旦旦道：「還有我，我向大哥在天之靈起誓，決不讓你受到一絲一毫的委屈！」

他們的露營地點距離嵇城只有三十里，安康草原落日較晚，以他們的行進速度完全可以在天黑之前進入嵇城，不過胡小天藉口避免麻煩，決定在草原上留宿一晚，翌日天明再分批進入嵇城。

夜幕降臨之時，胡小天悄悄離開了自己的營帳，梁英豪已經為他準備好了馬匹，胡小天單人匹馬向嵇城行去，他此行的主要目的是要夜會謝堅。

雖然已經是深夜，嵇城帥府內仍然燈火通明，靈堂之中擺放了兩具棺槨，郭光弼父子雙雙殞命，讓嵇城也陷入了群龍無首的境地之中，郭光弼這個人性情殘忍，剛愎自用，在丟失興州之後非但沒有痛定思痛檢討自己，反而變本加厲，對部下越發苛刻，所以他的死並未引起手下人太多悲傷，反而有很多人暗自竊喜不已。

在他們回到嵇城之後，謝堅就集合眾將商量以後的大計，原本是想推舉出一位臨時的帶頭人，卻想不到眾說紛紜，各自為政，還險些在靈堂之上刀劍相向，謝堅好不容易才將這場風波給暫時壓下去，推選頭領之事也只能暫且作罷，謝堅身心俱疲，來到一旁房間內暫時休息。

剛剛點燃桌上的油燈，卻見床上一人坐在那裡笑瞇瞇望著自己，不是胡小天還有哪個？謝堅吃驚不小，這廝真是膽大，不知何時混入了嵇城，而且竟敢來到帥府之中，謝堅轉身將房門插上，來到胡小天近前壓低聲音道：「你好大的膽子，謀害了我家主公，竟然還敢在這裡出現，只要我高呼一聲，定叫你死無葬身之地。」

胡小天微微一笑，謝堅這頭老狐狸到了這種時候居然還要虛張聲勢，他淡然道：「謝先生，大家都是明白人，此時再說這種話好像並無任何意義。」

謝堅面露尷尬之色，的確，事已至此，自己再說這種話反而顯得淺薄，他歎了口氣道：「你已經得償所願，為何還要來到這裡？難道你當真想要將我們所有人都趕盡殺絕嗎？」

胡小天道：「我對謝先生一直都欣賞得很，只可惜謝先生明珠暗投，始終無法施展抱負，這小小的嵇城又怎能展現謝先生的真正本領。」

謝堅苦笑道：「謝某胸無大志，只求苟且得安，如今主公遭遇不測，等料理完主公後事，謝某就找一個清淨的所在避世隱居。」

胡小天道：「亂世之中，先生以為能夠得到想要的那份清靜嗎？」

謝堅低聲道：「只要能夠守住心頭的清靜，自然不會受到塵世的干擾。」

胡小天道：「我只是為先生感到可惜，郭光弼父子全都不是做大事之人，性情殘暴，目光短淺，當初據有興州之利，近十萬之眾，卻不聽先生的忠告，屢出昏招，方導致敗走嵇城，眾叛親離，落入今日的局面，郭光弼死後，他的這幫下屬不知團結，反而急著爭權奪利，內部分裂在所難免，以先生的智慧，不會看不到未來將往何處發展。」

謝堅道：「我才懶得管這些閒事。」

胡小天道：「果真如此嗎？先生若是不管，這群龍無首的嵇城必然成為一盤散沙，或許還會各自為政，因為爭權奪利而拚個你死我活，外面就是安康草原，瀚爾金部落如今被其他七部聯合征討，安康草原無險可守，最合適的地方應該就是這裡，更何況你們的軍中還徵召了不少的黨邑族男子，若是裡應外合，謝先生以為能夠守得住嗎？就算你們可以棄城而逃，這嵇城的百姓又該何去何從？」

謝堅抿了抿嘴唇，臉上的表情猶豫不決。

胡小天道：「謝先生若是就此離去，外人會怎麼看你，身為郭光弼麾下第一謀士，謝先生以為不會為他的敗亡承擔責任嗎？先生難道甘心留下罵名？」

謝堅歎了口氣道：「你究竟想怎樣？」

胡小天道：「識時務者為俊傑，先生難道看不清天下大勢？先生難道不想在有生之年能夠有一番作為？」

謝堅望著胡小天道：「若是我不答應，你是不是就會利用反間計將我除去？」

胡小天不由得笑了起來：「先生死了對我沒有任何好處，先生活著也不可能對我再有任何威脅，可先生若是願意幫我，我可穩固邊陲，先生也可重新證明自己的能力，讓天下人都知道，郭光弼之所以落到今日之下場，非是先生不能也，而是因為他並未給先生足夠的空間。」

謝堅內心中怦然一動，胡小天的這番話曉之以理動之以情，他顯然看出了自己想要什麼？謝堅並非是一個毫無抱負之人，如胡小天所言，郭光弼並非明主，雖然表面上對自己非常客氣，可是在關鍵事情的決策上仍然獨斷專行，正是郭光弼接連幾次的決策錯誤方才導致了如今的敗亡。

現在郭光弼的勢力只剩下了嵇城，剩下的這幫人根本不可能再有什麼作為，謝堅知道如果就此放棄，那麼他將會為郭光弼的失敗承擔相當大的一部分責任，背負著這樣的名聲，天下間還有誰會啟用他？他縱然有天大的抱負又有什麼機會去施展，能夠接受他的只有胡小天一個罷了。

謝堅道：「明日正午我會請僧侶在靈空塔為主公超度，到時候所有將領都應該在，應該會有一場大火。」

胡小天望著謝堅，唇角露出一絲微笑，謝堅果然明智，他的這番話意味著他已經選擇了自己的陣營，想要整頓眼前局面，謝堅就必須清除所有可能存在的障礙。

翌日正午時分，位於嵇城西北的靈空塔突然失火，當時郭光弼麾下的主要將領正在塔頂為郭光弼父子超度，靈空塔乃是木質結構，火勢凶猛，整座寶塔盡數焚毀，當時在塔內之人除了因故中途離去的謝堅之外，其他人全部殉難，其中多半是被燒死，也有三人選擇跳塔逃生，可從這麼高的地方跳下其結果必然是粉身碎骨。

靈空塔失火之時，整個嵇城都看得清清楚楚，胡小天和他的一眾手下在清晨就已經陸續進入城內，現在胡小天正和宗唐、梁英豪兩人並肩站在風沙堂的院落之中，遙望著靈空塔那邊濃煙滾滾的情景，胡小天心中暗歎，謝堅果然夠狠，火燒靈空塔將郭光弼手下的那些頭目一網打盡，這種排除異己的手段可謂是雷厲風行。非常之時需行非常之事，謝堅的做法倒也無可厚非。

宗唐和梁英豪兩人並不知其中的內情，宗唐道：「失火了。」

梁英豪道：「多行不義必自斃，現在連老天都看不過眼了。」

胡小天微微一笑：「郭光弼一死，自然是樹倒猢猻散，他手下的這幫烏合之眾根本沒有實力在嵇城立足。」

梁英豪知道胡小天昨晚連夜潛入嵇城，只是不清楚他在嵇城做了什麼。

此時風沙堂的老闆傅興一溜小跑奔了進來，上氣不接下氣道：「出大事了，出大事了！」

胡小天笑道：「傅老闆何事如此驚慌？」

傅興平復了一下方才道：「今日城內眾將前往靈空塔為郭光弼父子超度，不知怎地突然就失了火，裡面的人幾乎都沒有逃出來，大都被活活燒死在裡面，還有人從塔上跳下來直接摔死了。」

胡小天對此早有心理準備，輕聲道：「居然發生了這種事，謝堅死了沒有？」

傅興道：「沒有，我剛才去那邊看到，他在那裡組織滅火營救呢。」

胡小天道：「傅老闆再去打聽一下，看看都是什麼人死了。」

傅興點了點頭，轉身去了。

梁英豪看到胡小天的表情隱約猜到這件事可能跟他有關，正想詢問的時候。

胡小天道：「梁大哥，我想你和熊孩子暫時留在稖城一段時間。」

梁英豪道：「是！」

胡小天道：「我想用不了多久時間，謝堅就會向我們俯首稱臣，稖城雖小，可確是出塞的重要關隘，又是安康草原周邊唯一的城池，戰略地位不容忽視。」

梁英豪聽他這樣說，已經猜到胡小天必然說服了謝堅，當下微笑道：「主公怎麼說，我就怎麼做，只是熊孩子可不好管教。」

宗唐主動請纓道：「還是我留下吧，熊孩子只聽您的話，留他在這裡千萬別捅出漏子來。」

胡小天想了想的確如此，熊天霸最怕的就是自己，若是離開了自己的視線，這小子還不知會惹出怎樣的事端，他點了點頭道：「也好，這場大火就是謝先生的投名狀，英豪，你可讓傅興牽線搭橋和謝先生聯絡，協助他在最短的時間內將稖城的軍心穩住，」

安康草原仍然寒風刺骨，位於江南的康都卻已經是春光明媚，勤政殿內，七七聽太師文承煥和丞相周睿淵先後稟報完最新的國情和財政收支狀況，俏臉之上流露出一絲欣慰的笑意，種種跡象表明大康今年又將迎來一個豐年，甚至要好過於去年，這個一度垂危的古老帝國已經開始緩慢的復甦。

周睿淵道：「公主殿下，今年庸江以北天氣反常，入春之後卻又下了兩場雪，麥苗大面積凍死，看來今秋可能欠收了。」

七七點了點頭：「很好！」

文承煥聽到她所說的這兩個字心中隱隱感到不舒服，這小妮子分明在幸災樂禍，大雍是自己的故國，在文承煥的心中自然是希望大雍欣欣向榮蒸蒸日上，他無時無刻不在關注著大雍的局勢，兒子的一舉一動都牽動著他的心弦，李沉舟的野心現在已經天下皆知，任何人都知道大雍的實際權力掌控在李沉舟的手中，文承煥開始的時候還感到有些惶恐不安，甚至有些內疚，他隱姓埋名拋妻棄子來到大康，為的就是幫助大雍南下，一統中原做準備，而現在兒子的所作所為和自己背道而馳，兒子一手控制了自己曾經忠於並為之奮鬥一生的薛氏王朝。

可沒過多久文承煥就開始接受了這個事實，其實在他的愛子文博遠死後，他的內心深處就反覆拷問自己，這些年來的付出究竟值不值得？他究竟得到了什麼？李家得到了什麼？自己年事已高，在這個世界上已經時日無多，兒子才是自己的唯一希望，兒子的前途和大雍的命運相比，顯然前者的份量更重。尤其是在李沉舟控制大雍朝廷之後，文承煥的內心已經徹底改變，唯一沒變的就是要禍害大康的初衷，他要竭盡自己所能，幫助自己的兒子成就大業。

文承煥道：「公主殿下，聽說胡小天會在五月初八大婚，還給您下了請柬！」

周睿淵向文承煥使了個眼色，顯然認為文承煥提出這件事有些缺乏眼色了，誰都知道永陽公主和胡小天的關係，兩人解除婚約也是天下皆知的事實。胡小天這次大婚搞得人盡皆知，還特地邀請永陽公主前往出席，應該存在一定的報復心理，分明在故意刺激永陽公主。所有人心中都明白，所以也都在小心迴避這件事，而文承煥卻當著七七的面提出來，以文承煥的閱歷應該不是沒有考慮到以上的顧忌，那麼他就是存心故意了。

七七並沒有生氣，只是莞爾一笑：「有這回事！」目睹她如此氣定神閑古井不波，連老謀深算的文承煥都暗自佩服，這小妮子果然修煉成精，難怪她能夠掌控大康朝政，心態如此強大，又或者她對胡小天從來就沒有產生過感情。

文承煥道：「公主殿下會去嗎？」

七七道：「等過了清明節，本宮就啟程，胡小天畢竟是鎮海王，這個面子本宮無論如何都是要給的。」

文承煥躬身道：「老臣認為殿下還是不去的好。」

七七淡淡笑了笑道：「把你的理由說來聽聽。」

文承煥道：「胡小天野心勃勃，佔據東梁郡、武興郡、東洛倉、白泉城，控制庸江下游，望春江乃至雲澤大半水域，新近又得了興州，雖然他接受了公主的冊封，可是他依然故我，根本不聽公主殿下的調遣，我看此人早晚必反。公主殿下若是參加他的大婚典禮，豈不是身涉險境？」

七七呵呵笑道：「文太師真是長他人志氣滅自己威風，胡小天有野心本宮看得出，可是以他今時今日的實力還不足以和大康抗衡，本宮若是不去，他必然會說本宮封他為王乃是一個圈套，說本宮毫無誠意。」

周睿淵也聽出七七已經決定要前往雲澤參加胡小天的大婚典禮，他慌忙上前深深一揖道：「公主殿下，此事萬萬不可，鎮海王大婚，朝廷即便是想表示對他的恩澤也沒必要殿下親往，我看由文太師代替公主前往即可。」

文承煥一聽心中暗罵，周睿淵啊周睿淵，你這是擺明了陰我，誰不知道老夫和胡小天素有仇隙，你推薦我代替公主去，豈不是給了胡小天一個對我下手的機會？不過這種時候他也不能推三阻四，文承煥慷慨激昂道：「殿下，老臣願意替您前往。」心中暗忖，我先答應下來，過兩天我就裝病，總不能讓我抱病前往。

七七掃了文承煥一眼道：「太師忠心可鑒，本宮心領了，可胡小天請的是我，又不是你。」

文承煥暗自鬆了口氣，心想不去正好，你以為老夫想去？向周睿淵狠狠瞪了一眼，陰惻惻道：「其實周丞相和胡家乃是世交，由周丞相代替公主前往也不失為一個很好的選擇。」

周睿淵微微一笑，知道文承煥是在報復自己，他恭敬道：「太師說得是，公主殿下意下如何？」

七七道：「你們兩個有什麼心思本宮都清楚，同殿為臣，縱然過去有些心結，可在遇到大事的時候也需放下，本宮最不想看到的就是臣子之間勾心鬥角，爾虞我詐，不要以為你們是老臣，本宮就不會罰你們！」

周睿淵和文承煥兩人都是老臉一熱，同時一揖到地：「殿下，老臣知罪！」

七七擺了擺手道：「本宮去不去雲澤，乃是我的私事，以後除非我問，你們不可在本宮的面前提起，你們明不明白？」

「臣明白！」兩人同時答道。

七七呵呵冷笑道：「既然明白還故意這樣問我，卻又是何居心？」美眸冷冷盯住文承煥，看得文承煥內心一寒，額頭冒汗，這小妮子當真是太過精明，他慌忙道：「公主殿下，臣對殿下忠心耿耿，對大康赤膽忠心，臣……」

七七揚起右手制止住他繼續解釋下去，輕聲道：「退下吧，明白人何須說這種虛偽之辭？你說得有勁，本宮可沒興趣聽。」

文承煥老臉羞得通紅，這種情況下多說也是無益，只能向七七告退，周睿淵也適時告退，這種時候留下來也沒什麼好果子吃。

七七卻將周睿淵留了下來：「周愛卿，你等等再走。」

周睿淵硬著頭皮留下，等到文承煥離去之後，周睿淵躬身致歉道：「臣言行無狀，還望公主殿下不要見怪。」

七七道：「最近好像沒有見到雨瞳姐姐啊！」

周睿淵聞言，表情越發緊張起來，他的咽喉動了動，然後低聲道：「啟稟公主殿下，臣的那個女兒已經和我恩斷義絕，她去了哪裡根本不會讓臣知道。」

七七微微一笑道：「做父親的，難道不關心自己的女兒啊？」

周睿淵苦笑道：「不是不關心，而是她拒絕我關心。」

七七點了點頭道：「你雖然不知道，可是我卻知道她的消息，我聽說她現在身在雍都，忙於重組神農社，年前雍都鬧鼠疫，還是多虧了她出手，方才幫助大雍平定了這次危機呢。」

七七的這番語氣雖然平淡無奇，可在周睿淵聽來卻是心驚肉跳，他撲通一聲跪倒在七七的面前，顫聲道：「微臣知罪，請殿下降罪！」

七七呵呵笑了起來，她緩緩站起身來，一步步走下台階，來到周睿淵面前，並沒有馬上讓他起身，而是俯視著周睿淵，這位一人之下萬人之上的大康丞相在自己的面前也唯有低頭乞憐。

七七道：「何罪之有？」

周睿淵道：「教導不嚴，對女兒過於放縱！養不教父之過，一切全都是微臣的責任。」

七七幽然歎了口氣道：「可憐天下父母心，你對雨曈姐姐倒是真的不錯。」她停頓了一下又道：「你肯不肯為她去死？」

周睿淵內心劇震，難道雨曈的事情當真觸怒了這個魔女，她要因此而降罪於自己？他毫不猶豫道：「願意！臣願意為她去死。」

「因為你覺得有愧於大康還是因為其他的緣故？你不可騙我，照實說！」

周睿淵道：「臣沒有想那麼多，只是作為一個父親願意為女兒去死！」

「你不後悔？」

周睿淵搖了搖頭。

七七輕聲道：「起來吧，本宮多麼希望也有一個像你這樣的父親。」

周睿淵暗自鬆了一口氣，這才敢從地上站起身來。

七七道：「本來這場疫情可以讓大雍雪上加霜，想不到雨曈姐姐居然出手幫助了他們，我還聽說，胡小天也曾經在雍都出現過。」她盯住周睿淵的雙目道：「胡小天究竟知不知道雨曈姐姐的真正身分？」

周睿淵道：「他應該不會知道。」

七七笑了起來：「應該？這世上應該的事情實在是太多，該發生的往往沒有發生，不該發生的卻偏偏發生了。」她黑長的睫毛垂落下去，輕聲道：「丞相，胡小天的大婚我會親臨現場，康都的事情你要幫我盯著。」

周睿淵愕然抬起頭來，旋即又低下頭去：「其實微臣在這件事上的觀點和文太師是一致的。」他委婉說明自己也不同意七七前往參加胡小天的婚禮。

七七道：「我本不想去，可思來想去，有些人終究無法逃開！」

周睿淵離去之後，七七讓權德安將楊令奇傳召進來，楊令奇在勤政殿外已經等了不少的時間，來到七七面前本想下跪，七七擺了擺手道：「免了！」又讓小太監給楊令奇搬來一張椅子，這對楊令奇而言已經是莫大的榮光。

楊令奇坐下之後，權德安擺了擺手，幾名宮人全都退了出去。

楊令奇將一本帳簿遞給權德安，權德安又轉呈給了七七，楊令奇道：「根據臣的核算，這半年來皇陵方面所購入的物品清單和殿下所調撥的金額出入不大。」

七七點了點頭，展開帳簿流覽了一遍。

楊令奇又道：「只是他購買的物品非常奇怪，多半都和建築無關。還有，他新近徵召了不少的鐵匠，說是要在皇陵地宮築起銅牆鐵壁。」

七七道：「你辛苦了。」

楊令奇道：「臣為公主殿下縱然鞠躬盡瘁、死而後已也甘心情願。」

七七道：「本宮剛剛聽聞一個消息，說嵇城的郭光弼父子死於部落仇殺，他的那幫屬下跟隨謝堅一起投奔了胡小天。」

楊令奇道：「這對胡小天是好事，可對大康來說卻未必是好消息。」

七七秀眉微揚：「怎麼說？」

楊令奇道：「嵇城雖然不大，可是地處邊塞，乃是通往安康草原重要的關隘，又是安康草原周邊唯一的堡壘，可以說誰掌控了嵇城，誰就掌控了安康草原，胡小天已經佔據了興州，現在又佔領了嵇城，事實上等於掌控了整條通往西域的商路，不但為他日後的發展奠定了基礎，而且還會讓其他國家在對西域的貿易上受到很大的影響。」

周睿淵走出勤政殿，看到前方一個身影站在那裡，卻是太師文承煥，他居然沒走，一直在外面等著自己。

周睿淵微笑走了過去，故作詫異道：「文太師，您怎麼還沒有回去？」

文承煥道：「年紀大了，身體不行，遇到點事情就覺得心悸氣短，所以在這兒歇歇。」

「誰惹您生氣了？」

文承煥陰惻惻道：「你啊！老夫跟你同殿為臣數十年，多少也算是有些交情，想不到你居然在關鍵的時刻在老夫身後捅刀子。」兩人之間明爭暗鬥了不少年，文承煥也不怕把臉皮撕開。

離開了勤政殿，兩位大康重臣顯然都放開了許多，誰也無需像剛才那般小心翼翼膽戰心驚。周睿淵道：「文太師老當益壯，又對大康忠心耿耿，其實就算我不說，您也會主動請纓前往吶。」

「你怎麼不去？」

周睿淵笑道：「我向來淡泊功名利祿，立功的機會當然要讓給文太師。」

文承煥呵呵冷笑了一聲：「真是要謝謝你的好心了，對了，最近有沒有聽說過一個傳聞呢？都說周丞相的女兒就是玄天館任天擎的高徒秦雨瞳。」

周睿淵心中一怔，不知這消息從何處傳出去的？連文承煥都已經知曉了，難怪會傳到七七的耳朵裡，還好剛才七七只是詢問並沒有降罪於自己，其實周睿淵的確不清楚女兒的事情，他笑道：「周某為官半生，幾度沉浮，在背後詆毀我的，污蔑我的不知有多少，這樣的謠言太師也會相信？那，我還聽說一個傳言呢，說太師的兒子仍然活在世上呢，只是因為當初護主不力，畏罪潛逃。」

言者無心聽者有意，周睿淵其實指的是文博遠，要在文承煥的心頭捅上一刀，可文承煥卻是心中一驚，他首先想到的就是李沉舟，怒視周睿淵。

周睿淵寸步不讓地和他對視著。

文承煥重重哼了一聲，拂袖離去，走了幾步，卻又停了下來，頭也不回道：「此事若是落實，周丞相只怕逃脫不了責任吧！」

周睿淵道：「太師認識我這麼久，周某是否是個怕事之人？」

胡小天大婚的地點定在雲澤白沙灣，這裡距離白泉城最近，湖邊擁有延綿十多裡的白色沙灘，碧水白沙風景宜人，這裡還有一處溫泉，四季噴湧不停，早在一年之前，胡小天就安排工匠在這裡趕工建設，由白泉城太守左興建親自負責，所有的建築都是由胡小天親自設計，胡小天根據自己的印象，根據昔日海邊溫泉度假村的佈局風貌繪製而出，採用這種風格的最大好處就是可以花小錢辦大事，比起到處可見的金磚碧瓦，斗拱飛簷造價和成本都要低上許多。

左興建這個人最擅長的就是阿諛奉承，別看他幹正事兒不行，可這種事情倒是最為在行，因為知道是胡小天要在這裡舉辦大婚，所以格外盡力，自然遍請能工巧匠，日夜趕工，四月份的時候這裡已經全部完工。

包括左興建和眾多工匠在內雖一手建起了這片建築，可是這樣風格的建築卻是他們見所未見的。胡小天是直接將印象中的溫泉度假村搬來，可在別人看來這片建築之精美，之奇特稱得上美輪美奐，這位主公簡直是無所不能。包括弧形迴廊，弧形門窗，突破傳統想像，打破陳規的落地門窗，讓這片建築到處充滿了陽光。

建築的中心還按照胡小天的意思，專門砌起了一個游泳池，陽光照射下碧波蕩漾，和周圍的綠色植被相映成趣，最離譜的是，胡小天還在草丘之上建了一座廟，他給左興建等人說的時候叫廟，其實就是教堂，胡小天雖然不是一個基督徒，可是卻認為西式婚禮極其浪漫，他要給龍曦月一個終身難忘的婚禮。

胡小天提前一個月就抵達了白泉城準備，距離白泉城還有十里，就看到一支隊伍早已等候在那裡，胡小天此番只有維薩陪他過來，龍曦月要到五月初八才來到這裡跟他舉辦大婚典禮，這場大婚也是前所未有的隆重，胡小天廣邀嘉賓，這不僅僅是表現出他對龍曦月的看重，也要借此機會向天下群雄展示自身的實力。

左興建站在那裡，看到胡小天的隊伍前來，馬上眉開眼笑，率領眾人一起跪了下去，齊聲道：「屬下參見主公，主公千秋萬載，一統天下！」

胡小天對左興建極其瞭解，這廝善於見風使舵，阿諛奉承，不過這種人只要利用得當，對自己的發展利多弊少，別的不說，單單是雲澤周圍的七座城池，其內部的消息情報全都是左興建為自己調查清楚的。

胡小天道：「左興建，你帶著那麼多人喊這樣的口號，是不是想害我啊？」

左興建慌忙道：「屬下可沒有這樣的意思。」緊張得額頭冒出了冷汗，自己只想著拍馬屁，難不成這次馬屁拍在了馬蹄子上？

胡小天道：「我是大康朝廷冊封的鎮海王，你們這麼喊只怕不合適吧！」

左興建應變奇快，朗聲道：「屬下參見王爺，千歲千歲千千歲！」他一喊眾人也跟著喊。

胡小天微微一笑：「起來吧，你見過誰活一千歲？」

左興建道：「王爺非同凡人，乃是神仙一樣的人物，我看王爺別說一千歲，就算是萬歲也不在話下。」

一旁維薩聽他阿諛奉承實在是忍不住，格格笑了起來。

左興建這才停下了奉承之辭，翻身上馬，縱馬來到胡小天的身邊，一臉獻媚道：「主公，您的新宮已經建設完成，敬請檢閱。」

胡小天搖了搖頭道：「先去城內看看。」

第四章

共 犯

吳敬善唇角的肌肉不自主抽搐了一下，
胡小天非要將這個秘密告訴自己作甚？
他很快就想明白了，就算胡小天說出來，
自己也不敢出賣他，如果這件事的真相挑明，
那麼自己作為當時的遣婚史自然要承擔首要的責任，
換句話來說是胡小天的共犯。

一行人跟隨胡小天一起向城內進發，左興建雖然是白泉城的太守，但是在這裡當家作主的人卻是高遠，左興建也是個識時務的角色，無論大小事情都要徵求高遠的意見，近一年來更是將主要的精力投入到新宮的建設中去，所謂新宮就是胡小天設計的溫泉度假村，不過度假村也只是胡小天自己那麼認為，其他人都認為胡小天建設的是一座奇怪的新宮。

白泉城在高遠的治理下井然有序軍紀嚴明，作為胡小天勢力範圍內最南端的城池，這些年來胡小天也對白泉城投入不少，比起左興建剛剛歸順之時，城池的面積擴大了接近一倍，人口也增加了五萬餘人，其中多半都是在大康困難時期從雲澤周邊七城過來投奔的百姓。

高遠也在城門外列隊相迎，胡小天在眾人陪同下經過大街，看到道路兩旁百姓眾多，商戶興隆，胡小天也感到一陣欣慰，他經過之時，百姓自發高呼王爺千歲！

胡小天在馬上抱拳作為回禮。

來到城守府邸，胡小天和高遠單獨來到白虎堂內，高遠道：「主公，剛剛收到大康方面的確切消息，永陽公主已從康都出發，前來白泉城參加您的大婚盛典。」

胡小天微微一笑，七七過來是在他預計中的事，七七這妮子向來膽色出眾，而且往往會做出出人意料之舉。他輕聲道：「來的都是貴客，在我大婚期間，一定要做好安全措施，預防一切可能存在的意外。」

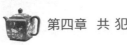

「是！」

胡小天端起茶盞抿了一口道：「天香國太后龍宣嬌這次也肯給我面子，她已經從海路前往東梁郡，會在那裡和公主會合，然後經由水路前來。」

高遠道：「以主公如今的聲威，誰敢不給您面子。」

胡小天淡然笑道：「我答應過公主，要給她一個終生難忘的婚禮，只是婚禮之上任何情況都可能發生。」排場搞得越大，需要承擔的風險也就越大，安防的壓力必然空前嚴峻。

高遠道：「主公放心，我會做好一切準備，確保大婚儀式萬無一失。」

胡小天點了點頭道：「展鵬、梁英豪、熊天霸他們也會在最近到來，到時候他們聽你統一調配。」

高遠有些不安道：「主公，高遠何德何能，怎敢調配幾位長輩。」

胡小天哈哈大笑起來：「他們對你都欣賞得很呢，這些年你在白泉城的所作所為，大家都看在眼裡，高遠，你果然沒有讓我失望。」想當初高遠只不過是他在逃亡途中湊巧遇到的一個孤兒，想不到經過數年磨礪，這小子居然成為一個智勇雙全的大將。

高遠道：「主公，高遠有一事不明，為何主公這次要遍請天下豪傑？」

胡小天道：「集結這麼多人在一起的機會並不多，借著這次的機會，我倒要看看什麼人是敵人，什麼人可以做朋友。」

高遠點了點頭，過了一會兒又道：「周默會來嗎？」

胡小天沉默了下去，在他最低潮的時期周默和蕭天穆、高遠曾經陪伴在他的身邊，高遠和兩人之間的感情也是極深，尤其是周默，他對高遠極為關心，兩人之間有著類似於父子般的感情，高遠明白，這兩人是胡小天的心結，所以從未在胡小天的面前提起過他們。

夜宴散去，月朗星稀，胡小天獨自坐在院落之中仰望夜空呆呆出神，身後響起維薩輕盈的腳步聲，柔軟的雙手從身後捂住胡小天的眼睛。

胡小天笑道：「不用猜也知道你是誰！」

維薩撅起櫻唇，放開了雙手，啐道：「好沒意思！」

胡小天牽住她的手臂，讓她坐在自己的雙膝之上，維薩捧住胡小天的面孔，盯著他的雙目，冰藍色的美眸閃爍著星辰般迷人的光芒。

胡小天笑道：「怎麼？打算對我用攝魂術？」

維薩格格笑了起來：「攝魂術對你沒用，不如直接用美人計！」

胡小天微笑點了點頭道：「果然知道我的心思。」

維薩卻看出胡小天有心事，柔聲道：「你是不是有心事？」

胡小天搖搖頭，躲開維薩的目光，卻被維薩捧住面孔，螓首抵在他前額之上，一雙美眸盯住胡小天道：「看著我的眼睛，難道你真想逼我對你使用攝魂術？」

胡小天道：「那你說說我有什麼心事？」

維薩笑而不語，她從胡小天的身上跳了下去，背著雙手向後退了幾步，一雙美眸笑意盈盈地望著胡小天。

胡小天道：「當真要對我下手？」

維薩道：「其實你不用擔心我們的想法，我、輕璇姐、融心姐對你和公主的這場大婚都舉雙手贊成，勝男姐去北疆之前就跟我們說起過這件事，公主跟你經歷了那麼多的磨難，方才走到一起，你理當給她一個隆重的婚禮，公主對我們好得很，如果不是她如此寬容，只怕我們也沒有追隨你的機會，主人，我們任何人對公主都沒有絲毫的嫉妒之心，更不會因此而有任何怨言，我們對這場婚禮由衷的祝福，打心底為你們高興，在我們心中只想著能夠追隨你一生一世，就已經足夠了。」

胡小天心中不由得一陣感動，自己何德何能，居然能夠讓這麼多的美人兒甘心為自己付出，而且不計名分。他起身展開臂膀想要將維薩攬入懷中，維薩卻用手臂抵住了他的胸膛道：「不過我代表我們姐妹幾個，也要向你提出一個條件。」

胡小天點了點頭，頗感好奇道：「什麼條件？」

維薩道：「我們都認為，你以後要給我們每人一個婚禮。」

胡小天笑了起來，婚禮雖然只是形式，可女人終究還是看重。

維薩俏臉紅了起來：「不是你想像中那個樣子，我們是說，你需要單獨向我們求婚，我們雖然不要什麼儀式和排場，可是你終究還沒向我們求過婚呢。」

胡小天點了點頭道：「好！」

維薩道：「記住，不可以敷衍，要每個人都不同，要用真心對待喔！」

胡小天握住她的纖手道：「你放心，我必然會給你們意想不到的驚喜！」

人生總是會有許許多多的意外，胡小天尚未來得及前往他的新居巡視，就有客人先行抵達了白泉城，讓胡小天意想不到的是，第一個前來道賀的竟然是南津島銷金窟的老闆徐鳳舞，胡小天和徐鳳舞在南津島打過交道，應該說那次的相見並不愉快，而且他並未給徐鳳舞下過請柬，甚至沒給金陵徐家下過請柬，徐鳳舞的出現應該算得上有些冒昧。

不過胡小天仍然表現出相當的禮貌，賓主相見，至少在表面上做足功夫，胡小天隱然意識到徐鳳舞絕非冒昧前來，他的背後必然有徐家的力量在指使。上次前往天香國的經歷，讓胡小天發現胡不為和金陵徐家應該還有不為人知的聯繫，胡不為之所以能夠成功擺脫大康，逃亡天香國，和徐家的支持是分不開的。

來的都是客，在禮數上決不能失分，胡小天和徐鳳舞在短暫的寒暄之後，切入正題。

徐鳳舞道：「王爺，我今次前來乃是奉了老太太的命令。」他口中的老太太自然指的就是徐老太太。

胡小天微笑道：「不知徐老太太有什麼事情？」他因母親之死對金陵徐家始終耿耿於懷，縱然徐老太太在名義上是自己的外婆，他仍然不肯以外婆相稱。

徐鳳舞道：「王爺結婚乃是人生大事，對徐家來說也是天大的喜事，老太太說了，她要親自過來參加您的大婚之禮。」他停頓了一下又道：「老太太這十幾年來都深居簡出，就算徐氏的子孫也沒有這樣的榮光，她對王爺這位外孫可是真心喜歡啊！」

胡小天聽得有些犯噁心，徐老太太連親生女兒最後一面都不肯見，足見她何其絕情，要說她對自己這個素未謀面的外孫擁有怎樣的感情，鬼才會相信，胡小天的不悅並沒有反映在臉上，微笑道：「我不是徐家人啊！」

徐鳳舞看了胡小天一眼，意味深長道：「在老太太眼中，你和其他的孫兒無異，據我所知，她對你的關愛還要更多一些呢。」

胡小天哈哈大笑，笑得非常突然，非常大聲，搞得徐鳳舞都有些尷尬了。

胡小天心想，徐老太太若是當真能來也好，自己倒要親眼見識一下這位神秘人物，這位掌控金陵徐家的實權人物。笑聲停歇之後，胡小天道：「對了，我最近失去了表兄的消息，不知他現在怎樣了？」

徐鳳舞道：「慕白應該會跟老太太一起過來，您大喜之日，他理當過來為您道賀！」

胡小天道：「其實親戚之間就該經常走動，長時間斷了聯絡，彼此之間就會生疏不少，這樣下去跟路人又有什麼分別，你說對不對？」

徐鳳舞尷尬點頭。

胡小天也沒有難為他，讓人安排徐鳳舞下去歇息。

徐鳳舞剛剛才走，這邊大康又來人了，這次派來的是禮部尚書吳敬善，吳敬善此番前來卻是為了永陽公主的到來提前做準備。

白泉城雖然位於胡小天勢力的最南端，可畢竟處於胡小天的實際控制之中，永陽公主此番踏入白泉城，名為在大康的版圖內，可實際上卻等同於深入敵境，大康方面也是做足準備，此番除了吳敬善這位形式上的領頭人之外，還有兩百名武士，這些人過來是為永陽公主打前站，掃平障礙，發現可能存在的危險，並要求胡小天改善，讓胡小天驚喜的是，這其中有天機局的不少人在內，葆葆居然也在其中。

雖然距離大婚還有接近一個月，不過胡小天已經事先將各方嘉賓安歇的地方準備好，臨近白沙灣，選擇風景宜人的所在，修建了六座行院，供最為尊貴的客人居住，其餘的客人大都安排在白泉城內，當然還得要遵從客人自己的意願，若是客人願意自己紮營，又或是乘船而來就住在船上，胡小天也會主隨客便，盡一切可能提供便利。

吳敬善在胡小天的陪同下視察了六座行院，徵求手下人的意見，最終定下逐浪灘的一座行院，這座行院距離大康最近，風景最美，規模最大，再加上不遠處還有碼頭，可供船隻停靠。

胡小天早就料到七七就算過來，也必然會做足防範的準備，所以提前讓人安排妥當，陪同吳敬善在這座行院內走了一圈，吳敬善畢竟年事已高，一圈下來已經累得氣喘吁吁，和胡小天一起走上碼頭，就在碼頭的風雨長廊內坐下了，長舒了一口氣道：「王爺果然準備充分呢。」

胡小天笑道：「這裡只有你我，吳大人又何須客氣呢？」

吳敬善轉身向岸邊的那些武士看了一眼，苦笑著搖了搖頭道：「尊卑有別，老夫必須遵從禮數。」

胡小天道：「我這個王爺究竟是怎麼回事兒，吳大人應該心知肚明。」

吳敬善道：「王爺為何一定要請公主殿下過來呢？」

胡小天因他的這個問題而笑了起來：「我是鎮海王，她是執掌大康權力的公主，我若是不請她，天下人都會說我藐視朝廷，目無尊上。」

吳敬善道：「可是王爺和公主殿下畢竟曾經有過……」說到這裡他故意咳嗽了

幾聲，話說到這裡已經足夠明白了。

胡小天微笑道：「我也聽說了不少的流言，說我之所以請她，卻是為了要報復她，要故意在天下群雄面前羞辱她。」

吳敬善又咳嗽了幾聲，沒說話，其實他心中也有同樣的想法。

胡小天道：「我胡小天的心胸不至於如此狹窄，公主的見識也不至於如此淺薄，吳大人，你我是多年的交情，當著你的面，我沒必要說謊，雖然永陽公主封我為鎮海王，可是我並不相信她對我有多少誠意，其實她之所以封我為王，也是重在安撫，而不是當真信任我。我這次請她過來，一是看看她對我究竟有幾分誠意，二是為了試探一下公主殿下的心胸，三是要向她證明，我對她絕無惡意，更不會有什麼加害之心。」

吳敬善道：「老夫對王爺自然是深信不疑，可其他人未必像老夫這般想法。」他向胡小天湊近了一些：「從今日起，我想接管這座行院，不知王爺意下如何？」

胡小天道：「當然沒有問題，這片區域就交給吳大人了。」

胡小天遠遠向葆葆望去，卻見那妮子彷彿壓根就不認識自己一樣，胡小天也知道此次隨同吳敬善前來的二百人身分複雜，葆葆身為天機局狐組首領，雖然被洪北漠委以重任，可並不代表洪北漠就會完全信任她，在眾目睽睽之下，自然不便和自己相認。

吳敬善道：「我聽說這次天香國太后也會過來？」

胡小天微笑點了點頭。

吳敬善感歎道：「長公主出嫁之後就再也沒有踏足過大康的土地，想不到這次為了王爺和映月公主的婚事居然可以破例。」

胡小天道：「映月公主是她的義女，女兒出嫁做娘的自然要過來。」

吳敬善連連點頭，恭賀道：「王爺如今又成了天香國的駙馬爺，當真是雙喜臨門，可喜可賀。」

胡小天卻道：「這一切還都多虧了吳大人的幫助呢。」

吳敬善訕訕笑道：「這跟我有什麼關係，老夫可不敢居功。」

胡小天道：「你我畢竟患難一場，不瞞吳大人，其實映月公主就是安平公主！」

吳敬善一雙眼睛瞪得滾圓，他為人老道，當初護送龍曦月前往大雍和親，這一路之上發生的事情他心中早就產生了懷疑，只是吳敬善這個人為官多年，明哲保身，跟自己沒有太多關係的事情，他當然不會過問。

吳敬善嘿嘿笑道：「王爺別跟我開玩笑了，誰不知道安平公主已經在雍都遭遇不測……」

胡小天道：「那個摔死的是冒牌貨，你知道啊，當初沉船庸江的時候，咱們可就來了個李代桃僵，瞞天過海。」

吳敬善唇角的肌肉不自主抽搐了一下，胡小天非要將這個秘密告訴自己作甚？他很快就想明白了，就算胡小天說出來，自己也不敢出賣他，如果這件事的真相挑明，那麼自己作為當時的遣婚史自然要承擔首要的責任，換句話來說是胡小天的共犯。他忽然意識到，如果映月公主就是龍曦月，那麼這個秘密就會在婚禮當日大白於天下，永陽公主若是追究這件事，他只怕要人頭不保。

吳敬善倒吸了一口冷氣，一時間恐懼占滿了內心。

胡小天道：「尚書大人幾年前就說要隱退，至今仍然在為大康朝廷兢兢業業嘔心瀝血，真是讓人佩服啊。」

吳敬善苦笑道：「老夫早有隱退之心，可是朝廷不許，老夫也沒有辦法。」

胡小天道：「這雲澤周邊風景宜人，山清水秀，只要吳大人願意，儘管選一處喜歡的所在，我會讓人按照吳大人的心願修建宅院，吳大人儘管在此安享晚年。」

吳敬善焉能聽不出胡小天是在利誘他。

胡小天又道：「至於你的家人，我自有辦法將他們安然接到這裡。」

吳敬善道：「到了老夫這種年紀，其實在那裡養老都無關緊要，最主要就是要個安定。」他向遠方看了看，然後壓低聲音向胡小天道：「這二百人中，有不少都是天機局的人，老夫只是過來湊個數，根本起不到什麼作用。」

胡小天微微一笑道：「吳大人應該分得清親近遠薄。」
吳敬善低聲道：「王爺想我怎樣做？」
胡小天道：「人若是經常處於緊張的狀態下，就會影響到判斷力。」
吳敬善嘿嘿笑道：「明白，老夫明白！」
胡小天的目的就是要讓這二百人充分地動起來，要讓他們感覺到危機四伏，要讓他們感到風聲鶴唳，乃至於杯弓蛇影，到最後就會漸漸變得麻痹。胡小天對七七並沒有加害之心，他這樣做的出發點只是因為好玩。
胡小天的這場大婚可謂是轟動天下，前來的賓客並不只是看在他的面子上，天香國太后龍宣嬌就是衝著龍曦月前來，而龍曦月丐幫幫主的身分自然也驚動了江湖上的不少門派，前來最多的就是丐幫中人，胡小天特地在白泉城以北開闢出一片地方提供給丐幫使用。
距離婚禮還有七日，丐幫各方頭面人物就已經陸續到來。龍曦月的師父喬方正自不必說，連丐幫幾大執法長老，傳功長老也都陸續到來，這些人過來並不是只為了討一杯喜酒，他們更是要幫忙維持秩序，保證幫主的安全。
宗唐在穩定嵇城的狀況之後，也和梁英豪、熊天霸一起趕回，嵇城那邊有謝堅坐鎮自然不會有任何的問題，通過這段時間的觀察，他們發現謝堅已經徹底投向了胡小天，而且新近從興州方面又有三千兵馬入駐嵇城，增強嵇城的防禦，可以說已經將這座邊塞小城掌控在手中。

展鵬、夏長明、柳玉城也提前過來幫忙，至於趙武晟、余天星、李永福、常凡奇這些將領都要在大婚前一日才能到達。

胡小天這段時間卻落得清閒，他本以為葆葆會找機會見自己，可是她抵達白泉城也有二十多天，卻從未和自己主動聯絡過，看來她應該是多有不便。

是日，沙迦國王子赫爾丹協同使團前來，胡小天其實邀請的是他的王兄十二王子霍格，可是霍格因為忙於其他的事情抽身不能，所以特地派赫爾丹前來恭賀，胡小天聽聞赫爾丹前來，親自出城回應，此番跟隨赫爾丹一起過來的還有國師伽羅，他的妹子蒙婭也隨同一起前來。

見到了蒙婭，胡小天不禁想起了趙武晟，在天香國的時候，蒙婭曾經和趙武晟有過一段不打不成交的緣分，兩人臨別之時的情愫所有人都看在眼裡，蒙婭左顧右盼，本來期待可以從迎接的人群中看到趙武晟的身影，可最終仍然只有失望。

胡小天對赫爾丹印象不錯，兩人相見彼此拍了拍對方的肩膀表示欣慰之情，赫爾丹道：「天香一別不覺兩年，當初我就說過要來參加胡大哥的婚禮，我們沙迦人素來言出必行！」

胡小天哈哈大笑道：「有朋自遠方來不亦樂乎，王子殿下能來參加胡某的婚禮，當真是胡某的無上榮光。」

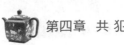

赫爾丹又為胡小天引見使團成員，國師伽羅胡小天打過交道，知道這廝擅長攝魂術，對他多留了一個心眼，伽羅還是過去那副不死不活的樣子，即便是見到胡小天也只是微微頷首，臉上沒有絲毫的笑意。

胡小天來到蒙婭面前微笑道：「蒙婭公主，咱們又見面了，這段時間趙武晟無時無刻不在提起你呢。」

蒙婭俏臉一紅，咬了咬櫻唇道：「你騙人，他都不來接我！」畢竟是異族少女，比起中原少女多了幾分豁達少了幾分矜持。

眾人哈哈大笑起來，蒙婭轉身怒視使團成員：「笑什麼笑？有什麼好笑？」其實她此番能來中原卻是花費了不少努力，本來她的父汗想要跟其他部落聯姻，將這妮子嫁出去，可她寧死不從，一口咬定自己已有了心上人，而且在天香國已經跟心上人私定終身，氣得她父汗桑木札險些下令將她斬了，後來是幾位王兄聯合保她，為她苦苦求情，桑木札這才饒了她，可是讓人將她軟禁，不許她擅自離開部落。

聽聞胡小天大婚的消息，蒙婭又在王兄的幫助下偷偷逃了出來，在中途追趕上了赫爾丹的使團。對這個妹子赫爾丹也是無可奈何，一邊派人回去報訊，避免家人擔心，一邊帶著她來到了中原。蒙婭心中已經拿定了主意，今次回來就不回去了。看到趙武晟沒來，芳心中自然失望非常。

胡小天知道她的心意，向夏長明耳語了幾句，趙武晟人在武興郡，想讓他儘快到來，也唯有借助夏長明的幫助了。

夏長明笑著點頭，不過趙武晟有個弱點，他天生畏高，卻不知蒙婭公主的到來能不能讓他克服心理障礙。

胡小天這邊還沒有將赫爾丹請入城內，梁英豪就來到胡小天的身邊，低聲道：「主公，蟒蛟島的賓客到了，他們一共來了三艘船隻。」

胡小天點了點頭，讓左興建代表自己前去迎接，自己隨後就到。

赫爾丹笑道：「既是有賓客來到，胡大哥儘管去忙，讓手下人陪我入城安頓就是。不過，今晚你一定要過來陪我好好痛飲一番，我王兄還有很多重要的事情要我轉達呢。」

胡小天笑著答應下來。

蟒蛟島方面今次乃是島主閻天祿親自前來，和他一起過來的還有凌三娘，他們從蟒蛟島出發，一共來了三艘艦船，只是船身過大，無法進入望春江，停泊在武興郡的軍港，然後由庸江水師給他們又提供了三艘艦船，在武興郡太守顏宣明的陪同下溯流而上，然而轉而進入庸江的分支望春江。

閻天祿今次前來不僅僅是為了給胡小天的大婚送上賀禮，更是要見見自己的兒子，顏宣明如今已經在胡小天的手下任職多年，得到胡小天的重用，成為武興郡太守，其內政成績斐然，而且顏宣明早已成家立業，開枝散葉，兒女已有兩個，閻天祿看到自己兒孫滿堂也是分外喜悅，今次連他的孫兒孫女也一起帶來參加喜宴，享盡天倫之樂。

胡小天來到雲澤青龍灣渡口的時候，閻天祿所乘的船隻已經到達，胡小天來到渡口之上，看到閻天祿一手抱著一個孫兒，凌三娘笑盈盈走在他的身邊，顏宣明夫婦微笑跟在身後。

看到胡小天，閻天祿將孫兒交給了凌三娘，大踏步向胡小天走了過來，胡小天快步迎了上去，抱拳道：「閻島主！多日不見，風采依舊！」

閻天祿哈哈大笑：「胡老弟客氣了，老咯，哪還有什麼風采！」

胡小天向他身邊的凌三娘看了一眼，笑道：「老當益壯，這位怎麼稱呼？嫂夫人還是……」

凌三娘那麼大年紀居然被胡小天鬧了個紅臉，啐道：「怒嬌沒說錯，你這張嘴巴果然刻薄，怒嬌可是我的侄女兒，你叫我什麼？」

胡小天聽她一口一個怒嬌，臉上不由得有些發熱，凌三娘這話倒是沒說錯，閻怒嬌跟自己有夫妻之實，她是閻天祿的親侄女，自己跟閻天祿稱兄道弟有欠妥當。

閻天祿笑道：「有件事我倒要問你，你娶了公主，我家侄女你將如何安排？」

胡小天笑道：「不偏不倚！」

凌三娘歎了口氣道：「男人一個比一個花心，你們的話不可信。」

閻天祿道：「我可不是那樣。」

幸虧顏宣明出來解圍：「爹，咱們邊走邊談。」

胡小天本想請閻天祿等人入城安歇，可是閻天祿卻說要住在船上，他習慣了水上生涯，請他上岸反倒不適應。

顏宣明瞅了個空子向胡小天道：「我表妹來了。」

胡小天不由得心中一驚，因為他擔心閻魁會不高興，所以這次大婚並未給天狼山方面發出請柬，想不到閻怒嬌終究還是來了，胡小天低聲道：「她在哪裡？」目光四處尋找，卻並沒有找到閻怒嬌的身影。

顏宣明道：「她直接去了東梁郡，說是去見公主了。」

胡小天暗自鬆了一口氣，閻怒嬌和龍曦月關係不錯，她去見龍曦月而不來見自己，一方面證明她可能因為自己沒有派人送請柬之事有些介意，可另一方面又證明閻怒嬌冰雪聰明，識得大體，懂得輕重，經過這次大婚，明確了龍曦月的正室地位，雖然在自己心中並無大小之分，也沒有任何的偏頗，可是既然生存在這個時代，就要遵守這時代的規則。換成自己前世的社會，這種左擁右抱，享盡齊人之福的可能性幾乎為零，即便能夠做到，也無法擺平諸多美女的內心天平，不同的時代，擁有不同的道德標準，在而今的時代一夫多妻天經地義，對男人來說胡小天的確趕上了最好的時代，既然如此，為何不好好享受時代賦予自己的福利呢？

胡小天又向顏宣明透露，這次渤海國也會派特使前來，自從胡小天大鬧渤海國之後，渤海國和蟒蛟島以及和胡小天之間的關係從過去的對立變成了盟友，三方合力之下，已經在東部海域形成了海上聯盟，其力量可以和大雍抗衡。無論是渤海國還是蟒蛟島方面都體會到了聯盟的好處，他們雖然擁有海洋資源，但是在大陸上必須尋找一個可靠的支點，胡小天已經成為他們雙方共同的選擇。

沙迦使團最終還是決定在雲澤湖畔的草地之上搭起營帳，按照他們的說法，即便是到了中原，仍然不習慣這裡的飲食起居。他們更喜歡放馬牧羊，馳騁草場的感覺。雲澤的這片草地雖然已經不小，可是在沙迦人看來仍舊不夠廣闊，中原有太多的事情他們鬧不明白，他們不習慣用筷子吃飯，他們不習慣睡在床上，他們甚至覺得中原人文縐縐的說話方式非常可笑，他們不喜歡這裡潮濕的天氣，如果說讓他們最喜歡的地方，應該要數前方的這片海了。

胡小天走近沙迦人的營地，幾乎以為自己來到了大草原上，望著那短短一個下午之間就冒出的十多頂帳篷，不覺啞然失笑，營地中央已經升起了數堆篝火，沙迦的武士正在火上烤羊。

燒烤的味道隨風送出很遠，山清水秀的地方被這片味道包圍，似乎變得也不再明媚了，不過更有生活氣息。

胡小天還專程給沙迦使團帶來了一百罈美酒，讓手下武士將美酒搬了過來。

赫爾丹笑道：「胡大哥果然信守承諾，我讓人烤了全羊，今晚不醉無歸。」

胡小天哈哈大笑，此時蒙婭又從營帳中出來，看到來的是胡小天，趙武晟仍然沒有到來，美眸一黯，轉身又回帳篷裡面去了。胡小天故意向赫爾丹道：「蒙婭好像不太開心呢。」

赫爾丹道：「她向來這樣，不管她，咱們喝酒！」

此時聽到身後傳來陣陣乾嘔之聲，卻是夏長明扶著趙武晟走了過來，夏長明是奉了胡小天的命令飛往武興郡將趙武晟接了回來，趙武晟聽聞蒙婭到來，也是好不容易方才克服了心頭的障礙，橫下一條心隨同夏長明乘雪雕而來，雖然從武興郡飛到白泉城還不到兩個時辰，卻將趙武晟嚇得七魂不見了六魄，落地之後就嘔吐不止，這會兒已經吐乾淨了，臉色蒼白無比，看起來如同重病一場。

胡小天看到趙武晟的樣子不由得心中暗笑，趙武晟足智多謀膽色過人，可偏偏恐高，如果不是聽說心上人到來，只怕他無論如何都不會騎著雪雕飛過來。

胡小天故意道：「趙武晟，你怎麼了？」

他的話音未落，就看到蒙婭從營帳內飛奔出來，蒙婭聽到趙武晟的名字，本來還有些懷疑，可看到趙武晟就站在不遠處，頓時一雙美眸變得淚光盈盈，她跑了過去，趙武晟雖然想迎上去，可仍然驚魂未定，又低下頭去乾嘔起來。

蒙婭在趙武晟面前停步：「你……你為何不去找我？」

趙武晟難受得說不出話來，連連擺手。

蒙婭跺了跺腳：「我再也不理你了！」剛才想著見趙武晟，可這會兒真正見到趙武晟之後，卻又轉身逃了。

趙武晟一臉迷惘：「蒙婭……」

胡小天向他使了個眼色：「還不快追？」在揣摩女孩子心思方面，趙武晟差他不知多少級別，經他提醒趙武晟方才回過神來，這才踉踉蹌蹌追了上去，胡小天以傳音入密向他傳授經驗道：「先裝可憐，如果不奏效就來個霸王硬上弓！」

赫爾丹雖然就在胡小天身邊，卻沒有聽到他在說什麼，有些奇怪道：「趙武晟好像病了啊！」

胡小天道：「戀愛的人都有病！」

赫爾丹仔細品味了一下，連連點頭道：「胡大哥這句話果然真知灼見，小弟佩服，佩服！」他雖然年齡比胡小天要大，可胡小天是他十二王兄霍格的結拜兄弟，按照他們沙迦人的規矩也是要以兄長之禮相待。

夏長明完成了自己的使命飄然而去。

赫爾丹邀請胡小天來到篝火前坐下，全羊已經烤好，他們特地從沙迦帶來了廚師，望著廚師熟練地用尖刀將全羊解體，用刀之純熟，下刀之準確，一看就知道這廚師也是一位高手。

赫爾丹讓人拿了兩罈酒過來，和胡小天各開了一罈，兩人碰了碰罈子，然後直接對著罈口咕嘟咕嘟灌了幾大口。赫爾丹讚道：「好酒，好酒，都說中原盛產美酒，果然名不虛傳。」

胡小天道：「老弟對中原感覺還不錯吧？」他這番話問得一語雙關，都知道沙迦人覬覦中原數十年，只是一直以來實力欠缺，所以幾次入侵也都是雷聲大雨點小，只是滋擾邊境，從未深入內部。不過最近十多年來沙迦的實力迅速增強，在可汗桑木札的帶領下，統一沙迦各大部落，四處征戰，如今無論是版圖還是兵力都已經達到沙迦歷史最為鼎盛的階段。

國力強盛必然滋生上位者的野心，桑木札也是雄心勃勃之人，他的內心中再度萌生出入侵中原的想法。西川李天衡乃是他兒女親家，因為這段聯姻關係，雙方一直也做到互不侵犯，然而註定這種友好關係不可能持續太久。

此前天香國遴選駙馬，沙迦派出赫爾丹前往，其目的不僅僅是迎娶公主和天香國交好，他們更希望能夠通過這種方式不費一兵一卒獲得紅木川這份聘禮，而胡小天的橫空殺出卻讓包括沙迦在內的諸強意願落空。

沙迦真正在意的是紅木川，在紅木川落到胡小天手中之後，他們將目光鎖定在南越國，最近一年內已經侵佔蠶食了南越國近三分之一的土地，南越雖然早就和西川李天衡有盟約在先，但李天衡只顧著從東北尋求突破，鄖陽大敗之後自顧不暇，哪還有精力去兼顧南越的事情，如今南越的版圖在不斷被壓縮，已經有滅國之危。

胡小天對那邊的事情早有耳聞，沙迦人在某種意義上和黑胡很像，他們都擁有著很大的野心，渴望有朝一日入主中原，只不過黑胡想要南侵最大的敵人是強大的大雍，而沙迦人面對的最大考驗卻是險峻的山林環境，即便是他們能夠攻下南越，可想要進入中原，仍然首先要翻越那層巒疊嶂的群山。

赫爾丹因胡小天的問話而笑了起來：「中原再好也比不上我的家鄉，月是故鄉明啊！別的不說，單單是你們這裡濕漉漉的氣候，我就難以消受。」

胡小天笑道：「剛才來到你們營地的時候，我險些以為自己到了大草原。」

赫爾丹道：「這也叫大？等你到了我們的天蓋草原，才知道什麼叫真正的草原，你們這裡只不過是一片草場罷了。」

胡小天道：「中原既然這麼不好，為何還有很多人想要率兵入侵中原呢？」

赫爾丹當然能夠聽出胡小天這句話意有所指，微笑道：「記得我曾經問過父汗，我說我們的部落擁有數不完的牛羊駿馬，吃不完的草場，為何我們還要去攻打其他的部落？你猜我父汗怎麼回答我？」

胡小天微笑望著赫爾丹，他並沒有說話，不過也能夠猜到桑木札這位當世梟雄的回答必然讓人意想不到。

赫爾丹道：「他說，人活一世不過短短百年，生存的地方無需太大，可是人心卻比天高，長生天給你來到這個世上的機會，你必須要證明給他看，證明你是一條鐵骨錚錚的漢子，證明你沒有白活一生！」

胡小天微微一笑，他並不相信桑木札的這個說法，侵略絕不是為了證明自己的能力，掠奪資源和財富才是真正的目的，桑木札之所以這樣說，無非是為自己的侵略找個冠冕堂皇的藉口罷了，胡小天輕聲道：「聽你這麼一說，我也不由得動了證明自己的念頭。」

赫爾丹大笑起來：「高原的禿鷲很少會來到中原盤旋，中原的翠鳥也無法適應高原的苦寒，這個世界上萬事萬物其實都有自己應該歸宿的地方……」他停頓了一下道：「江南雖好，卻不適合我，野心並不等於雄心，戰爭傷害的永遠都是百姓，我希望天下安定，最好永遠都不要有戰爭。」

胡小天因他的這番話而對赫爾丹產生了刮目相看的感覺，此人雖然面目粗獷，可是心思卻是頗為細膩，對於時局形勢都有著他自己獨特的看法。

微醺之時，赫爾丹道：「我聽說胡大哥新收了嵇城。」

胡小天也沒有必要隱瞞，微笑道：「一座邊塞小城罷了，本來我也沒想過佔領那裡，只是郭光弼父子對我的商隊下手，才逼迫我動手。」

赫爾丹道：「嵇城雖小，卻是安康草原上最重要的一座城池，佔有嵇城就等於掌控了進入安康草原的門戶。」

胡小天微笑道：「安康草原無法和天蓋草原相比，在你的眼中只是一片草場罷了。」

赫爾丹想說什麼，卻終於還是沒說。

他們的交談被蒙婭歡快的笑聲打斷，卻見蒙婭和趙武晟一前一後走了過來，蒙婭一雙美眸晶晶閃亮，顯然因為心上人的到來而滿心喜悅。赫爾丹的目光在趙武晟的身上打量了一下，又看了看自己的妹子，蒙婭被他看得頗為忸怩。

胡小天笑道：「武晟兄，過來一起喝酒。」

趙武晟這會兒已經完全從高空驚魂中恢復了過來，他笑著點了點頭，正準備坐下來的時候，胡小天手下的武士過來報訊，卻是渤海王顏東生派了長公主顏東晴前來，跟她結伴而來的還有渤海國首富鄒庸，早在渤海國的時候，胡小天就知道兩人之間素有曖昧，看來經歷渤海國的波折之後，這對鴛鴦並未被打散。

這樣的貴賓，胡小天怎麼都得親自去迎接，顏東晴來到之後就入住了胡小天準備的行院之一，距離赫爾丹使團紮營的地方不遠。

胡小天起身向赫爾丹辭行，趙武晟也和他一起離開。

離開了沙迦人營地，胡小天向趙武晟笑道：「怎樣？有沒有將她拿下？」

趙武晟紅著臉道：「只是訴說別情，主公不要想歪了。」

胡小天哈哈大笑：「我看這位公主不錯，既然主動送上門了，武晟兄卻之不恭吧，你是男人，在這些事上總得主動一些，還是抓緊時間向人家求婚吧。」

趙武晟道：「她這次是偷跑出來的，赫爾丹恐怕也做不得主。」

胡小天點了點頭：「世上無難事，大不了你偷偷將她拐跑，我看赫爾丹也是睜一隻眼閉一隻眼，拿這個妹子也沒什麼辦法，至於桑木札那邊，他就算沙迦可汗又能怎樣？山高水長，千里迢迢，我不信他還怎能率兵過來征討咱們？」

趙武晟笑道：「畢竟不能因為這件事讓他們父女反目成仇。」

胡小天道：「多操的心，只要你抓緊時間，積極努力，多生幾個兒女，到時候桑木札也無話好說了。」

趙武晟苦笑道：「還早，還早呢！」

他們來到渤海國使團的行院，通報之後，卻聽說長公主顏東晴已經睡了，在自己的地盤上吃了個閉門羹卻是胡小天沒有想到的，他對此也能理解，畢竟當初在渤海國的時候曾經坑過顏東晴和鄒庸，後來雖然他和顏東生達成了協定，可顏東晴未必能夠冰釋前嫌，此番前來也是奉命而為。

胡小天也不便打擾，正準備離去的時候，卻見鄒庸從裡面走了出來，這廝倒也不避嫌，居然敢和顏東晴入住同一行院，也不怕別人說閒話。

鄒庸笑道：「王爺，別來無恙！」

胡小天微笑道：「我還以為長公主睡了呢。」這話說得有些不厚道，顯然是意指鄒庸和顏東晴有染。

鄒庸尷尬笑道：「聽說長公主的確是睡了，我也沒見到她呢。」這話說得有些此地無銀三百兩。

胡小天指了指湖畔的水榭：「鄒兄，咱們那邊說話。」

鄒庸點了點頭，和胡小天兩人來到水榭之中，胡小天讓人去煮水泡茶，兩人臨窗而坐，鄒庸憑欄望去，卻見一彎銀月從湖面升騰而起，皎潔的月光灑落在波光粼粼的湖面之上，宛若千萬片碎銀漂浮在水面之上，鄒庸向來都是個文人雅士，他輕聲誦道：「初春清風夜，滿湖明月光！」

胡小天心想鄒庸的詩句算不上高明，可這廝這種文縐縐的風格還是蠻受女人喜歡，胡小天啪啪啪鼓掌道：「好詩，好詩！鄒兄果然淫……得一首好詩！」他故意在關鍵時刻停頓了一下，這句話的意思頓時完全變了味道。

鄒庸嘿嘿笑道：「過去我聽說王爺最善淫……詩，今日鄒某觸景生情一時沒忍住班門弄斧，讓王爺見笑了。」

胡小天道：「哪裡，哪裡，我不成，我可不成！」

兩人虛情假意，表面上奉承對方，實際上卻是拐彎抹角將對方暗損了一通。

鄒庸道：「鄒某這次不請自來，王爺不會嫌棄鄒某冒昧吧？」

胡小天搖了搖頭道：「怎麼會？鄒兄這樣的貴客，我請都請不來，你能來我實在是開心得很呢。」

鄒庸微笑道：「我有份禮物送給王爺。」他早有準備，從袖中拿出一個禮盒，當著胡小天的面打開了，裡面放著的卻是一對精美的龍鳳玉佩，玉質之溫潤，雕工之精美實在是當世罕見，鄒庸道：「這對玉佩表面上看平淡無奇，可是卻有祛毒防身的功效，夏日清涼，冬日溫潤，實乃不可多得的一對靈玉。」

胡小天笑道：「這麼貴重的禮物，讓我怎麼好意思收呢？」話雖如此，卻已經伸出手將玉佩拿了過來。

鄒庸道：「這對玉佩也只有王爺和公主才配得上。」他端起茶盞，飲了口茶又道：「其實我還有一份禮物要送給王爺呢。」

胡小天哈哈笑道：「這讓我怎麼好意思，已經夠珍貴了。」

鄒庸道：「王爺想不想知道上官天火父子的下落呢？」

胡小天內心一驚，鄒庸果然有備而來，他知道自己和上官天火父子的恩怨，胡小天不露聲色道：「鄒兄身在渤海國，對中原的事情也很關心呢。」

鄒庸道：「在王爺心中，鄒某或許是個有很大野心之人，其實鄒某並非王爺想像中的那樣。」

胡小天心想這廝心機深重，他的話能信才怪。

胡小天微笑道：「人各有志，我和鄒兄雖然認識也有一段時間，可是我對鄒兄卻是一點也不瞭解呢。」

鄒庸道：「在渤海國的時候，王爺跟我難免有些誤會，而且當時也是各為其主，王爺不會仍然記掛著那些事情吧？」

胡小天道：「各為其主？不知鄒兄為了誰？」

鄒庸歎了口氣道：「不瞞王爺，當時我和大雍的某位大人物達成了默契，我幫他對付燕王薛勝景，而他許我好處，可是沒想到這件事終究還是未能成功。」

胡小天其實對這件事再清楚不過，知道鄒庸口中的大人物其實就是李沉舟，只是當時鄒庸應該沒有想到李沉舟最後居然也會背叛薛道洪，更不會想到李沉舟居然和長公主薛靈君走到了一起，而鄒庸在渤海國的那場變亂中並未得到任何好處。

李沉舟當時許給鄒庸的好處就是在控制渤海國局勢之後，扶植鄒庸成為新的渤海王，可那次的陰謀被胡小天和閻天祿聯手粉碎，此後渤海國和蟒蛟島之間也達成了默契，渤海王顏東生也意識到了鄒庸的野心，漸漸疏遠了他。李沉舟忙於鞏固對大雍的控制，清除異己，根本無暇兼顧渤海國內的事，現在的鄒庸其實苦悶得很。

鄒庸的真實身分卻是落櫻宮的少主，落櫻宮主人唐九成的大兒子，唐驚羽乃是他的兄弟。

胡小天道：「上官天火父子如今去了哪裡？」

鄒庸道：「他們身在黑胡！」

第五章

高明的剽竊者

別人眼中，自己的這些才能都是神乎其技，匪夷所思，
可是若是在一個瞭解地球歷史和文化的人看來，
自己只是一個高明的剽竊者。
徐老太太這樣說，豈不是證明她和鬼醫符刓一樣，
都可能來自和自己同一個地方？

胡小天有些詫異地望著鄒庸，不知他因何會知道。

鄒庸道：「李沉舟為了剷除燕王，奪取大雍權力，集結了不少的江湖人物，其中勢力最大的三家乃是劍宮、落櫻宮和上官天火父子所掌控的丐幫江北分舵。」

胡小天嗤之以鼻，上官天火父子對江北丐幫的掌控也只不過是短短幾月罷了，自從得悉了他們父子的真正面目，在丐幫其他元老級人物的努力下，江北分舵如今已經重新回歸。至於劍宮，在邱慕白被擄生死不明之後，邱閑光和李沉舟也早已生出裂隙，如今十有八九不會再為李沉舟賣命。

胡小天的目光落在鄒庸臉上，鄒庸和落櫻宮的關係他再清楚不過，難道鄒庸主動找上自己，是因為落櫻宮和李沉舟之間也產生了矛盾？

鄒庸繼續道：「上官天火父子其實是黑胡血統，他們隱匿中原的目的就是為了禍亂江湖，統治丐幫，然而他們的目的最終落空，於是上官天火父子就對付劍宮，擾亂大雍，他們從李沉舟的內部著手，劫持劍宮少主邱慕白。」

胡小天聽到這裡不由得暗暗發笑，其實最早劫持邱慕白的是自己，只不過因為自己做得隱秘，所以並沒有被外人察覺，現在所有的責任都落在了上官天火父子頭上。胡小天裝模作樣道：「上官天火父子當真可惡。」

鄒庸道：「李沉舟在察覺上官天火父子不對之後讓落櫻宮少主唐驚羽出面幫忙調查，唐驚羽一路追蹤上官雲冲，可是在進入黑胡境內之後不久就失去了下落。」

胡小天此時方才明白鄒庸為何會來找自己，唐驚羽遇到麻煩了，鄒庸和唐驚羽乃是兄弟，身為兄長他不能坐視不理，只是胡小天馬上又想到，鄒庸首先應該去找的應該是唐九成才對，唐九成是他親爹，況且落櫻宮在江湖中擁有著相當的實力。

鄒庸猜到了胡小天的迷惑，他低聲道：「落櫻宮主人唐先生和唐驚羽一起去的黑胡。」

胡小天微笑道：「唐先生早已到了凝氣為箭的地步，由他陪同唐驚羽，鄒兄自不必擔心。」

鄒庸抿起嘴唇，緩緩搖了搖頭道：「就連他老人家也失蹤了。」

胡小天有些詫異地睜大了雙目，如果說唐驚羽失蹤並不足為奇，可是唐九成卻不同了，唐九成的武功是可以和不悟、李雲聰這些人相提並論的，乃是一派宗師，怎會突然人間蒸發，這也太奇怪了一些。

鄒庸道：「李沉舟此人相當絕情，對此事不聞不問。」言語之中流露出對李沉舟的失望。

胡小天笑了笑道：「不知我能夠幫助鄒兄什麼？」他倒不是有意推脫，而是以他目前的勢力還無法滲透到黑胡的地盤上。

鄒庸道：「王爺有沒有聽說過梵音寺？」

胡小天點了點頭，黑胡國師崗巴拉就是出身於梵音寺。

鄒庸道：「我懷疑他們被梵音寺所困。」

胡小天道：「以唐老爺子的功夫，就算是梵音寺也困不住他。」

鄒庸道：「如果是他單槍匹馬或許不會有什麼問題，可是……」他並沒有把話說完，其實他的意思是，如果唐驚羽被控制，那麼老爺子很可能會被人脅迫。

胡小天並不清楚鄒庸因何會判斷唐九成和唐驚羽在梵音寺被困，他對落櫻宮的事情原本也沒有太多的興趣，鄒庸想找他幫忙救人恐怕是投錯門路了。胡小天道：「我對梵音寺並不瞭解，況且現在我有太多要事纏身，就算是想幫助鄒兄，也是有心無力。」

鄒庸道：「在下有個不情之請，王爺可否將虛空大法抄錄一份給我？」

胡小天幾乎以為自己聽錯，鄒庸竟然提出了這種過分的要求，其實胡小天掌握虛空大法的事情已經不是秘密，在他先後吸走黑屍和北澤老怪內力之後，這件事已經傳遍天下。可鄒庸跟自己不是朋友，甚至連交情都談不上，僅憑著送來的兩塊玉佩就想從自己這裡得到虛空大法？這貨莫不是癡人說夢？

鄒庸歎了口氣道：「在下知道這個要求有些過分，不過，虛空大法雖然神奇卻有致命缺陷，吸取過多內力之後，就會有丹田氣海爆裂之危，落櫻宮的射日真經可以緩解這致命危險，我願拿射日真經和王爺交換。」鄒庸自認為提出了極為誘人的條件，卻沒有想到胡小天早已得到了射日真經，而且修煉得滾瓜爛熟。

鄒庸道：「王爺不要誤會，我絕無覬覦大法的意思，只是希望王爺能夠親手抄錄一份，無需原封不動，只求外人看不出破綻即可！」

胡小天凝視鄒庸，從鄒庸的這番話來看，唐九成父子應該是遇到了麻煩。他點了點頭道：「這樣吧，我回頭寫一份給你，儘量做到你的要求，至於什麼射日真經，我沒興趣，也不想白白占你的便宜。」

鄒庸起身抱拳向胡小天深深一揖。

胡小天和鄒庸分別之後已經是深夜，他準備回去休息，翻身上馬之時卻聽到一個尖細的聲音傳來：「我在楓林渡等你。」這聲音應該是葆葆。

胡小天環顧四周，並沒有看到人影，知道對方乃是用傳音入密之術，他向隨身武士道：「我還要去辦一件事，你們不必跟來！」

胡小天來到楓林渡，將坐騎栓在樹幹之上，舉目望去，卻見渡口臨水的平台上坐著一個窈窕的身影，正是身穿黑色夜行衣的葆葆。她雙手撐在平台之上，一雙腿懸空在湖面之上，來回蕩動，美眸淒迷望著夜月下波光粼粼的湖面。

胡小天來到她身邊坐下，笑道：「半夜三更約我來此，不知對我有何圖謀？」

葆葆的目光仍望著遠方，輕聲道：「若有一天我死了，你會不會為我傷心？」

胡小天搖了搖頭。

葆葆猛然將俏臉轉了過來，美眸之中除了晶瑩的淚光就是失望。

胡小天伸出手臂攬住她的香肩：「如果有一天你死了，必然也是幸福地死在我的懷中，我要讓你享盡人間富貴，快樂一生。」

葆葆咬了咬櫻唇，輕聲道：「我不要什麼榮華富貴，若是能夠和你相伴一生，已經是我最大的幸福。」

胡小天道：「這還不簡單，離開天機局就是，洪北漠那個老賊膽敢為難你，我絕饒不了他。」

葆葆道：「他對我有恩，我其實欠他太多。」

胡小天一直都不明白葆葆因何要留在天機局，難道僅僅因為洪北漠是她義父的緣故？記得當初葆葆在宮中潛伏還是因為被逼服下了萬蟲蝕骨丸，難道洪北漠仍然利用這樣的手段威脅她？胡小天低聲道：「你不用怕他，就算他逼你服毒，我一樣可以治好你。」

葆葆格格笑了起來，一雙美眸充滿了嫵媚風情，嬌滴滴道：「你看我像被人脅迫的樣子嗎？」

胡小天道：「既然如此，你因何不願離開那個老賊？」

葆葆道：「每個人都有自己的秘密，你心中不是也藏著很多的事情，也同樣沒有告訴過我？」她仰起頭，充滿誘惑的紅唇宛如熟透了的櫻桃，胡小天低下頭去在她櫻唇上輕吻了一下，正想更進一步的時候，卻被葆葆掩住了嘴巴，葆葆道：「洪先生這次會陪公主殿下一起過來。」

胡小天咬牙切齒道：「他來得正好！」他對洪北漠極為仇視，恨不能除之而後快。

葆葆猜到了他的心意，伸出手指輕點著他的心口：「你想殺他啊？」

胡小天道：「他坑了我那麼多次，就算是殺他也是應該的。」他伸手攬住葆葆的纖腰道：「他死了就沒人能夠威脅你了。」

葆葆嬌軀一擰，再度掙脫開他的懷抱，幽然歎了口氣道：「你以為他就那麼容易對付？」

胡小天道：「強龍不壓地頭蛇，就算他再強，來到我地盤上也得乖乖低頭。」

葆葆道：「你千萬不要輕敵，洪北漠的實力深不可測，他所暴露出來的只不過是冰山一角。更何況，這次為了永陽公主的安全萬無一失，大康方面的高手傾巢出動，慕容展、權德安這些人沒有一個是好對付的，而且天機局最神秘的龍組也會出動護衛。」

「龍組？」胡小天只聞其名，卻從未和龍組打過交道。

葆葆點了點頭道：「龍組最近一次出動還是在二十多年前，清剿楚源海的時候，龍組共有十人，全都身世神秘，不但單打獨鬥不遜色於任何一位頂尖高手，而且他們的龍蛇四象陣威力巨大，無人可破，十人聯手就算洪北漠也不是對手。」

胡小天道：「你見過他們出手？」

葆葆搖了搖頭：「只是聽說從未見過，如果不是這次洪先生調動他們，甚至天機局內部都以為他們已經失蹤。」一雙美眸充滿柔情萬種，望著胡小天道：「你這次最好不要輕舉妄動，安安生生把公主娶進門就是。」

胡小天道：「葆葆，難道你不相信我有保護你的能力？」

葆葆嫣然笑道：「我信，只是，我還有事情沒有做完，等我了卻了心願，一定回來找你好不好？」

胡小天道：「一言為定！」雖然這是個男尊女卑的時代，可並不意味著女人天生就是男人的附庸，至少在胡小天目前所遇的紅顏知己，每個人都有著自己的個性，胡小天兩世為人，更容易接納她們的這些個性，更願意去包容屬於她們自己的秘密，而這一點恰恰是最讓女人心動的地方。

胡小天的這次大婚影響之大甚至連他自己都始料未及，大雍和西川方面他都送出了請柬，但是並未期望對方能夠派人前來，可這次雙方居然都派來了使團恭賀，西川方面過來的乃是姚文期，在張子謙死後他成為李天衡麾下第一謀士，承擔了為李天衡出謀劃策的職責，大雍方面更為隆重，派出的乃是長公主薛靈君，據悉是薛靈君聽聞胡小天大婚，主動請纓而來。

如果說這兩方的到來還在預期之中，黑胡派出使團卻完全出乎胡小天的意料之外了。他壓根沒給黑胡發出請柬，黑胡方面卻派出了以北院大王完顏烈新為統領的觀禮團，規模人數也是僅次於大康，竟達六百人之多，他們是從白龍江入海，一路南下，繞過正在交戰的大雍，於庸江入海口進入內陸，首先拜訪了東梁郡。

在黑胡使團抵達東梁郡的時候，胡小天就接到了消息，他對此的反應也是極其迅速，馬上安排東梁郡太守李明成全程陪同，黑胡使團並未像渤海國和蟒蛟島使團一樣選擇乘船繼續前往白泉城，而是於武興郡登岸，對習慣馬背生活的黑胡人來說，如無必要，他們是不想在水上行進的，這些草原民族對水天生就有種恐懼感。

北院大王完顏烈新乃是黑胡赫赫有名的戰將，他雖然出身於完顏家族，可是他卻並沒有皇族的血統，乃是黑胡可汗完顏陸熙的養子，和其他皇子崇尚武力不同，完顏烈新卻重文輕武，喜好舞文弄墨，博學多才，尤其喜好中原文化，也曾經在少年時南下求學，拜訪過中原不少的飽學大儒。他之所以獲封北院大王並非是因為戰功，而是因為政績，他是黑胡這些年來少有的內政大才。

黑胡人主動示好，胡小天當然沒有將人家拒之門外的道理，黑胡使團抵達白泉城之日，胡小天親自前往迎接，完顏烈新選擇了六大行院中的清風苑，在胡小天的印象中，自己和黑胡之間雖然沒有發生過直接的戰爭，可是一直以來他和黑胡之間的摩擦不斷，從黑胡四王子完顏赤雄遇刺身亡，到他在天香國和黑胡八王子完顏天岳因為應徵駙馬而成為對手，這一系列的事情都讓他們之間始終抱有敵意。

黑胡這次能夠主動派出觀禮團前來恭賀，應該是主動釋放了善意，由此不難看出黑胡一方想要改善彼此關係，不想樹立太多敵人的願景。

完顏烈新和胡小天印象中的多半黑胡人並不相同，他今年三十一歲，相貌清秀，溫文爾雅，來到中原，也入鄉隨俗換上了漢人的服飾，舉手抬足間風度翩翩，他和胡小天來到花廳入座，微笑道：「聽聞鎮海王大婚，我家可汗特地派遣在下攜使團前來觀禮，順便送上賀禮，還望王爺笑納。」

胡小天呵呵笑道：「大王客氣了！」

完顏烈新拍了拍手掌，手下人將一個精美皮箱抬了進來，看樣子非常沉重。

胡小天也不禁心中好奇，卻不知黑胡可汗給自己送了什麼禮物。

完顏烈新將鑰匙交給手下，當著胡小天的面打開了皮箱，卻見箱子裡面放著一尊送子觀音，這觀音通體透明，呈現出一種極為悅目的淡藍色，寶相莊嚴，雕工絕美，更為奇特的是，這觀音一經暴露在光線之下，竟然散發出淡淡的光暈。

胡小天一看就知道這尊送子觀音乃是絕世珍寶。

完顏烈新道：「這尊送子觀音乃是我祖上高價購得，聽聞鎮海王大婚，我家可汗特地讓我將此物贈與大王，願菩薩庇佑，大王早得貴子。」

若是送別的東西倒還罷了，這件禮物可謂是很對胡小天的胃口，首先這送子觀音本身的珍貴自不必說，而且胡小天這些年來一直都有個心結，他始終沒能讓任何一位紅顏知己懷上自己的骨肉，雖然他並不迷信，可這件禮物畢竟是個好兆頭，他微笑點了點頭道：「如此珍貴的禮物真是讓人卻之不恭了。」圍著送子觀音走了一圈又道：「這是什麼材質，我此前好像從未見過？」

完顏烈新道：「這是一種非常罕見的寶石，名為星辰石，因為硬度奇高，很難雕刻，這尊送子觀音大概有一百多年的歷史，傳聞是昔日名匠，妙手天匠鹿晶元親手雕刻，至於所用何種工具就不得而知了，這麼大塊的星辰石，這世上還並沒有聽說過第二塊。」

胡小天點了點頭，越看這尊觀音越是喜愛，心中暗忖，星辰石應該是隕石之類的東西吧，看起來真是美輪美奐，物以稀為貴，這尊觀音像當得起價值連城。

完顏烈新又道：「此次大汗還讓我給王爺送來了二十匹最好的大宛馬，還有五十名我們黑胡的美麗少女。」

胡小天呵呵笑道：「大汗實在是太客氣了。」心中卻暗暗想道，天下哪有這樣的好事，黑胡可汗完顏陸熙送這麼大的禮給自己，應該不僅僅是想跟自己搞好關係，必然另有所圖。他也沒必要迴避，微笑道：「貴國大汗送我這麼貴重的禮物，這讓胡某實在是惶恐了，不知大汗有什麼事情想要我去辦嗎？」

完顏烈新微笑道：「這件事本來是想等王爺大婚之後再說，可王爺既然問了，我若是不答，豈不是有失禮節。」他邀請胡小天重新落座，讓手下女奴送上香茗。

胡小天抿了一口，卻見那女奴身姿窈窕，一雙綠寶石般的清澈美眸不停打量著自己，雖然因為蒙面只能夠看到她的眼睛，可從她純淨的眼神也能夠看出她的年齡並不大，不過胡女和中原女子畢竟不同，身材發育已經是極其成熟性感。

完顏烈新擺了擺手示意那胡女退下，一個女奴膽敢這樣打量客人的確有失禮節，那女奴婷婷嫋嫋離去，完顏烈新歉然笑道：「這些女奴不懂得規矩，冒犯之處還望王爺見諒。」

胡小天笑道：「黑胡和中原風俗不同，何必要用我方的禮儀來要求你們呢。」

完顏烈新接著剛才的話題道：「是這樣，我家可汗聽聞王爺新收了嵇城，所以想同王爺攜手同盟。」

胡小天心中戒備頓生，果然沒有天上掉餡餅的好事，黑胡人難道想聯手自己前後夾擊大雍？

完顏烈新道：「我家可汗有意進攻域藍國，所以讓我先來和王爺相商聯盟之事。」

胡小天並沒有料到黑胡找自己聯盟的目的居然是攻打域藍國，這倒是有些出乎意料了。

域藍國作為瀚海沙漠中的唯一綠洲，地理位置相當重要，南望沙迦，北接黑胡，這些年來，無論沙迦還是黑胡都想將域藍國據為己有，可是因為瀚海沙漠這座天然屏障，想要征服域藍國必然要付出慘重的代價，所以兩大強國雖然野心勃勃，卻始終沒有付諸實施。

胡小天笑道：「只怕我幫不上什麼忙。」

完顏烈新笑道：「聯盟並非是要讓王爺出兵，而是希望以後我們出兵域藍國之時，可以借路安康草原。」

胡小天心中暗忖，黑胡的整個版圖幾乎覆蓋了瀚海沙漠的北方，不過距離域藍國最近的地方卻是安康草原，說是最近，直線距離也要在八百里左右，借路安康草原卻不現實，畢竟安康草原和黑胡之間還隔著大麯山脈，黑胡人的騎兵應該無法逾越天險，難道他們想要翻越大麯山脈，然後在安康草原購置，重組騎兵挺進瀚海沙漠？這樣付出的代價和辛苦要遠比他們直接從北方南下進入沙漠大得多，完顏烈新的這番話根本不可信，應該是黑胡人對安康草原起了覬覦之心。

胡小天微笑道：「以後的事情以後再說，安康草原並非我的領地，若是有朝一日，我掌控了那裡，此事自然不會有任何的問題。」

完顏烈新一聽就是推託之詞，他也沒有繼續說下去，呵呵笑道：「王爺果然痛快。」

胡小天在完顏烈新這裡聊了一個時辰方才起身告辭，來到外面，趙武晟率領眾武士迎了過來，趙武晟道：「黑胡人怎麼說？」

胡小天淡淡笑道：「信口胡說，天知道他們真正的目的是什麼。」目光在黑胡人送給自己的皮箱上瞥了一眼道：「不過這份厚禮卻是珍貴，卻之不恭。」

趙武晟笑了起來。

胡小天又道：「他們還送給我一些大宛馬和女奴，麻煩你去接受了。」

「是！」

糖衣炮彈對胡小天來說根本起不到任何作用，他最擅長的事情就是將糖衣扒下來，炮彈再打回去。

七七站在船頭，望著雲澤的中心，波濤浩渺的湖面之上青山起伏，大半都隱沒在晨霧之中，風吹霧動有若仙境。她輕聲道：「那裡就是碧心山了？」

身後權德安恭敬道：「是！過去碧心山黑水寨曾經有水寇盤踞，後來被胡小天所滅，如今那裡已經完全被他控制，根據掌握的情況，如今碧心山黑水寨擁有水軍兩萬人，戰艦一百艘，掌控碧心山等於掌控了整個雲澤的水域。」

七七輕聲歎了口氣：「如果他沒有攻佔碧心山，或許這雲澤仍然是那幫水寇的天下。」

身後傳來洪北漠洪亮的聲音道：「公主殿下此言甚是，雖然碧心山落入胡小天的手中，可至少雲澤一帶變得太平了許多，他手下的士兵不再像昔日那些水賊那樣四處燒殺搶掠。」

七七沒有回頭，美眸仍然望著碧心山的方向：「大康的江山如此秀美，有些地方本宮或許今生都無緣抵達……」停頓了一下又道：「如果不是他的這次大婚，我可能永遠都不會到這裡來。」言語之中頗為惆悵。

洪北漠微笑道：「人的精力終究有限，不過公主殿下若是願意，大可去大康的任何地方巡視。」

七七冷冷道：「有些事並非是我想怎樣就能怎樣，等本宮回去之後，要去皇陵看看。」

洪北漠的笑容凝結在臉上，這小妮子對自己終究還是充滿了疑心，最近頻繁調查自己的支出用度，顯然對自己並不信任。他岔開話題道：「今日黃昏就能抵達青龍灣了，不知鎮海王準備得怎麼樣了？」

七七淡然一笑：「無非是一場婚禮罷了，他搞得如此隆重，天下皆知，真不知為了什麼？」

一旁權德安道：「或許是借此機會向天下人展示實力，證明他有和天下群雄一爭短長的實力。」

七七秀眉微顰道：「權公公以為他有這樣的實力嗎？」

權德安主動提起了這個話題，卻不好回答，他笑了笑沒有答話，目光向洪北漠望去。

洪北漠道：「據臣得到的情報，這次不但受邀者全都悉數到來，而且黑胡、大雍、西川全都主動派使臣過來觀禮。」

七七道：「看來胡小天已經成為大家爭相拉攏的對象。」

洪北漠道：「畢竟他有被利用的價值！」這番話說得意味深長，其實從七七對胡小天的態度就能夠說明一切，不但免去了他的罪名而且破例封他為異姓王，現在又親自前來參加他的婚禮，這些事並不能完全用餘情未了來解釋，洪北漠眼中的七七少年老成，心機深沉，在大事上從不拖泥帶水，感情上更近乎冷酷，若非是政治利益的驅動，她又豈肯做出這一系列的讓步？既然七七能夠意識到胡小天的價值，別人一樣可以意識到。今次胡小天的大婚，已經成了天下群雄爭相向胡小天示好的機會。

七七道：「價值從來都是相對而言，若是不能把握時機，用不了多久他就會變得一錢不值。」說話的時候美眸冷冷盯住洪北漠，看似在說胡小天，可神態分明是衝著洪北漠，說完這番話她轉身向艙內走去。

洪北漠望著七七的背影苦笑搖了搖頭，他向權德安道：「殿下對我有不少的誤會啊！」

權德安道：「藏得太深總會讓別人產生想法，洪先生若是擔心殿下誤會你，不妨更坦白一些。」

洪北漠呵呵笑了起來，此時船上負責瞭望的武士出聲示警，卻是在右前方不遠處有一支船隊和他們同向而行。

洪北漠從腰間抽出單筒望遠鏡，拉長之後向遠方望去，視野中出現了三艘大船，從船隻的裝備來看應該是商船，不過船隻巨大，正中那艘主艦在甲板之上就有五層艙房，船頭飄揚著一面大旗，大旗之上繡著一隻振翅欲飛的九頭鳥。

洪北漠皺了皺眉頭，收回望遠鏡，沉聲道：「金陵徐家！」

金陵徐家在大康，乃至在整個中原都是赫赫有名的望族，不過近十年來已經低調了許多，在胡不為潛逃之後，徐家跟朝廷更是斷了聯絡，朝廷也曾經因為胡家的事情前往徐家問罪，後來不知因何而化解，據說徐家為此付出了不小的代價，只是自從那件事之後，徐家在大康就已經沒有了任何的經營活動，這面九頭鳥的大旗乃是徐家的標記，二十年以前曾經飄蕩在大康各大城鎮、陸路河道，然而從徐老太太隱退之後，這面旗幟也隨之封存，現在即便是中原尚存的徐家商號，也不再懸掛這面大旗，卻不知今日因何會在雲澤高調出現。

權德安也吃了一驚，喃喃道：「徐家？怎麼可能？」

洪北漠道：「權公公難道忘了胡小天的出身嗎？」

權德安道：「胡小天不是跟徐家劃清了界限？」

洪北漠冷笑道：「此一時，彼一時，就像當年徐家因為擔心朝廷對付他們而退出了中原，或許他們認為胡小天已經有了割據一方的實力，於是也打算湊這個熱鬧，攀這門親戚。」

權德安低聲道：「不知徐老太太會不會來？」

洪北漠搖了搖頭道：「不可能，那老太婆隱退了這麼多年，連親生女兒病死都沒有出席葬禮，這次又怎麼可能破例？」

此時一艘小艇向他們的船隊行來，小艇來自於徐氏商船，小艇之上立有一名白衣翩翩的英俊公子，正是徐慕白，他站在小艇之上抱拳作揖，揚聲喝道：「來的可是大康永陽公主殿下的船隊？」他的聲音隨著晨風清晰送來，大船之上每個人都聽得清清楚楚。

洪北漠和權德安臉上都露出欣賞之色，如此年輕內力卻如此渾厚，徐家能夠有今日之地位絕非偶然，單從這後輩子弟的實力就可見一斑。

權德安尖聲道：「不錯，你又是何人？」

徐慕白道：「在下徐慕白，乃是金陵徐家子弟，我等前往白泉城參加鎮海王的婚禮，奉祖母之命，特來向公主殿下請安，因在行船途中，參拜多有不便，還望公主殿下不要見怪。」

權德安和洪北漠兩人心中都是一驚，居然是徐老太太親自前來了，這老太婆隱退這麼多年，居然為了外孫的婚禮破例出山，不知是為了親情，還是為了其他的緣故，不過人家倒也識得大體，懂得進退，先派孫子過來打招呼，避免了禮數不周的嫌疑。

權德安舉目望去，卻見徐家的船隊明顯速度慢了下去，這是要他們先行，表示恭敬，他微微點了點頭道：「咱家會代為轉告公主殿下，徐公子也替咱家向老夫人表示問候。」

徐慕白微微一笑，抱拳作揖，然後指揮船夫，小艇如離弦之箭向徐家船隊划去。

徐家主動避讓，於皇家船隊後方三里處緩慢跟行。經過碧心山後不久，就有船隊列隊相迎，護送兩支船隊前往青龍灣。

臨近青龍灣的時候，原本晴好的天氣卻突然變得烏雲密佈，一場風雨不期而至，密密匝匝的春雨落在湖面之上，將天地的輪廓朦朧起來。

胡小天站在青龍灣的碼頭之上，靜靜遙望著不斷靠近的船隊，寧靜的內心也如同雲澤的水浪般起伏不定，想到即將可以見到七七，他居然有些不淡定了，不得不承認，這心狠手辣的小妮子在自己的心中仍然擁有一席之地。

禮部尚書吳敬善陪同在胡小天身邊，他是特地前來迎接永陽公主的。吳敬善翹首企盼，當船隊出現在他視野中的時候，他激動地連連揮手道：「奏樂，奏樂！」

胡小天不禁莞爾，應吳敬善的強烈要求，他臨時找來了這支歡迎樂隊，不過樂隊大都站在露天，現在下了雨，這風雨亭內也站不下那麼多人，樂手們只能淋著，隨著歡迎曲目的開始，現場頓時變得熱鬧了起來。

胡小天不由得期待後天自己大婚的場面，到時候不知要讓多少人驚掉眼球呢。

大船在碼頭停好，慕容展率領大內侍衛率先走出，他的膚色在這陰鬱的天色中愈見慘白，灰白色的雙目黯淡無光，看到了慕容展，胡小天不由得想起了慕容飛煙，不知她此番有沒有跟隨天香國太后龍宣嬌前來，龍宣嬌已經抵達了東梁郡，明晨就會陪同龍曦月一起乘船前來這裡。還有天香國國師蘇玉瑾，她的真實身分乃是慕容飛煙的母親，她和慕容展之間究竟發生了什麼？因何兩人會天各一方？

慕容展向胡小天抱拳道：「參見王爺千歲！」

胡小天呵呵笑了一聲道：「慕容統領又何必如此客氣，在我心中始終將您當成長輩看待的。」

慕容展明白他這句話背後的含義，也知道胡小天跟自己的女兒的事情，可如今胡小天即將迎娶天香國映月公主，或許他和飛煙之間可以就此斬斷情緣，慕容展道：「不敢當！」

胡小天道：「對了，忘了告訴你，我在天香國見過飛煙了。」

慕容展內心一動，抬起頭來冷冷望著胡小天。

胡小天甚至認為慕容飛煙前往天香國乃是一個事先布好的局，包括她出現在胡不為的船隊中，包括天香國國師蘇玉瑾，這一系列的事情都證明，有人在故意推動這些事的發生，或者慕容展早已心知肚明，讓慕容飛煙前往天香國就可以躲過大康的種種麻煩和危險，慕容展雖然表面無情，可人非草木孰能無情，畢竟慕容飛煙是他的女兒，如果這一切都成立，那麼豈不是證明慕容展和胡不為之間也可能存在勾結呢？胡小天無意探究其中的真相，壓低聲音道：「我還見到了她的親生母親。」

慕容展內心劇震，如果胡小天剛才的話他早有了心理準備，可這句話卻讓他震撼不已。

胡小天並未繼續說下去，因為他看到了權德安顫巍巍朝這邊走了過來，胡小天微笑迎了過去：「權公公，如果不是事先知道，都看不出您是一條假腿呢。」

哪壺不開提哪壺，權德安臉上的笑容瞬間消失，每次見到這小子總會心情不好。權德安陰陽怪氣道：「公主殿下改了主意，今兒就不上岸了，你們這些人全都散了吧！」

胡小天心想這七七都到了自己的地盤上卻又改變主意不上岸，白費了自己擺下的那麼大場面，以自己對她的瞭解，她應該是故意這樣做，行啊！跟我玩心計，胡小天微微一笑，將手中準備好的一捧玫瑰花遞給了權德安：「幫我轉送給公主殿下！」

權德安接了過去，卻聽胡小天道：「贈人玫瑰手有餘香！」

胡小天雖然沒有接到七七，可是徐家的船隊隨後也到了，因為皇家船隊選擇在青龍灣靠岸，所以徐家改變原來的行程，直接去了臨近白沙灣的靜水灣，胡小天得到消息馬上前往靜水灣去迎接這位素未謀面的神秘外婆。

七七站在船艙內，從窗口眺望岸上的情景，岸上雖然人潮湧動，可她仍然還是一眼就認出了胡小天那挺拔的身影，雖然看不清他的面目，但是七七的腦海中卻清晰出現了他的音容笑貌，她輕聲歎了口氣，不久就聽到外面傳來權德安恭敬的聲音：「公主殿下，老奴回來了。」

「進來吧！」

權德安人還沒有走進來，七七已經嗅到清雅的花香，看到權德安抱著一捧火紅的玫瑰走了進來，秀眉微顰道：「這是……」

權德安將花束解開，然後一枝一枝地插入花瓶裡，如果胡小天看到眼前的一幕，定會被這廝的自作聰明氣翻過去，送人玫瑰可不是這個送法。

權德安將玫瑰插好。

七七的美眸冷冷在玫瑰上掃了一眼：「好好的花為何要剪去了？」

權德安道：「他說，贈人玫瑰手有餘香！」

七七沒有說話，默默思量著這句話的含義。

權德安小心翼翼道：「早晚都得見，都到了近前為何又要避而不見？」

七七道：「權公公管的事情是越來越寬了。」

權德安訕訕笑了笑，知道又惹這位小主不高興了，趕緊告退。

權德安走後，七七來到那束花前，望著那束玫瑰花，輕聲道：「贈人玫瑰，手有餘香！哼！」眼前浮現出胡小天嬉皮笑臉的樣子，心頭沒來由升起一陣憤怒，拂袖將花瓶整個推倒在了地上，花瓶摔得粉碎，玫瑰花散落一地，外面傳來權德安關切的聲音：「公主殿下……」

七七怒道：「不要你管！」

外面權德安揮手示意一眾侍衛遠離公主的艙房。

七七望著散落一地的玫瑰花，雙眸中的怒意漸漸退去，她俯身撿起一枝玫瑰，卻不小心被玫瑰上的尖刺扎到了手指，修長的秀眉跳動了一下，心中暗歎：「贈人玫瑰手有餘香？為何我感到的卻是刺痛！」

胡小天抵達靜水灣的時候，徐老太太已經下了船，並未在碼頭停留，目前人已經去了為她準備的行院。

胡小天撲了個空，只能冒著雨又來到了行院，來到行院外，看到一人就站在行院的大門處，卻是他的表兄徐慕白，徐慕白曾經意圖刺殺龍曦月，若非姬飛花出手，只怕龍曦月已遭了毒手，胡小天對這位表兄也產生了敵意。

徐慕白卻如同根本沒發生過那件事一樣，微笑抱拳道：「表弟，別來無恙！」

胡小天笑道：「還沒有被表兄害死！」

徐慕白笑道：「我對表弟可沒有任何的加害之心。」

「是不想還是不敢？」胡小天的話中充滿了嘲諷的味道。

徐慕白道：「兩者兼而有之。」他做了一個邀請的手勢：「奶奶在裡面等著你呢。」

胡小天這才想起今次前來的主要目的，徐慕白只不過是徐家的一個小角色，此前所做的一切應該都是奉命行事，背後策劃這一切的人應該就是徐老太太，對外婆，胡小天聞名已久，今日才算有機會親眼見到這位神秘的老太太。不知這老太太究竟有什麼本事，能夠掌控如此龐大的家族，並成為中原首富。

走入後院的時候，雨奇蹟般停下了，空氣濕潤而清新，道路兩旁的修竹，竹葉尖端點綴著晶瑩剔透的水珠，新鮮而青翠。

徐慕白將胡小天引入後院之後就停下了腳步，輕聲道：「奶奶住在裡面，你一個人過去吧。」

胡小天點了點頭，來到小樓門前，輕輕叩響房門，房門從中打開，出來的卻是徐鳳眉，因為她的樣貌和徐鳳儀非常相似，胡小天禁不住多看了她一眼，徐鳳眉笑道：「怎麼？不認識我了？」

胡小天微笑道：「姨娘也來了。」

徐鳳眉道：「你成親那麼大的事情，我若是不來豈不是不近人情。」她指了指小樓內：「老太太剛剛睡下了，你可以進去，可不要打擾她。」

胡小天聽說徐老太太睡了，馬上道：「那我還是在外面等著吧。」

徐鳳眉道：「她讓你來了就進去，說不定這會兒還沒睡著呢，你進去就是。」

胡小天這才舉步走入小樓，來到二層，看到房門半掩半閉，從門縫中向內望去，卻見羅帳低垂，隱約能夠看到一個人影側臥在床上。

胡小天躡手躡腳走了進去，想了想還是沒有說話，在窗前的太師椅上坐下，靜靜等待徐老太太醒來。

床上傳來一個溫和的聲音道：「是小天來了嗎？」

胡小天站起身來，恭敬道：「徐老夫人，正是在下！」

那個溫和的聲音歎了口氣道：「你一定是在生我的氣，這也怪不得你，換成是我也一樣會生氣，你走近一些，讓老身好好看看你。」

胡小天向床邊走了兩步，心中對帳內的人充滿了好奇。

羅帳從中分開，這位神秘的徐老太太終於在胡小天的面前現身，當胡小天看到她樣貌的時候，驚詫得嘴巴張得老大，好半天都無法合攏，眼前哪是什麼老太太？

根本就是一個蒼白瘦弱的小姑娘，看她的樣子年紀至多也不過十五六歲，只是滿頭的長髮其白如雪，鶴髮童顏用在她的身上再妥當不過。

單從她的面容來看，絕對讓人想像不到這是一位年近七旬的老太太，可是如果你仔細觀察她的眼睛，就會發現她的目光無比深沉，閱盡人世滄桑，這樣的目光絕不會屬於一個年輕人。

徐老太太打量著胡小天，良久方才點了點頭道：「你果然非池中之物。」

胡小天輕聲道：「老夫人卻讓我感到意外。」

徐老太太笑了起來，長著少女般的面容，卻擁有著蒼老的腔調，在胡小天看來是如此的詭異。

徐老太太道：「當年鳳儀生下你的時候，你又聾又啞，而且是個傻子，因此你也成了鳳儀心中最大的遺憾。」

胡小天的回答讓人意外：「怨我嗎？」

徐老太太因他的回答不禁莞爾，笑起來猶如少女一般恬靜，可她縱然在微笑的時候，雙目之中找不到絲毫的笑意，目光冷漠而平靜，一如古井不波。

胡小天深知自己面對的是一位智慧高絕的人物，連虛凌空都避之不及的人物，連大康歷代帝王都要留有情面的人物，或許早已修煉成精。

徐老太太輕聲道：「肌膚毛髮受之父母，這件事的確不怪你，鳳儀就曾經無數次對我說，她不該將你帶到這個世界。」

胡小天道：「我娘是個好人，可惜這個世界上未必好人都有好報。」

徐老太太緩緩點了點頭：「對每個人來說，這世上最重要的莫過於自己的生命，可是在自己眼中最重要的東西，或許在他人眼中根本一錢不值，對這個世界而言，一個人的性命更是微不足道，若是放在歷史的長河中，只怕連一顆塵埃都算不上。」她的目光變得迷惘而虛無。

胡小天道：「所以您就變得對一切都不在乎？甚至親人的生死都讓你興不起半點的同情？」

徐老太太微笑道：「你能夠走到今天這一步，委實不容易，我本以為你對很多事情都已經看得透徹，感情只是一個奢侈品，可有可無，同情？呵呵，任何的同情心最終只會讓你陷入折磨和自責之中，於你毫無意義。」

胡小天道：「老夫人看得真是透徹。」

徐老太太道：「聽說你醫術高明，曾經多次憑藉醫術扭轉乾坤，既然你的醫術如此高明，可否為我解釋一下，因何一個癡呆了十六年的小子，突然之間就變成了一個文武雙全的聰明人？」

胡小天微笑道：「這世上很多事情都是解釋不通的，正如我很難理解，為何有人狠心到不肯見親生女兒最後一面？」

徐老太太道：「看來你始終介意這件事，為何當初你們家落難的時候我未曾出手相助，為何你娘病死之前我不肯見她最後一面，甚至連她去世的時候，我都不肯派人過來弔唁？」她停頓了一下，然後道：「因為她根本就不是我的女兒！」

胡小天對此早有了心理準備，徐鳳儀在臨終之前也曾經說過一個讓他震驚的故事，然而現在他開始漸漸明白，徐鳳儀只不過是被蒙在鼓裡的可憐人。

徐老太太道：「其實無論鳳儀還是不為，他們都不是那麼容易被蒙蔽之人，你以為他們當真相信自己的兒子會突然變得聰明？」

胡小天沉默了下去，徐老太太這句話切中了要點，別的不說，單單是胡不為就從未相信過自己是他的兒子，否則又怎會做出如此冷漠的事情？

徐老太太道：「鳳儀因為兒子的事情早已心灰意冷，她對你的關愛無非是自欺欺人罷了，你以為她的死於你無關？明明知道自己兒子的身軀被另外一個意識所佔據，卻要欺騙自己，去善待一個親手扼殺親生兒子性命的小子，對她來說難道不是一種殘忍的煎熬？」

胡小天內心劇震，他咬了咬嘴唇，死死盯住徐老太太，這位鶴髮童顏的老太太早已洞悉了一切，不！應該說自己的出現根本沒有瞞過任何人，從頭到尾只是自己自以為騙過了其他人罷了。

徐老太太輕聲歎了口氣道：「人世就是一盤棋，你我曾經都誤以為自己是這場棋局的操盤者，可到了最後方才發現，原來我們也只不過是被人操控的棋子罷了。胡小天，若是我沒有猜錯，你的醫術來自於鬼醫符刓。」

胡小天繼續沉默以對，這一點徐老太太猜錯了，她縱然多智近妖，可是她無論如何都不會想到自己來自於何方。

徐老太太有些疲倦了，拿了一個軟墊，靠在身下，側躺著向胡小天道：「我的身體越發虛弱了，大限之日已不久遠，今日前來，並非是為了恭賀你的新婚大喜，而是有些話不得不說，不能不說。」她指了指一旁的椅子道：「你搬過來，咱們好好聊聊。」

胡小天這才將椅子搬到床邊。

徐老太太伸出手去，胡小天猶豫了一下，終於還是讓她握住了自己的手，徐老太太的手掌一如少女般溫軟滑膩，根本不像是一個七旬老人的手掌。

徐老太太道：「你還未回答我的問題，是也不是？」她所指的是胡小天醫術從何人那裡學來。

胡小天道：「你剛才不是說我親手害死了你的外孫？」

徐老太太盯住胡小天的雙目，低聲道：「難道你就是鬼醫符刓？」她隨即又搖了搖頭道：「你不是，你絕不是！」

胡小天道：「難道你不知道這世上還有個種魔大法？」

徐老太太道：「種魔大法只有女人才能修煉，你？」她搖了搖頭道：「我實在想不透你到底是如何來到這個世上。」

胡小天已經斷定徐老太太的身分必然非同尋常，只不過這老太太究竟是那幫天外來客的後裔，還是鬼醫符刓的同類，這就不好說了，不過從胡不為想方設法要得到那藍色頭骨來看，徐老太太應該和天命者的關係更為密切一些。

胡小天道：「你有沒有聽說過天命者？」

徐老太太皺了皺眉頭，她低聲道：「看來你知道了不少的事情。」

胡小天從腰間取出了那柄光劍，擰動劍柄，淡藍色的光刃倏然出現。

徐老太太輕聲道：「我觀察你已有很長的時間，你的醫術，你的做派，甚至你寫下的對聯和詩句，你的每一幅畫作，我已經可以斷定你來自何處。」

胡小天此時方才意識到自己留下的線索實在太多，雖然在多數人的眼中，自己的這些才能都是神乎其技，匪夷所思，可是若是在一個瞭解地球歷史和文化的人看來，自己只是一個高明的剽竊者。徐老太太這樣說，豈不是證明她和鬼醫符刓一樣，都可能來自和自己同一個地方？

胡小天將光劍旋滅，重新收起，輕聲道：「你是越空計畫的成員？」

徐老太太的目光平淡依舊，靜靜望著胡小天道：「我一直期待著這一天，希望有一天會有人來尋找我們，等了就快半個世紀，總算有人來了，可是……我卻已經老得走不動了。」

胡小天搖了搖頭，徐老太太的這番話等於已經承認她就是越空計畫的成員，由此也可推斷出她和鬼醫符刓之間應該並無太多的聯絡。胡小天道：「我雖然和你來自同一地方，可是我卻並不是專程過來找你的，來到這裡，我根本沒有任何的計畫和目的。」

徐老太太並沒有任何的失落，對她而言已經不重要了，正如她剛才所說，自己已經老得走不動了，到了她這個樣子能否回去已經不再重要。胡小天既然知道越空計畫，就證明他見過鬼醫符刓。

徐老太太道：「五十年前，有一支五人小隊執行越空計畫的任務，他們來到了這個世界，然而這個計畫並不完善，他們的空間跳躍機出現在了一個錯誤的地點，他們在戰場中失散，彼此都不知道對方的下落。」

胡小天點了點頭，鬼醫符刓在這一點上看來並沒有完全說實話，此前他曾經告訴自己說其他同伴都已經死了，只剩下他一名倖存者，可徐老太太這不就好端端地活著，究竟是鬼醫符刓並不知道徐老太太的身分還是他明明知道卻故意不說？兩人之間又到底有沒有聯絡？胡小天心中暗自戒備，這些越空者經歷如此巨大的變化，其心態必然發生了莫大改變，他們的話絕不可全信。

胡小天道：「您既然不把我當成外孫，又何必長途跋涉而來？」

徐老太太輕聲歎了口氣：「在你心中必然認為我是一個自私冷血的人，越空者的五人中，每人掌握的技能不同，一人負責警戒，擅長各種武器格鬥，野外生存，一人精通醫術，擅長各種急救康復，一人是天文物理學家，精通天文地理地質勘探，一人擅長各種器械的製造，和各種交通工具的駕駛，還有一人是遺傳學家。」

胡小天心中暗歎，看來這個越空計畫的確集結了各領域最優秀的人才，醫學專家必然是鬼醫符刓無疑，可其他幾個又是誰？這其中為何要有遺傳學家？鬼醫符刓不是說他們前來這一時空的目的是查找異常波動的原因？如果僅僅是為了查明原因，遺傳學家又有何用？看來鬼醫符刓根本沒有對自己說實話。他低聲道：「你們前來這裡的目的是什麼？」

徐老太太輕聲道：「你來此之前是什麼年代？」

胡小天不假思索道：「二〇一四年！」

徐老太太緩緩點了點頭：「難怪你不知道，二〇四二年的時候爆發了第三次世界大戰，戰爭幾乎毀滅了一切，我們所生存的環境急劇惡化，如果繼續下去，人類即將面臨滅絕的危險，於是軍方開始實施越空計畫，派遣一個個的越空小隊，尋找最適宜生存的世界。我就是其中的遺傳學家，負責著第二套方案。」

胡小天眉峰一動：「也就是說從一開始你們就考慮到這可能是一場有去無回的探險，所以才會有你這位遺傳學家，如果我沒猜錯的話，你一定帶來了可以孕育發展的種子！」

徐老太太欣賞地望著胡小天：「我們將之稱為火種，意味著薪火相傳，我們從基因庫中帶來了兩萬顆通過優選的受精卵，若是我們無法回歸，就找到合適的環境讓他們孕育生長，就算我們生存的世界完全毀滅，至少可以保證人類的文明得以繁衍生存下去。」

胡小天輕聲道：「原來從一開始你們就不是為了探秘，而是為了殖民！」

徐老太太道：「越空計畫單單我知道的就有十個小隊，分別前往最可能存在生命的時空，我不知其他小隊的下落，我們五個人來到這個世界，不巧落入了戰場之中，第一個死去的是天文物理學家，第二個死去的是格鬥專家……」說到這裡，徐老太太的目光變得悲愴，她咬了咬嘴唇，悄悄轉過頭去。

如果一個人能夠讓徐老太太為之動容，可見此人在她心目中的重要地位，胡小天不禁猜測，難道這位格鬥專家就是徐老太太的愛人？

徐老太太沉默良久方道：「他是為了救我而死，如果不是此前越空的過程中受傷，他本不該那麼容易被人殺死。」

「還有兩個人呢？」胡小天已猜到了其中一個應是鬼醫符刓，可另外一個呢？

徐老太太道：「那天之後，我和所有人都失去了聯絡，在這次的越空行動中，我們所帶來的設備大部分損毀，我僥倖逃過一劫，發現自己所剩只有那些火種。」

胡小天心中暗忖，兩萬顆優選受精卵，這也是一支不可小覷的力量，若是這兩萬顆受精卵全都孕育成長，那麼徐老太太就等於擁有了一支大軍。他忽然想到老太太的冷漠無情，內心陡然一驚，他終於開始觸摸到真相的核心了。他低聲道：「你的那些兒女全都是……」

徐老太太微笑點了點頭：「我這一生唯一愛過的只有一個人，他死了，我又怎會移情別戀？更不用說嫁人！又哪來的那麼多兒女？」

胡小天震駭之餘對徐老太太產生了莫名的欽佩，這樣漫長的歲月，真不知道她一個女人是怎樣挺過來的？徐老太太應該沒有欺騙自己，照她的說法，她的愛人應該是那位死去的格鬥專家，可是她和虛凌空之間又如何成為了夫妻？只是假夫妻的話，以虛凌空卓絕的武功，因何會甘心？

徐老太太道：「你的外公！呵呵，姑且這樣稱呼他吧，他是我在這個世界上的另外一個貴人，如果沒有他，我不會創立金陵徐家這塊響噹噹的招牌，他為我付出了很多，也背負了許多的罵名和罪過。」

胡小天道：「他知不知道你的事情？」

徐老太太睿智的雙眸望著胡小天道：「只有你知道。」

胡小天道：「胡不為、徐鳳儀、徐鳳眉，甚至你所有的子女全都是你一手製造出來的！」

徐老太太搖了搖頭道：「製造，這兩個字並不貼切，他們本來就被賦予了生命，我所要做的工作只是幫助他們在合適的環境中復甦。」

胡小天想起徐老太太帶來的兩萬顆受精卵，內心中頗有些不寒而慄，這兩萬顆受精卵全都是基因優選後的結果，徐老太太的這些子女，哪個不是響噹噹的角色，她來到這個世界已經五十年，也就是說這兩萬顆受精卵應該早已發育成人，如今只怕已經分散到這世界的每一個角落。胡小天低聲道：「你究竟有多少子女？」

徐老太太呵呵笑了起來：「你擔心我將所有的火種全都撫養成人？」她歎了口氣道：「來到這一時空的時候已經損失了一半，而剩下的營養液又不足以將所有的火種撫育成人，所以你不用擔心。」

胡小天道：「胡不為是！」

徐老太太並沒有否認：「我一個人在這世上縱然有虛凌空相助，可終究勢單力孤，所以我才決定增加一些幫手，我本以為自己再也回不去了，所以就安心這樣的生活，只求平安，可是我很快又發現，這個世界上，我並非是唯一的外來者。」

胡小天想起鬼醫符刓此前對自己所說的那番話，鬼醫說他們只是因為察覺到異常的時空波動而來，看來完全都是謊言，徐老太太所說的一切比鬼醫應該更可信得多。他小聲道：「是不是因為楚扶風？」

徐老太太點了點頭：「看來你瞭解不少的事情，楚扶風、龍宣恩和虛凌空，他們三人乃是結拜兄弟，龍宣恩年輕的時候也沒有那麼昏庸，若無這兩位結拜兄弟的幫助，他也無法順利登上大康皇位，三人之中以楚扶風智慧最高，天文地理無所不知，然而他卻並非普通人。」

胡小天道：「楚扶風乃是天機局的創始人，最後被龍宣恩害死。」

徐老太太接下來的話卻讓胡小天倍感震驚。

「楚扶風並非死在龍宣恩的手中，而是死在我的設計之下。」

胡小天震驚之餘，不由得想到，一定是楚扶風發現了徐老太太的秘密，徐老太太為了保住自己所以才不得不對他下手。他低聲道：「他是虛凌空結拜的大哥，你為何要殺他？」

「我不殺他就會死在他的手中，我沒有選擇。」

胡小天道：「你設計害死了他，卻又收他的兒子楚源海為義子？」

徐老太太點了點頭道：「我畢竟是一個女人，總有惻隱之心，總不忍心對一個孩子下手。」

胡小天忽然想到虛凌空後來的不辭而別，他開始明白虛凌空離家出走隱姓埋名的真正原因，低聲道：「虛凌空發現了真相，他不忍殺你，卻又不知如何面對這一切，所以選擇離開。」

徐老太太惆悵地歎了口氣道：「若是說這世上我最對不住的那個人，就是他。」

胡小天道：「楚源海的死跟你有沒有關係？」

徐老太太輕聲道：「這些天外來客，有個最大的本領就是記憶傳承，我本以為源海什麼都不知道，可是後來才發覺，他小小年紀就已經瞭解了一切，心機深重，他表面對我孝敬，照顧我們徐家的生意，可實際上卻在暗中設下圈套，想要將我徐家滅門！」

胡小天心中暗歎，殺父之仇不共戴天，楚源海知道徐老太太是害死他父親的仇人，當然不會就此作罷，楚源海後來被滅門的事情已經明朗，罪魁禍首必然就是徐老太太。

徐老太太道：「我不想殺他，畢竟我將他一手撫育成人，又給他娶妻成家，助他功成名就。可是我付出了這麼多，卻仍然無法消除他心中對我的仇恨。他要殺我，要毀滅我們徐家，我若是不動手，犧牲的只怕不是我一個人的性命，換成是你，你又會做出怎樣的選擇？」

胡小天沒有說話，腦海中想起了姬飛花，若是姬飛花知道真相，恐怕必殺徐老太太而後快，甚至連徐家上下一條性命都不會留下，以她的性情必然做得出。

徐老太太道：「我現在午夜夢迴，時常想起源海的樣子，我承認我對他還有感情的，可是我不後悔。」

第六章

天外來客

胡小天頭皮一緊，原本以為洪北漠是天命者的後代，
想不到竟然是徐老太太一手養大的，說起來跟自己也是同宗同源，
可是洪北漠又知道皇陵的秘密，目前正在修復飛船，
那艘飛船卻是屬於天外來客的物品，他因何能夠知道？

胡小天道：「楚家被你滅門，於是你又安插了胡不為進入朝廷之中。」

徐老太太道：「我並沒有太大的野心和抱負，我最初的想法只是在這個世上苟且偷生，讓這些火種能夠得以健康成長，為人類保住一些希望，我並沒有想過要利用他們去佔領這個世界，當一個人有超前的觀念和意識，在這個世界想要建功立業會相對容易許多。」

她意味深長地望著胡小天，她在數十年內創造了富可敵國的財富，而胡小天在不到十年的時間內也成為一方霸主，兩人的成功無疑都驗證了這一點。

胡小天卻並不相信她的話，如果她沒有野心，徐家的子弟又怎會湧現出胡不為、徐鳳眉、徐慕白這樣的人物？

徐老太太道：「我本來以為這些火種可以在這片大陸上薪火相傳，可後來我卻發現這些優選的受精卵在穿越時空的過程中產生了變化。」

胡小天道：「什麼變化？」

徐老太太道：「他們沒有繁衍生殖的能力！」

胡小天倒吸了一口冷氣，他頓時想到了自己，自己這些年在幾位紅顏知己身上勤耕不輟，可至今顆粒無收，難不成也是因為穿越時空的緣故，不對！自己只是意識穿越時空，難道……他忽然醒悟過來，徐老太太所說的沒有繁衍生殖的能力，自然包括了胡不為和徐鳳儀，他們沒有生育能力，那麼自己又從何處而來？難不成……難不成也是徐老太太一手造成？自己的身體也是那兩萬顆來自地球的受精卵之一！

徐老太太道：「鳳儀是懷胎九月將你生下。」

胡小天道：「你是不是將一顆受精卵植入到她的體內？」

徐老太太點了點頭：「不然以不為的精明又怎能瞞過他？」

胡小天此時真是無語了，搞了半天自己跟胡不為、徐鳳儀這幫人全都一樣，都是試管嬰兒，只是徐老太太的這些做法是不是有違道德倫常？

徐老太太道：「你不用擔心，這兩萬顆受精卵都進行過篩選排查，絕不會有五代以內的血親關係。只是有些事始終都是無法掌控的，當我發現這個秘密之後，我想盡辦法進行補救，可是卻始終找不到解決之道，然而在楚源海成親的時候，我卻發現，他的妻子居然自然受孕了。」

胡小天知道徐老太太為楚源海找的妻子也是跟胡不為、徐鳳儀一樣，來自於那兩萬顆受精卵之一，這麼說，自己跟這世界的人生不出孩子，可跟姬飛花、七七這些擁有天命者血統的人，還是能夠產生後代的，胡小天很快就意識到自己正在考慮一個無聊透頂的問題。他低聲道：「也就是說，你所謂的薪火相傳，開枝散葉根本不可能實現。」

徐老太太緩緩點點頭道：「更麻煩的還不是這件事，當初我們優選的兩萬顆受精卵，本以為他們將擁有最完美的基因，可是……」她的目光投向胡小天。

胡小天不禁有些內心發虛，難不成自己就是那條漏網之魚，如果不是自己的意識強勢植入，胡小天依然還是個傻子，看來他們的基因優選技術也不是那麼的完美，其中還是存在著一定的誤差。

徐老太太道：「我們的基因優選法已經非常的先進，甚至可以提前對性格進行測算。」

胡小天道：「根據他們的生物學父母進行判斷嗎？」

徐老太太點了點頭：「不錯，為了避免一切可能的外界干擾，我們對這兩萬顆火種進行了極其嚴密的保護，然而還是沒有做到萬無一失。他們喪失了繁衍生殖的能力，而且在越空的過程中，他們的基因應該發生了微妙的改變。」

胡小天道：「時空的改變導致了基因突變？」

徐老太太淡然笑道：「以我目前擁有的設備掌握的技術還無法做出合理的解釋，只是接下來的發展，事情已經開始漸漸超出了我的掌控。」說到這裡，她感到有些口渴，指了指桌上的茶壺：「可不可以幫我倒一杯茶來？」

胡小天笑了笑，可以說跟徐老太太的這次見面獲益匪淺，讓他搞清了其中太多的問題，給徐老太太倒了杯茶送到面前，輕聲道：「這茶有些溫了，不如我讓人給您換過。」

徐老太太搖了搖頭道：「無需更換，我向來不喜熱茶。」抿了口茶道：「知不知道我最懷念什麼？」

胡小天笑道：「您老的心思我可猜不到。」說實話，這徐老太太除了頭髮白了，聲音蒼老一些，她的樣子一點都不顯老。

徐老太太道：「咖啡的味道。」

胡小天道：「這個世界上難道沒有咖啡嗎？」

徐老太太道：「徐家的商船行遍天下，卻從未發現過咖啡這樣物種。每當想起故鄉，就會不由自主想起咖啡的香氣。」老太太閉上了雙目。

胡小天道：「應該是有的，只是目前沒有發現罷了。」

徐老太太又睜開雙目道：「我剛才說到哪裡了？」

「基因突變！」

徐老太太苦笑道：「果然是老了，剛剛說過的話馬上就忘記，我這次來，就是要在自己仍然還記得一些事的時候，將真相告訴你。」

胡小天接過她飲完的茶盞放在一旁茶几上，又回到她的身邊坐下，徐老太太再次抓住他的手道：「我給了他們成長的機會，竭盡所能教會他們一切，讓他們學會做人的道理，可是我並沒有料到他們中的多數人會有那麼強大的野心。」

「是人總歸會有自己的意識，會擁有自己的判斷，擁有自己的理想和人生觀，並不是任何生物遺傳工程所能改變的！」

徐老太道：「最初背叛我的那個人，卻是我第一個帶到這世上之人，他聰明伶俐，我將他視為自己的親弟弟一樣，是他幫我除掉了楚扶風！」

胡小天內心一驚，從徐老太太的描述中他想到了一個人，下意識握緊了徐老太太的手掌，壓低聲音道：「可是洪北漠？」

徐老太太緩緩點了點頭：「不錯，正是此人！」

胡小天感到頭皮一緊，他原本以為洪北漠是天命者的後代，卻想不到這廝竟然也是徐老太太一手養大，說起來跟自己也是同宗同源，可是洪北漠又知道皇陵的秘密，目前正在修復飛船，那艘飛船卻是屬於天外來客的物品，他因何能夠知道？

徐老太太道：「他智慧出眾，又善於隱藏自己，經虛凌空引薦成為楚扶風的弟子，因為善於察言觀色，深得楚扶風的喜愛，短短五年內，他就學會了楚扶風的大部分本事。」

胡小天道：「後來他卻擺脫了你？」

徐老太太道：「他是個極其精明的人，應該是看出了某些不對的地方。」

「他知不知道身世的秘密？」

徐老太太道：「他並不清楚，天下間知道這個秘密的應該只有我。」

「別忘了，鬼醫符刓仍然活在這個世界上。」

徐老太太道：「他雖然活著，可是一直以來都不知道我的存在，直到十多年前，他方才知道除了自己以外還有人倖免於難。」

胡小天道：「他有沒有找你相認？」

徐老太太道：「他怕我對他下手，所以尋死。」

胡小天道：「只是假死罷了。」

徐老太太道：「他是死是活與我無關，我只需迴避跟他見面，他就不會知道我的事情，我的麻煩也是越來越多，楚源海死後，洪北漠對我產生了戒心，又或是他在楚源海的事件上發現了什麼，開始漸漸脫離了我的掌控。到後來胡不為上位，我發現他的野心更大，我有那麼多的兒女，可是他們每個人都在為自己的事打算。」

胡小天笑道：「家大業大，您也不可能掌控所有的事情。」

徐老太太呵呵笑了起來：「掌控？你以為這個家族的背後操盤人仍然是我？早在十幾年前，這幫不肖子孫就已經開始算計我的產業，我只是一個老太太，一個被完全架空的老婆子，能夠活到現在，全都靠我裝糊塗。」她盯住胡小天道：「無論你相不相信，我都未曾想過改變這個世界的規則，我只想保護自己，讓自己好好活下去，若是能夠讓這些火種健康生長，繁衍生息，也算是我對得起大家的重托，可是這些火種註定不屬於這個世界，他們終將離開。」

胡小天道：「您不是說，楚源海就有了後代。」

徐老太太道：「我擔心的就是這件事，我本以為除掉楚扶風父子之後，就再也不會其他人，可是他們的勢力卻比我想像中強大得多，從生物學的角度來說，優勝劣汰，楚源海的基因幾近完美，我不知道他們因何而來，後來雖然調查出了一些事情，可那只是冰山一角。」

胡小天道：「洪北漠和胡不為最初都是為了調查這些事而進入朝廷的吧？」

徐老太太道：「如果當初我沒有想過去調查清楚，或許事情不會惡劣到現在的地步。」

胡小天道：「皇陵之中藏有一架天外來客的飛船，洪北漠現在就是在忙於修復那艘飛船。」

徐老太太道：「他若是修復了飛船，掌控了所有的科技，那麼他將會擁有跳躍時空的能力，後果將會不堪設想。」

胡小天道：「他因何能夠取得那些人的信任？」

「也許他被人控制，也許他騙過了那些天外來客，不過無論怎樣他的存在都是一個巨大的威脅。」

胡小天道：「為什麼要將這一切的秘密告訴我？」

徐老太太道：「我命不長久了，思來想去，這些秘密總要有人知道，而你是唯一的人選。」

「為什麼？」

「你跟他們不同！你的性格沒有缺陷！」

胡小天在徐老太太房間內密談了一個半時辰，走出房間時，夜幕已經降臨，徐鳳眉一直就站在院門處，向胡小天微微一笑道：「王爺，跟老太太聊完了？」

胡小天點了點頭：「姨娘，外婆的身體不好，您還要多多照顧。」

徐鳳眉見他如此禮貌，心中猜測他和老太太的這番長談結果應該是非常愉快，溫婉笑道：「都到了飯時了，吃了晚飯再走。」

胡小天道：「很想留下，可是太多事等我去處理，改天再來吧，我答應了外婆必然要陪她吃頓飯的。」

徐鳳眉也不強留，揚聲道：「慕白！送送你表弟！」

徐慕白一身白衣翩翩步出，依然是過去那清高不凡的模樣，胡小天對這廝已經沒有任何好感，如果不是趕上自己的大婚，一定要好好跟他算算帳。徐慕白沒事人一樣，陪著胡小天來到了行院外。

胡小天停下腳步道：「就到這裡吧，表哥留步。」

徐慕白道：「還未來得及恭賀表弟新婚呢。」

胡小天笑道：「托表哥的福，你在天香國沿途護送，我還沒有向你致謝呢。」

徐慕白的笑容顯得有些尷尬，咳嗽了一聲道：「表弟勿怪，奶奶交代的事情總要去做，還請表弟相信我對你從無惡意。」

胡小天道：「表哥說得如此真誠，我還真是相信了幾分，不過口說無憑啊，不如表哥送我一件禮物。」

徐慕白笑道：「你想要什麼禮物只管說，只要我能夠做到，一定傾力而為。」他不失時機地向胡小天示好。

胡小天道：「曾小柔是你的人吧，把她給我送來，公主始終將她當成姐妹。」當初徐慕白利用苦肉計讓曾小柔潛伏到自己的隊伍之中，龍曦月憐她身世對她百般照顧，最終卻仍然遭遇背叛，更讓胡小天難以釋懷的是，夏長明對曾小柔產生了感情，直到現在仍然創傷未癒，胡小天之所以提出索要曾小柔，卻並不是為了要報復她，而是要探聽她的下落，借此機會讓夏長明了卻一個心結。

徐慕白歉然道：「自從南津島一別，我就再未見過她。」

胡小天知道這廝不會輕易說實話，微笑點點頭道：「表哥應該是不會騙我的，不然還有什麼親戚可做！還有什麼人情可談？」他這句話軟中帶硬，暗藏機鋒。

徐慕白明知胡小天是在威脅自己，可也只能賠著笑。

胡小天向他拱了拱手轉身離去，心中暗罵，屁的表哥，徐老太太剛才的那番話已經證明，他們這些人根本沒有任何血緣關係，

而今六座行院已經各歸其主，永陽公主七七、徐老太太、黑胡北院大王完顏烈

新、渤海國長公主、天香國太后和大雍長公主各自分得了一座，只是目前七七尚未登岸，大雍長公主薛靈君仍未到達，所以還有兩座行院空著。

若非蟒蛟島、沙迦的觀禮團主動提出在外面自行紮營，胡小天還真是有些不好安排。不得不承認，許多嘉賓的到來都在他的意料之外。從另外一個層面來看，這和他在中原的影響力日益壯大有著直接的關係。

沿著白沙灣縱馬而行，月下的白沙灣宛如延綿曲折的雪野，清涼的晚風陣陣拂過，送來波浪拍打湖岸的聲音，胡小天信馬由韁，在沙灘之上奔馳而行，將隨行侍衛遠遠甩在身後。

熊天霸示意大家不要跟得太近。

胡小天在遠方突然勒住馬韁，卻是看到了一葉孤舟在前方垂柳之下，一個老人佝僂著身子靜靜坐在孤舟之上，波浪起伏，柳梢拂動，可是那孤舟和老人的剪影卻紋絲不動。

胡小天做了個手勢，示意眾人散去，他來到岸邊翻身下馬，從眼前落寞的背影中他已經判斷出對方就是虛凌空無疑，胡小天對虛凌空在此地出現並沒有感到任何的好奇，輕輕一躍，跳上小舟，小舟並沒有因為他的到來而產生任何的晃動，胡小天暗暗佩服，虛凌空絕對躋身當今世上頂級高手之列。

胡小天笑道：「外公，我就猜到你會來！」

虛凌空並沒有回頭，不見他身體有任何的動作，小舟卻已經啟動，有若離弦之箭向湖水深處行去。

胡小天轉過身，看到熊天霸等人全都因為擔心而趕到岸邊，他揮了揮手，讓他們不用擔心。

小舟隱入夜霧之中，突然失去了動力，漂浮在水面，波濤不停拍打著小舟，卻無法讓它移動分毫。

虛凌空輕聲道：「你見到她了？」

胡小天點了點頭道：「見到了，隨便聊了聊，無論如何她總是我的外婆！」

虛凌空緩緩轉過身來，臉上的表情前所未有的凝重：「她這次前來只是為了參加你的婚禮？」

胡小天在小舟內坐下：「您老何不親自去問她？」

虛凌空搖了搖頭道：「我不會再見她！小天，我今次前來只是為了恭賀你的大婚，這是我送你的禮物。」他將一個鐵環遞給胡小天，胡小天接過入手極其沉重，可看起來卻沒有任何的特別，不知這鐵環有什麼貴重之處？

胡小天望著那鐵環，忽然想起這鐵環和龍曦月手中的鐵飯碗材質應該相同，要知道鐵飯碗乃是丐幫兩大鎮幫之寶之一，胡小天和龍曦月曾經多次研究過這鐵飯碗的秘密，除了重一點，實在看不出這大碗有什麼秘密？虛凌空送給自己的鐵環或許就是解開其中秘密的關鍵。

胡小天小心將鐵環收好，輕聲道：「後天就是我大婚之日，外公能否參加？」其實心中對虛凌空參加他的婚禮已經不抱任何希望。

虛凌空道：「心意已經到了，有些事情還是能省則省吧，小天，我既是你的外公，又是你的師父，想委託你一件事，你願不願意為我去做？」

胡小天重重點了點頭道：「外公只管說。」他對虛凌空還是非常敬重的。

虛凌空道：「幫我照顧好丐幫！」

胡小天聽出他話中流露出遠離的意思，一口應承道：「外公放心，我一定不會讓您老失望。」

虛凌空道欣慰地點了點頭：「無論怎樣，她終究是你的外婆，就算她有什麼得罪你的地方，念在你死去娘親的份上，還是不要太過絕情。」

胡小天心中暗忖，看來虛凌空對徐老太太果然情根深種，只是徐老太太的秘密他卻不知道，胡小天道：「她老人家這次來也流露出不少悔意，身體也不太好，看來在世的時日已經無多了。」

虛凌空表情略顯詫異，在他的印象中，她的冷漠和絕情應該是和後悔這兩個字永遠都聯繫不起來的。

胡小天道：「其實您不妨去見見她。」

虛淩空呵呵笑了起來，他的目光投向夜空，浮雲將月亮籠罩，他的雙目也因此而變得昏暗起來。他沉聲道：「給你一個忠告，永遠不要相信她的話。」

七七站在船頭，黑色斗篷將自己包裹得嚴嚴實實，只露出了一雙眼睛，脊背挺得很直，她已經保持著這樣的姿勢站在原地整整半個時辰，權德安遠遠望著她，不敢走近，心中卻為這位小主的情緒而擔憂起來，他雖然是個太監，可活了大半輩子，畢竟閱盡滄桑，若是說七七對胡小天沒有絲毫感情，他是根本不信的。然而這方面卻又是他不敢觸及的敏感區域，別說是他，任何人提起都會激起七七的憤怒。

洪北漠挑著燈籠緩步向這邊走來，雖然船上有很多的武士，可他仍然堅持親自夜巡，來到權德安身邊，兩人交遞了一個眼神。

七七卻在此時突然轉過身來，冷冷道：「你們在監視本宮嗎？」

權德安低下頭去，洪北漠笑道：「殿下誤會了！臣等對殿下只有關心，絕無其他的意思。」

七七道：「人心隔肚皮，你就算有其他的意思，本宮也看不到。」

洪北漠微微一笑，並沒有覺得尷尬，也沒有選擇告退，而是慢慢向七七走了過去。七七秀眉微顰，顯然不喜歡他過來打擾。

洪北漠來到她的身後，輕聲道：「今天鎮海王去了徐老太太那裡，兩人談了近兩個時辰。」

七七道：「他們本來就是親人，親人相見，寒暄久了一些也是人之常情。」

洪北漠壓低聲音道：「另外那顆頭骨很可能在徐家手中。」

七七美眸一亮，可旋即又黯淡了下去：「那又如何？」

洪北漠道：「殿下……」心中暗罵，你當初答應了我什麼？看來這小妮子畢竟還是年輕，仍然跳脫不出感情的羈絆，此次胡小天成親對她打擊不小。

七七道：「本宮聽說這次來了不少人，看來都肯給胡小天面子。」

洪北漠道：「人原本就是最現實的動物，沒有永恆的敵人，只有共同的利益。」

七七因他的這番話而冷笑了起來，雙眸盯住洪北漠的面孔：「就像我們，能夠化敵為友全都是因為你想要利用我的緣故。」

洪北漠恭敬道：「微臣從未有過這樣的心思。」

七七道：「不必辯白，你是什麼人，本宮心裡清楚。」

洪北漠道：「微臣對公主殿下一腔熱血，忠心耿耿！」

「說得那麼好聽，那麼你幫本宮做一件事吧。」

洪北漠恭敬道：「願聽公主殿下調遣，微臣上刀山下火海，萬死不辭！」

七七搖了搖頭道：「沒有那麼嚴重，當初你們都勸本宮不要來，說胡小天故意設局羞辱我，可我終究還是來了，他想把自己的快樂建立在本宮的憤怒之上，我偏偏不讓他得逞！」

洪北漠也因七七的這番話暗暗心驚，因愛生恨，即便聰明如永陽公主也逃脫不出這個規律。他沉聲道：「臣以為現在並非出手的最佳時機。」

七七道：「說得對，讓他風風光光地將婚禮辦完，得到的越多，失去的時候才越是痛苦！」她的雙眸迸射出陰冷的寒光，就算是洪北漠也因她怨毒的目光而忍不住內心戰慄了一下。

胡小天的大婚現場始終保持著神秘，長公主薛靈君和渤海國長公主顏東晴兩人結伴前來參觀他的新居，在門前已經被這潔白細軟的沙灘所吸引，通往新居的路口已經被封鎖，有士兵守候，看來要到明日才能對外開放。

顏東晴由衷讚道：「這裡的景致真是絕美，沙灘潔白如玉，湖水猶如翡翠，綠樹成蔭，空氣清新，就算在渤海國也找不到那麼美的地方。」

薛靈君格格笑道：「東晴妹子，今個怎麼那麼多的感慨，是不是想起自己當年成親的時候了？」

顏東晴笑道：「我成親的時候帶著蓋頭，整個人渾渾噩噩，別人讓我怎樣做，我就怎樣做，稀裡糊塗地就入了洞房，到現在回憶起來都覺得無趣。」

薛靈君輕聲歎了口氣，顏東晴的這番話也激起了她的回憶，在她的印象中，那場婚禮何嘗不是渾渾噩噩的一天，自己完全就像是一個提線木偶，任人擺佈，她小聲道：「當局者迷旁觀者清，只是圖個熱鬧罷了。」

此時看到兩名武士拿著棉毯浴袍向湖邊迎去，她們舉目望去，卻見遠方的湖面之上，一個身影正在劈波斬浪，來到淺水區他站直了身子，正是胡小天，這廝只穿著一條緊身內褲，健美的體魄毫不吝惜地展示人前，陽光之下，古銅色的肌膚熠熠生輝，肌肉飽滿而勻稱，充滿了健美的力度。

外人眼中的內褲，卻是胡小天讓裁縫特製的游泳褲，可在外人的眼中，這廝這身裝扮仍然是大大的不雅。

薛靈君和顏東晴看到這廝健美的身材也都覺得眼熱心跳，不自主將目光垂了下去。

胡小天的目力要比她們強勁許多，早就看到了兩人，先來到武士面前，披上浴袍，又接過棉毯擦乾頭上臉上的水漬，微笑向兩位異國長公主走了過去，招呼道：「兩位長公主殿下大駕光臨，小弟有失遠迎，慚愧慚愧！」

薛靈君看了他一眼道：「我們等你換好衣服再來說話。」

胡小天笑道：「這豈不是證明我對兩位殿下心中坦蕩，毫無保留！」

薛靈君拋了個嫵媚的眼波道：「明日就要大婚，今日穿成這樣成何體統？」

胡小天微笑道：「看來讓君姐多想了。」他對薛靈君已經沒有半分的好感，這女人出爾反爾，狡黠多變，若不是她，柳長生或許不會慘死。轉身走入沙灘上的帳篷之中，沒多久換好了衣服。

薛靈君和顏東晴兩人閱男無數，可也都不得不承認胡小天是難得一見的美男子，男人的相貌還在其次，關鍵在於體魄和氣度，胡小天在這兩方面都出類拔萃，五官上雖然談不上精緻無暇，可是也挑不出什麼毛病，再加上他天生就擁有一臉陽光燦爛的笑容，即便是處在敵對立場上的人也不得不承認他的笑容很有感染力。

胡小天換好衣服走出來後，卻發現顏東晴已經走了，有些詫異道：「人呢？」

薛靈君道：「有些事先走了，本來我們約好了過來看看你的新房，卻想不到道路全都被封，任何人不得進入。」她不無抱怨道：「你還真是做足了保密措施！」

胡小天笑道：「我是想給公主殿下製造驚喜，這新房也是專門為她設計。」言外之意你們看不看都不重要。

薛靈君明顯感覺到胡小天這次對她的態度疏遠了許多，也明白此前在大雍的那場變故讓兩人之間僅有的那點信任已經蕩然無存。薛靈君道：「此番我特地奉了皇上的命令而來，恭賀鎮海王大婚之喜，還帶來了不少的禮物呢。」

胡小天道：「原來君姐是奉命而來。」

薛靈君道：「奉命只是其一，就算沒有皇上的旨意，我這個做姐姐的也一定要親臨你的大婚現場送上祝福。」此番再見，薛靈君竟感覺有些心虛，或是因為在雍都曾經陷害胡小天，又或是她和李沉舟如今的關係，總之她再也不能像過去那樣隨心所欲地和胡小天調笑。

胡小天道：「黑胡也派來了觀禮團，北院大王完顏烈新送給了我一份價值連城的禮物呢。」他是故意提起這件事，意在看薛靈君的反應。

薛靈君道：「非我族類，必然包藏禍心，我若沒有猜錯，他們一定是主動向你示好，想要聯合你對我國進行夾擊。」

胡小天微笑不語，其實完顏烈新並未提起過這件事，而是他故意誤導薛靈君，薛靈君縱然足智多謀，可是以正常狀況來推斷，黑胡派出使團的目的肯定是為了聯合胡小天，胡小天特殊的地理位置決定他目前的重要性，若是他肯答應和黑胡南北夾擊，那麼大雍必然面臨腹背受敵的窘境。

胡小天道：「君姐以為我會答應他們的請求嗎？」

薛靈君道：「這數十年來，黑胡人覬覦我中原土地，野心勃勃，無時無刻不想揮師南下，如果不是大雍將士在北疆抗爭，中原只怕早已生靈塗炭，你那麼聰明，當然知道唇亡齒寒的道理。」

胡小天點點頭道：「不錯，唇亡齒寒，可我卻經常被牙齒咬得唇破血流呢。」

薛靈君歎了口氣，柔聲道：「小天，我知道你心中仍然記恨著人家，可當時我也是形勢所迫，如若不是為了保全性命，我無論如何都不會犧牲柳家父子。」她做出一副楚楚可憐的模樣，如果胡小天不是對她已經有了深刻入骨的瞭解，肯定會被她騙過。

胡小天道：「所以，這次我並未請柳玉城過來，否則他見到你一定會跟你拚命！」

薛靈君暗自吸了一口冷氣，表面上卻並未流露出任何的懼色，幽然歎了一口氣道：「大雍這段時間發生了這麼多的事情，你也應當知道，我也是在忍辱負重，委曲求全，我不管外人怎樣看我，只求能夠保住祖輩的江山，就算身後落下無數罵名我也甘心情願。」

胡小天暗自好笑，明明是她和李沉舟兩人狼狽為奸奪去了大雍的政權，卻還要裝出一副忍辱負重的樣子，薛靈君這種人不去演戲真是可惜了。胡小天道：「是李沉舟在逼你？」

薛靈君沒有說話，表情顯得黯然神傷。

胡小天故意道：「不如我幫你殺掉他好不好？」

薛靈君霍然抬起頭來，美眸之中流露出驚詫的光芒：「你說什麼？」

胡小天道：「他既然如此陰險毒辣，讓你受了那麼多的委屈，我幫你殺了他豈不正遂了你的心意？」

薛靈君道：「也好！只不過你想殺他卻不是為了我。」

胡小天微笑望著薛靈君，靜待她接下來的表演。

薛靈君道：「你是為了簡融心對不對？她是不是被你救走了？」

胡小天點了點頭：「你當初那麼恨簡融心，甚至以柳家父子的性命相逼，讓我幫你除掉她，卻不知你殺她的目的又是為何呢？」

薛靈君道：「殺死了簡融心，就能打擊李沉舟，讓他處於痛苦之中。可你，卻貪圖她的美色，背棄了對我的承諾。」她的言外之意就是，柳長生之死也不能全怪我，主要是你的緣故。

胡小天道：「殺一個人並不是最好的報復方式，聽你這麼一說，我發現沒必要去殺李沉舟，融心現在已經成了我的女人，這對李沉舟來說才是最大的打擊吧？一個人擁有的時候未必懂得珍惜，可是真正失去之後就會追悔莫及，只怕他今生今世都會沉浸在懊悔之中，我敢斷定在李沉舟的心中再也容不下其他女人的位置。」

薛靈君的內心猶如被人重重抽了一鞭，她意識到自己剛才的那番謊言根本沒有起到絲毫的作用，胡小天早已識破了真相，一旦失去了謊言的偽裝，薛靈君竟從內心中生出一種被人扒光的感覺，一種難以名狀的羞恥感籠罩了她的內心，這樣的感覺是前所未有的。而胡小天剛才的那番話卻又擊中了她的軟肋，薛靈君臉上的笑容倏然收斂：「我今日方才發現你的心腸果然很硬。」

胡小天笑瞇瞇道：「該硬則硬，該軟則軟！」

雖然他這句話說得極其曖昧，可薛靈君卻沒有從中感受到任何調笑成分，她知道，自己的謊言在胡小天面前已經完全失去了效力。越是賣弄，越是遭人恥笑。

遠處一個身姿窈窕的女郎向兩人婷婷走來，卻是維薩，她嬌柔道：「主人，說好了試衣服，您怎麼一點都不守時呢。」

胡小天呵呵笑了起來，他向維薩道：「正在陪長公主殿下聊天。」

維薩冰藍色美眸向薛靈君掃了一眼，嫣然笑道：「維薩參見長公主殿下！」

胡小天向薛靈君抱了抱拳：「小弟還有要事在身，先走一步。」

薛靈君已經失去了跟他聊天的興趣，淡然道：「王爺請自便！」看到胡小天和維薩並肩離去，隱約聽到維薩問道：「主人在聊什麼？」

「她問我是軟是硬……」

「討厭啦……」

五月初八，天氣晴好，碧空如洗，萬里無雲，白沙灣周圍一帶戒備森嚴，胡小天的這場婚禮雖然轟動天下，可是當日前來出席他婚禮的人並不算多，除了來自各方的嘉賓，並沒有允許外人隨便觀禮，這並非是因為他要刻意劃清和百姓之間的界限，不肯與民同樂，而是出於安全方面的考慮。

在三天之前，胡小天就已經宣佈一連串的舉措，其中最為重要的舉措就是減免領地所有百姓當年賦稅，並釋放獄中囚犯，這兩樣舉措等於惠及千家萬戶，除了這兩樣措施之外，由胡小天和諸葛觀棋主推，後者徵集眾意主推的新法也在籌備之中，這其中有很多的條款都可謂是驚世駭俗，比如率先在幼兒中實行義務教育，在領地全面推廣公辦學堂，公辦醫館，和公辦福壽堂，其實就是教育、醫療和養老三大改革方案。一旦時機成熟，就會一一推出。

得民心者得天下，胡小天能夠預見這一系列的改革措施推行之後將會引起的轟動。

送親船隊出現在白沙灣港口的時候，禮炮齊鳴，鑼鼓震天，來自各方的嘉賓齊聚一堂，紅色地毯一直從碼頭鋪到了新宮大門前，身穿粉紅色長裙如花仙子般美麗的少女分別站立於紅毯兩旁。

在眾人的歡呼聲中，今天的男主角胡小天正式登場，讓所有人都意想不到的是，這廝竟然身穿黑色緊身衣，在他身邊趙武晟、展鵬、夏長明、宗唐、梁英豪、熊天霸六人全都是類似他的裝扮。

徐老太太坐在軟轎內，從高處望著紅毯上那七名西裝革履的青年男子，不知為何她的雙目竟然濕潤了，胡小天啊胡小天，他竟然在這別樣的時空舉辦了一場西式婚禮，西裝革履，這廝還真是有心。

一旁徐鳳眉小聲道：「真是胡鬧啊，哪有婚禮之上穿黑色的，一點都不吉利！」

和徐鳳眉抱有同樣想法的人絕不在少數，可是他們又不能不承認，胡小天和他的伴郎團一個個精神抖擻，顏值出眾，就算是向來不以顏值見長的熊天霸今天這身裝扮也顯得風度翩翩。

可其中最出眾的那個仍然是胡小天，他特地把頭剪了，剃頭匠花了整整兩個時辰方才搞明白他的意思，幫他弄了一個讓他滿意的髮型。天氣越來越熱，頂著髮髻實在是不舒服，更何況那頭型也配不上他量身定做的這身西服。

七七坐在為她準備的觀禮台上，靜靜望著胡小天的身影，雖然她也感覺胡小天的這身不倫不類，可心底深處又無法否認，他這身非常的好看，顯得幹練英俊，將他的陽光帥氣展露無遺，也許這就是胡小天要展示給眾人最特別的婚禮吧。

送親船停泊在港口之上，馬上有人在船隻和碼頭之上用木板搭在一起，並迅速在上面鋪上紅毯。

禮炮聲中，新娘龍曦月千呼萬喚始出來，讓所有人意外的是，龍曦月今天也並未像他們想像中那樣鳳冠霞帔，蓋頭蒙面，而是穿著白色婚紗，宛如水中仙子一般在六位伴娘的簇擁下出現在人前。

權德安瞇起眼睛看著熱鬧，忍不住道：「她那身穿的莫不是孝服？」眼角的餘光看了看七七，卻見七七猛然咬住了櫻唇，雙眸之中迸射出嫉恨交加的目光，一雙粉拳緊緊攥起，指甲都已深陷掌心的嫩肉之中。權德安看到她如此反應，連大氣都不敢出一聲了，悄悄向後退了一步。

七七此時卻道：「她是不是安平公主？」

權德安沒有說話，七七猛然向他轉過頭去。

權德安禁不住打了個冷顫，乾咳了一聲道：「奴才老眼昏花看不清楚，洪先生，您看呢？」

洪北漠的唇角露出一絲淡淡笑意，權德安這隻老狐狸居然把矛頭轉到自己身上，誰都能看出永陽公主此刻心情糟到了極點，他點了點頭道：「簡直就是一模一樣，不過映月公主微臣倒是第一次見到，可安平公主不是已經在雍都遇難了嗎？」

七七冷哼一聲：「胡小天當的遣婚史，以他的性情又怎會放過監守自盜的機會！」她甚至都顧不上掩飾自己的嫉恨了。

薛靈君和顏東晴兩人並肩坐在觀禮台上，兩人雖然也覺得新人穿黑白色的衣服有些不吉利，可她們卻都認為眼前的畫面唯美浪漫，若然這畫面中的女主人公換成了她們，她們也一定會無比幸福。雖然她們並不是今天的主角，卻都感覺到心跳加速，手足發抖，這畫面實在是美得讓人嫉妒。

沙迦王子赫爾丹張著大嘴，喃喃道：「人間絕色……人間絕色……」蒙婭的目光卻鎖定在伴郎隊伍中的趙武晟身上，發花癡般將雙手握在一起抵在下頷之上：「趙大哥好帥……」芳心中暗忖，等我大婚之日，也要像映月公主一樣穿著。

六位童男童女在龍曦月身後為她托著婚紗，胡小天微笑來到龍曦月的面前，兩人看到對方的時候，目光就融匯在一起，再也無法分開。

胡小天將手中的捧花交到龍曦月的手上，低聲道：「曦月你好美！」

龍曦月嫣然一笑，嬌羞萬分，讓手中的捧花都失卻了顏色，芳心之中充滿了幸福和激動，他們兩人歷經千辛萬苦方才走到了一起，其中的甘苦只有他們自己才知道，龍曦月伸出手去，胡小天將她的柔荑握在掌心。

一時間眾人歡聲雷動，祝福之聲不絕於耳，兩旁伴娘將花瓣撒向新人，胡小天哈哈大笑，展臂將龍曦月橫抱而起，在祝福聲中，大步向婚禮現場走去。

七七感到唇角的鹹澀，她竟然將櫻唇咬破。一旁權德安小心翼翼道：「殿下，咱們要不要去現場看看？」

「去！為什麼不去？」

婚禮在小教堂前方的草地上舉行，主婚的是大康禮部尚書吳敬善，所有的環節都是胡小天一手設計，至於為何選擇吳敬善，這位禮部尚書心知肚明，從某種意義上來說，他可算得上是胡小天和龍曦月感情的見證，那次送安平公主前往雍都成親，想不到胡小天在自己眼皮底下上演了一齣瞞天過海，現在回想仍不免後怕，而近日主婚之後必然騎虎難下，說不定永陽公主會將怒氣全都發洩在他的身上。不過胡小天已經為他做出安排，吳敬善也做好了準備，這次之後就留在胡小天的領地養老，無論如何也不回去擔驚受怕了。

婚禮誓詞都是胡小天事先擬好，吳敬善念起來也是朗朗上口，這些在過去世界已經被念成了口水文的誓言，讓現場的不少少女心都感動得留下了熱淚。

所有人都聽得清清楚楚，吳敬善在詢問胡小天是否願意時說出的是龍曦月的名字，胡小天毫不猶豫地大聲道我願意！等若向天下人表明了龍曦月的身分，映月公主就是龍曦月，龍曦月就是此前的安平公主。現在的胡小天已經無懼任何人向他發難，他說過要堂堂正正地迎娶龍曦月，自然不怕在天下人面前承認龍曦月的身分。

「龍曦月，你願意嫁給胡小天為妻嗎？」吳敬善連續第二遍問道。

龍曦月望著胡小天重重點了點頭，幸福的淚水已經肆意奔流。

胡小天提醒她道：「說出來才算！」

龍曦月點了點頭道：「我願意，我願意用生命去愛你！」她又怎能不願意，怎會不願意？他們付出了那麼多的辛苦，付出了那麼大的代價方才走到一起，她等了這麼久，就是等待著這一刻。當著眾人，她放下矜持，撲入胡小天的懷中。

胡小天暖玉溫香抱個滿懷，俯下身去在大庭廣眾之下給龍曦月送上一個纏綿悱惻地法式長吻。

第七章

金玉盟

在一團和氣的背後隱藏著深重的危機，
胡小天宣佈成立金玉盟，面子上最過不去的要數七七，
雖然胡小天現在勢力坐大，可畢竟他接受了大康的冊封，
也就是說，對外他所擁有的一切領地和權力都屬於大康，
而現在他竟然把大康繞了過去，是可忍孰不可忍。

圍觀眾人有不少害羞的少女已經蒙上了眼睛，卻又忍不住從手指縫中偷看，雖然臉紅心跳，可是她們的心底深處卻又期待自己也能夠有同樣的婚禮。

徐老太太坐在特製的遮陽傘下，頭上戴著一頂闊邊帽，帽子的邊緣有面紗遮住了她的面孔，透過朦朧的面紗，眼前的一切讓她感到如此親切如此熟悉，恍惚間如同回到了過去的世界，沒有人看到她此時的表情，更沒有人察覺到她雙目之中蕩漾的淚光。

以徐老太太的身分本來可以充當證婚人，胡小天也向她提出了這個請求，可是老太太拒絕了，她並不想在人前拋頭露面，依然想保存著自身的那份神秘。身邊的徐慕白流露出羡慕嫉妒交織的眼神，今天的龍曦月實在是美如天仙。

徐老太太既然不願意充當證婚人，理所當然就落在了天香國太后龍宣嬌的身上。龍宣嬌在眾人的歡呼聲中來到新人的面前，她笑意盈盈地為這對新人證婚，而後又道：「借著本宮女兒和女婿成親的機會，本宮向天下再宣佈一件事。」說到這裡，她故意停頓了一下。

眾人都知道她必然有重要的事情要宣佈，所有人同時靜了下去。

龍宣嬌的目光投向胡小天道：「小天，我看這件事還是你來宣佈最為適合。」

胡小天點了點頭道：「謹遵母后之命。」他環視眾人，並沒有花費太大的功夫就找到了觀禮嘉賓中的七七，七七的俏臉蒼白如雪，臉上沒有任何表情，在接觸到胡小天目光的剎那，她的內心再次被深深刺痛了，她真正有些後悔來到這裡了。胡小天的這場婚姻莫不是在向自己示威？他是在報復自己！

七七明顯心煩意亂，因此而造成了她對情況的錯判，胡小天並非是要報復她，以胡小天的心胸遠不止於做這樣的事情，他的目光放得更加長遠。胡小天朗聲道：「首先感謝大家能夠不辭辛苦翻山涉水來到雲澤參加我和曦月的婚禮，謝謝大家給我們的祝福，我和曦月一定不會辜負大家的期望，一定會幸福下去。」

龍曦月主動握住了他的手，兩人相視而笑，彼此的情意任何人都看得出來。

胡小天道：「有道是先天下之憂而憂，後天下之樂而樂，我雖然很開心，很幸福，可是卻仍然記得天下間還有無數處於戰火和饑荒中的百姓，經過我和母后的商談，我們決定締結盟約，成立金玉盟，我們之間守望相助，共同進退，若是有任何一方受到他方勢力攻擊，另外一方絕不袖手旁觀，必然傾力相助。」

胡小天的這番話讓大康、沙迦、西川方面的勢力受到的震動最大，因為他們距離這兩方勢力最近，如果胡小天和龍宣嬌達成了協定，等若是形成了攻守同盟。

可事情並沒有結束，胡小天繼續道：「我和母后雖然是發起人，可很快就有勢力願意加入我們的金玉盟，渤海國、蟒蛟島、天狼山、丐幫、落櫻宮！這其中有國家，也有江湖宗派，可是只要願意加入金玉盟，情願恪守我們制定的條約，我們就雙手歡迎，只要加入金玉盟，任何一方敢於主動挑起內部戰事，對內部成員不利，其餘成員就會聯手征討於他，如果任何一方的利益受到外來侵害，我等就會團結一致，對付外敵！」他的這番話說得斬釘截鐵、鏗鏘有力。

大雍長公主薛靈君忍不住將目光投向了身邊的顏東晴，這女人真是豈有此理，終日和自己姐妹相稱，連渤海國加入金玉盟那麼大的事情都沒有告訴自己。顏東晴察覺到薛靈君的眼光，明顯有些心虛，她垂下目光道：「這些事情我並不清楚，都是鄒庸負責。」

薛靈君呵呵笑了一聲道：「金玉盟？古往今來結盟的事情燦如繁星，數不勝數，可又有那次的盟約能夠堅持到最後？」她這句話倒是沒有說錯。不過胡小天聯合龍宣嬌發起這次結盟行動，渤海國率先加入，等若是已經有了三國聯盟。蟒蛟島、天狼山、丐幫、落櫻宮，這些雖是一些綠林勢力和江湖宗派，可隨便哪一支的力量都不容小覷。讓薛靈君頭疼的事，落櫻宮竟公然倒向了胡小天的一方，要知道過去李沉舟一度曾經掌控三大江湖力量。落櫻宮、劍宮、和丐幫江北分舵，如今三去其二，唯一剩下的劍宮也對李沉舟陽奉陰違，對他們而言可不是什麼好消息。

沙迦王子赫爾丹也不是傻子，聽到金玉盟的消息他首先想到的就是父汗想要挺進中原的大計，幸好現在南越國沒有加入金玉盟，可如果胡小天他們允許南越國加入進來，沙迦國侵佔南越豈不是等於跟他們為敵？

黑胡北院大王完顏烈新暗歎胡小天隱藏太深，自己送上了那麼厚重的禮物，這廝都沒有在此前透露出半點風聲，不過這金玉盟至少目前來說跟黑胡的關係不大，黑胡主攻的目標是大雍，另外一個想要攻下的目標是域藍國，只要這兩個國家沒有加入金玉盟，他們也沒什麼好在乎的。

其中最為心驚的卻是姚文期，他代表西川而來，也送上了禮物，現在西川的處境最為艱難，金玉盟形成之後，胡小天若是覬覦西川的土地，那麼天香國和天狼山的勢力必然會插手其中，那麼西川的處境豈不是更加艱難？成立金玉盟的事情應該不是突然提起的，看來此前他們之間就經過秘議，大雍、大康、黑胡、沙迦這些強國被排除在外不難理解，可是他們何以要將西川也排除在外？難道他們有了拿下西川的想法？

在一團和氣的背後隱藏著深重的危機，胡小天當眾宣佈成立金玉盟，面子上最過不去的要數七七，雖然胡小天現在勢力坐大，可畢竟他接受了大康的冊封，也就是說，對外他所擁有的一切領地和權力都屬於大康，而現在他竟然把大康繞了過去，是可忍孰不可忍。

七七今天的耐性出奇地好，她並沒有動怒，在眾人紛紛獻上祝福的時候，她主動向龍曦月走了過去，縱然心中嫉恨交加，但是她不得不承認龍曦月的美，比起自己記憶中的她越發楚楚動人。

龍曦月望著走向自己的七七，芳心中不由得有些緊張，這個昔日在她面前姑姑長姑姑短叫個不停的小姑娘，如今完全出落成了大姑娘，七七身材高挑，原本要比龍曦月高上一些，可今日兩人的身高相若，七七都有些奇怪，難道分別這些年龍曦月還長高了不成？其實真正的秘密卻在龍曦月婚紗長裙下遮擋的那雙水晶鞋，乃是胡小天特地讓人為她量足訂做的高跟鞋。

七七微笑道：「恭喜你們，祝你們百年好合，白頭到老！」至少在表面上她顯得頗為大度。

胡小天呵呵笑了起來，他敢斷定七七言不由衷。

龍曦月溫婉笑道：「謝謝！」她將手中的捧花送給七七道：「據說誰收到新娘的捧花就會有好運，這花送給你。」她也是聽胡小天這麼說才知道。

七七淡淡掃了那束花一眼道：「別人的東西我不稀罕！」

胡小天聽她這樣說，頓時氣不打一處來，小妮子終於按捺不住要砸場子了？

龍曦月微笑道：「不要誤會，只是希望你能夠儘快找到屬於你的感情。」

七七望著龍曦月，在她聽來這句話等於是最大的嘲諷，似笑非笑道：「不知我應該如何稱呼你呢？」

龍曦月道：「你過去怎樣叫我，現在依然可以怎樣叫我，如果你不介意，仍然可以叫我姑姑！」

七七內心一震，她沒想到昔日溫柔懦弱的龍曦月居然變得如此冷靜，在和自己的對話中根本不落半點下風，而且她剛才這句話等於當面向自己承認了她的身分。

七七微笑點了點頭，她轉向胡小天道：「鎮海王，你覺得呢？」

胡小天笑道：「婦唱夫隨，曦月怎麼說都好，你若叫她姑姑，咱們就親上加親，我就斗膽做殿下的姑父了。」

七七美眸之中寒星乍現，如果不是在大庭廣眾之下，她恨不能衝上去一口咬掉這廝可惡的鼻子，再戳瞎他那兩隻讓人生厭的眼睛。她的憤怒只是稍閃即逝，俏臉上的表情一如往常那般平靜，微笑道：「今天是你的大婚之日，說什麼本宮都不介意。」她向龍曦月道：「新娘子，可不可以單獨和你的新郎官說兩句。」

龍曦月笑道：「好啊！」維薩走了過來，卻是徐老太太要見龍曦月，她向胡小天說了一聲轉身離去。

七七和胡小天並肩站在一起，兩人的目光都望著碧波蕩漾的游泳池，七七道：「這麼久不見，你依然是那麼喜歡做戲。」

胡小天微笑道：「人生本來就是一齣戲，你方唱罷我登場。」

七七歎了口氣道：「我最欣賞你的一點就是，你從不掩飾自己的無恥！」

胡小天道：「這個世界上越是卑鄙無恥的人就越容易活得長久，你我都是多災多難之人，之所以能夠活到現在，不是因為我們命硬，而是因為我們夠……」話沒有說完，因為遭遇到七七無比怨毒的眼神。

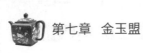

七七冷冷道：「不要以為佔據了巴掌大的地方就有了跟我叫板的資格！若是激怒了我……」

「氣大傷身，你小小年紀千萬不可整天生氣，不然很容易老，紅顏易老，等到那一天，你就會後悔不及。」

七七呵呵笑道：「我從不後悔！」嘴上雖然很硬，可內心卻難免發虛，若是不後悔，因何要赦免胡小天所有的罪名並封他為王？可現在七七又後悔了，自己以德報怨，這廝卻是恩將仇報，居然利用這種方式來報復自己。七七道：「你處心積慮地安排這一切，就是想要讓我難堪嗎？」

胡小天搖了搖頭：「你看低了我，又把自己看得過於重要，我安排這場婚禮，不是做給天下人看，更不是為了要給你難堪，而是我要讓曦月幸福，我要讓天下所有人都明白，我胡小天能給我心愛的女人幸福！誰敢傷害我的女人，我會讓他後悔來到這個世上！」

七七沒來由內心一顫，胡小天的這番話說得斬釘截鐵，卻又充滿了信服力，她同時又意識到胡小天應該是在警告自己。黑長的睫毛忽閃了一下，輕聲道：「金玉盟！你身為大康鎮海王，這件事是不是應該通過朝廷呢？」

胡小天微笑道：「公主殿下若是不滿，大可收回鎮海王的封號，對我來說這頂帽子戴得並不舒服，金玉盟成立的初衷，絕非是針對大康，也非是針對任何一方，而是我們這些人不甘於被列強吞併的命運，所以聯手求生，以我們任何一方的力量，你只怕是不會看在眼裡的。」

七七道：「你不是我，怎麼知道我的想法？」

胡小天道：「公主殿下是個極其聰明的女孩子。」

七七秀眉微顰，聽到胡小天用女孩子來稱呼自己，當真是百般滋味在心頭，自從兩人決裂後，再無人將她當成一個女孩子看待，而她開始變得越發孤獨起來，即便是權德安對她的關懷也無法取代。也是在出手對付胡小天之後，七七方才發現，自己並沒有因此而變得更加快樂。七七道：「你是不是從不懂得尊重為何物？」

胡小天道：「你誤會了，我並非是不尊重你，而是因為，在我眼中你始終都是一個沒長大的孩子。」

七七怒視胡小天。

胡小天道：「洪北漠、任天擎、慕容展、權德安，你身邊的這些人沒有一個是容易對付的人物，你自以為能夠掌控他們？其實他們無非是想利用你罷了，若非你能夠解讀那顆藍色頭骨的秘密，恐怕他們早已將你殺之後快！」

七七咬了咬櫻唇，看來胡小天知道的事情比自己預想中更多。

胡小天偏偏在這時候停下說話，微笑道：「我去招呼客人了，失陪！」

薛靈君看準時機來到七七的身邊，笑道：「這不是永陽公主殿下嗎？一段時間不見，出落得越發美麗動人了。」她聲音突然低了下去，小聲道：「連新娘都被你比了下去。」

七七笑瞇瞇望著薛靈君，這位大雍長公主真是不失時機，在這種時候挑唆自己，想要製造矛盾，不過不得不承認，她的切入點很準確呢。

薛靈君復又歎了口氣道：「真是想不通為何胡小天會做出這樣的選擇。」

七七道：「你是指他今日的婚禮，還是指金玉盟？」

薛靈君意味深長地笑道：「兼而有之，只是我有一事不明，為何大康沒有加入金玉盟，胡小天身為大康鎮海王卻逾越朝廷公然和他國結盟？這種事實在是讓人百思而不得其解呢。」

七七道：「長公主智慧過人，難道都想不出其中的道理？」

薛靈君搖了搖頭，顯出一副頗為費解的樣子。

七七道：「只可惜聰明一世糊塗一時，若無本宮的首肯，你以為胡小天膽敢做這種膽大包天的事情？」

薛靈君心中一怔，暗忖，難道自己想錯了，七七早就知道？不可能，此前根本沒有流露出任何風聲，她若是知道，為何大康沒有主持發動金玉盟？這小妮子肯定是愛惜顏面，現在只有說這種話打腫臉充胖子罷了。她呵呵笑道：「原來如此，不過胡小天的膽向來都很大，公主殿下有沒有覺得新娘的模樣非常熟悉呢？」

七七道：「看起來沒什麼特別。」

薛靈君道：「她叫龍曦月啊，我記得安平公主的閨名就是這個吧？」

七七道：「你是說當年安平公主並未死去？」

薛靈君點了點頭。

七七呵呵笑了起來：「本宮今日方才明白長舌婦的真正含義。」

薛靈君聽她居然毫不留情地辱及自己，臉上的笑容倏然收斂道：「我只是好心提醒，你不聽就算了，何須出口傷人？」

七七道：「歷史上不乏唇舌可抵千萬兵的人物，長公主大才，本宮知道你一心為了大雍的江山社稷考慮，你想說什麼？想證明什麼？證明安平公主沒死？那豈不是說你們白白送給了大雍一座東梁郡？我姑姑當年明明是在你們大雍境內出事，你們守護不力，此事當年早有定案，難道長公主還想推翻貴國先君此前的決定？」

薛靈君雖然故意挑唆，可是她卻並沒有七七想得那麼深遠，聽七七說到這裡，她幡然覺醒，自己怎麼會這麼傻，無論怎樣七七和胡小天之間仍有共同的利益，更何況這丫頭分明對他餘情未了，自己在這裡搬弄是非反而落了下乘。她訕訕道：「好人難當，公主殿下好自為之！」

好人？這世上哪有什麼真正的好人？七七心中暗自冷笑，她看到在人群簇擁中的龍曦月，鮮花般美麗，落落大方不失高貴典雅，今天前來的嘉賓之中雖然多半都在各自的領地位高權重，可是無人能夠奪去她的風光。即便是自己，在龍曦月絕代風華的對比下也黯然失色。

龍曦月的目光再度和七七相逢，依然溫婉柔和。七七心中暗想道，或許胡小天喜歡的就是她的柔順，天下間又有哪個男人不喜歡女人對自己溫柔一點呢？

龍曦月分開眾人向七七走了過去，柔聲道：「酒宴就要開始了，不如我們一起過去。」

七七望著龍曦月，抿了抿櫻唇道：「姑姑！」

龍曦月嬌軀劇震，美眸有些詫異地望著七七，其實她早就清楚七七知道了自己的身分，只是沒有想到七七會這樣喊。

七七微笑道：「皇宮之中最疼我的人就是你，得悉你遭遇不幸的消息，我還傷心了好一陣子。」

龍曦月沒有說話，靜靜望著七七，目光中充滿了愛憐。

七七道：「胡小天從頭到尾喜歡的那個人一直都是你，你們能有今天也算是苦盡甘來。」說出這句話的時候，心中難免有些酸澀。

龍曦月柔聲道：「他為我承受了不少的磨難和委屈，我不稀罕什麼身分地位，能夠在他身邊長伴一生，已經是我最大的心願。」

七七歎了口氣，她和龍曦月最大的不同，或許就是一個甘心成為胡小天身後的女人，而另外一個卻不甘心過上這樣的生活。七七道：「我本想讓他痛苦一生！」

龍曦月小聲道：「你不會那樣做。」

「我會！」七七感覺自己的內心竟然開始動搖了。

龍曦月道：「在我心中你永遠是過去那個單純善良的七七，從未變過！」

七七用力搖了搖頭：「因為你從未真正瞭解過她。」

龍曦月微笑道：「我是個懦弱的人，如果不是遇到了小天，或許我會接受被人擺佈的命運，可現在我會加倍珍惜自己，我不想他傷心，我要為他好好活下去。」

「祝你幸福！」七七轉身想要離去，走了幾步卻又停下了腳步，輕聲道：「你要送給我的那束捧花呢？」

龍曦月將手中的捧花遞了過去，七七這次接在手中，嗅了嗅花香，然後道：「告訴胡小天，我走了！」

七七走入自己的陣列之中，洪北漠悄悄迎了上來，壓低聲音道：「啟稟公主殿下，一切都已安排妥當，只等您發號施令。」

七七轉過身去，看到遠方胡小天和龍曦月手牽手正在接受眾人的祝福，垂下目光望著手中的那束捧花，思量良久方才下定了決心：「取消所有行動！」

「什麼？」

七七冷冷道：「需要本宮重複第二遍嗎？」

夜色深沉，喧囂一整天的院落突然靜了下去，整座院落中只剩下胡小天和龍曦月兩人，他們相偎相依坐在泳池旁邊，龍曦月靠在胡小天肩頭，幸福溢滿了俏臉。

胡小天微笑道：「喜歡嗎？」

龍曦月點了點頭。

胡小天摟住她的香肩道：「知不知道接下來應該做什麼？」

龍曦月有些難為情地皺起了瑤鼻，然後紅著俏臉點了點頭。

胡小天道：「別怕，萬事有我！」

龍曦月聲如蚊吶：「人家怕的就是你……」

胡小天哈哈大笑，將龍曦月橫抱而起，輕聲道：「不許說怕！」

「那說什麼？」

「你那麼聰明會不知道？」

「人家愛的就是你！」

胡小天依然搖了搖頭道：「不是這個字！」

「要的就是你……」

一陣夜風吹過，薄雲籠住了彎月，月光朦朧了許多，曖昧了許多……

胡小天的這場大婚轟動天下，比他大婚本身更有轟動效應的是金玉盟，結盟的幾股勢力無論是哪一方單獨拿出來，在目前都沒有爭霸天下的實力，可是在他們形成聯盟之後，即便是中原最為強大的大康和大雍都不敢小覷他們的力量。

這個五月除了胡小天大婚的事情之外還發生了許多的事情，首先就是黑胡集結大軍對大雍發動了今春以來最猛烈的一次攻擊，大雍軍隊在尉遲沖的率領下頂住了黑胡鐵騎的凶猛攻擊，最終保住北疆防線不破，雙方死傷慘重。大雍在初春的惡劣天氣之後，五月又連續遭遇暴雨和冰雹的襲擊，多地引發洪澇災害，今年夏季防汛面臨嚴峻的考驗。

一度問鼎中原霸主的大雍似乎開始走上了大康昔日的老路，噩運連連，而西川方面也成了大雍的難兄難弟，五月剛過不久，西州發生了地震，死傷數十萬，數以百萬的災民開始湧向大康，大康不得已在邊境劃出了一條狹長的緩衝帶，用來安置那些蜂擁而至的難民。

胡小天在度完蜜月之後，就和龍曦月一起返回了東梁郡，因為最近連降暴雨，庸江水位不斷上漲，胡小天對此也非常緊張，動員麾下士兵和沿岸居民，忙於加固堤壩，疏通河道，以防洪峰過境引起潰堤之災。

天空中烏雲密佈，雖然是中午，可是天色昏暗如同黃昏，暴雨如注，天空中閃電一個接著一個，胡小天戴著斗笠披著蓑衣，和余天星、李明成兩人在庸江北岸視察。巡視最危險的河段之後，三人來到附近的草亭中避雨。

胡小天摘下斗笠，將蓑衣脫下，臉上表情充滿欣慰，情況比預計要好上許多。

余天星道：「主公，大堤的情況還算不錯。」

胡小天點了點頭道：「不能過分樂觀，庸江決不能出任何差池，事關下游軍民的安危，一旦出了問題，後果不堪設想。」

余天星道：「現在庸江水師已全部動員，沿江佈防，日夜巡視，只要發現任何疏漏之處，馬上加以彌補，永福將軍也下了軍令狀，務必要保證庸江安全度汛。」

胡小天的目光投向東梁郡太守李明成。

李明成道：「百姓們都非常主動，根本無需動員，所有青壯勞力都已經加入到抗旱防澇之中，幸虧是主公重視，若是過去，這樣的大雨只怕早就要潰堤了。」

胡小天想了想道：「天星，傳我的命令，在原有的基礎上再追加三十萬兩銀子用於防洪，百姓田地受到澇災者，根據受災程度的輕重不同補償銀兩，方案你們商量制訂。」

「是！」

余天星道：「因為我方預防及時，應對措施也算得當，目前來說我方境內受災並不嚴重，今年的天氣很怪，越是往北雨水越多，大雍不少地方都發生了洪澇災害，今年他們可謂是流年不利了。」

李明成道：「西川也好不到哪裡去，十天前的那場地震，據說西州房屋大半都已經倒塌，連鄖陽興州都感到了劇烈震動，根據那邊傳來的消息，說已經死了二十多萬人，現在難民不斷湧入大康境內，給大康的邊防也造成了很大壓力。」

胡小天道：「西川本來就是大康的一部分，大康這兩年風調雨順，想必積累了不少的糧食，拿出一些分給自己的子民也是應該。」

余天星搖了搖頭道：「我看大康未必願意，否則也不會將難民封鎖在邊境線處，拒絕他們入內，鄖陽方面也是嚴守關口，不放一名難民進入。」

這時候，去其他地方巡視的梁英豪和熊天霸一起來了，熊天霸濕淋淋奔了進來，接連打了幾個噴嚏，抱怨道：「前兩天還火辣辣地，突然就這麼冷了，俺是不是要把皮襖找出來穿上呢？」

幾人都笑了起來，胡小天道：「熊孩子，趕緊把身上擦乾，小心著涼。」

梁英豪道：「讓他穿蓑衣他就是不聽，淋得跟落湯雞似的。」走過來向胡小天通報他負責巡視的那段堤壩的情況。

胡小天聽完點了點頭。

梁英豪道：「這次王伯喜立了大功，他在水利方面很是厲害。」王伯喜乃是碧心山的降將，自從歸順胡小天之後，胡小天將碧心山黑水寨的重建交給了他，在年初修築堤壩的時候，王伯喜主動請纓負責庸江水利，他在水利工程方面的確擁有專長，提出了一系列有利於疏導的措施，可以說在今年雨水如此豐富的情況下，能夠保住庸江堤壩不失，王伯喜居功至偉。

余天星拱手道：「主公慧眼識才啊！」在經歷碧心山的挫敗之後，余天星也變得成熟了許多。

胡小天微笑道：「眾人拾柴火焰高，若無你們齊心協力輔佐我，單憑我一個人可做不成任何的事情。」他的目光投向北方，想起了正處於風雨飄搖中的大雍朝廷，不知內憂外患的大雍能不能順利挺過這一關？

薛道銘的臉色比外面的天氣更加陰鬱，一道接著一道的閃電將昏暗的大殿映照得雪亮一片，隨之而來的是震耳欲聾的雷聲，他的話也被幾次打斷，薛道銘終忍不住心中的憤怒，大吼道：「散朝！」

兩旁文武百官正準備離去，卻聽一個清越的聲音道：「陛下且慢！」敢於公然阻止皇上散朝的，放眼整個大雍也只有李沉舟一個。

薛道銘強壓著一口氣，冷冷道：「李愛卿還有什麼事情？」

李沉舟道：「進入四月，大雍全境陰雨連綿，多條河道水面暴漲，而今多地水災頻發，今秋收成不容樂觀。」

薛道銘淡然道：「朕已經知道了，既便如此，我大雍國庫豐盈，就算是三年無收，也不會發生饑荒。」

李沉舟道：「陛下此言差矣，大雍國庫雖然豐盈，但是坐吃山空絕非長久之計，更何況陰雨不斷，多地糧倉內穀物發生黴變，別有用心之人，四處散播謠言，北疆戰事膠著，將士死傷慘重……」

薛道銘毫不客氣地打斷李沉舟的話道：「你不必說，這些情況朕比你還要清楚，朕想聽的不是這些，朕只想知道，如何解決？」

李沉舟道：「臣以為應當與黑胡議和！」

此言一出，群臣皆驚，其實從大雍和黑胡之間的戰事興起，圍繞戰還是和就分成了兩派，李沉舟一直以來都是最為堅決的主戰派，而燕王薛勝景卻是主張議和，在此前的政治鬥爭中，燕王落敗不知所蹤，現在朝廷內是李沉舟獨攬大權，因為他極力主戰，所以無人膽敢提出議和之事，就算是初衷為了大雍著想，可難免會被劃到燕王薛勝景同黨之列，誰也不會在這種敏感的時候主動惹麻煩。

李沉舟提出議和的話題讓薛道銘也吃驚不小，其實他早就想過和談，畢竟大雍現在國內天災不斷，北疆的這場戰爭中，雙方將士損失慘重，根據最新的統計，單單是大雍方面犧牲的將士就已經達到六萬人，受傷者更是不計其數。打下去不但是人力的損耗，而且會迅速消耗大雍的國庫，李沉舟有句話並沒有說錯，坐吃山空絕非長久之計。可是薛道銘對李沉舟從心底厭惡，認為他提出議和的動機絕不單純。

雍都鼠疫事件成就了薛道銘，他在處理這次風波上表現出的大義與擔當讓不少臣民看到了希望，雖然這次背後真正的救世主是胡小天和秦雨瞳，可是他們甘心將所有的功勞送給了薛道銘，胡小天的初衷乃是趁機扶植薛道銘的影響力，為李沉舟在大雍樹立一個對手。大雍的內部越是對立，對胡小天這個近鄰來說就越有好處。

薛道銘也非尋常人物，他很好地把握住了這次的機會，收買了不少臣子的擁戴，成功樹立了救萬民於水火之中的形象，只不過上天對大雍的考驗仍然沒有結束，疫情剛剛結束又來了汛情，四處爆發的洪災讓薛道銘頭疼不已，當然他也繼續保持了愛民如子的形象，在賑災方面的投入絕不含糊，可以說這接連不斷的災情又讓他賺取了不少的名氣和人心。

李沉舟對薛道銘的一系列舉措始終冷眼旁觀，他並非看不出薛道銘的目的，只是目前薛道銘的做法還動搖不了自己的地位，他沒必要向薛道銘下手，更何況，大雍正處於多事之秋，現在若是朝廷內部再起波瀾，說不定真會有社稷崩塌之危。

薛道銘的鋒芒比起剛剛上位的時候明顯要外露許多，他冷冷道：「議和？胡人搶我土地，燒我房屋，殺我臣民，擄我牛羊，你身為大都督竟然說要議和？」儘管他心中也不願將這場仗打下去，可他仍然不放過這個譏諷李沉舟的機會。

李沉舟面不改色道：「凡事都有輕重緩急，百姓耕種要觀天望地，要懂得春種秋收，要知道因地制宜，明明是數九寒天，卻偏要強行耕種，其結果必然慘澹收場。自從陛下登基以來，天災不斷，人禍不停。」說到這裡他故意停頓了一下。

滿朝文武鴉雀無聲，也只有李沉舟才敢當著皇上的面說這種話。

薛道銘怒道：「卿家難道將這所有的責任都歸咎到朕的身上？」

李沉舟抱拳作揖道：「臣不敢，陛下的賢德和才能微臣看在眼裡，大雍百姓也都看在眼裡，臣只是就事論事，在陛下登基之後的確發生了不少的事情，黑胡乃是我大雍世仇，挑起戰火，毀我家園，殺我百姓，家國之仇不可不報，然現在的形勢並不適合繼續鏖戰下去，今夏防汛形勢嚴峻，而新近中原的局勢又發生了變化。胡小天組建金玉盟，據說現在有不少勢力打算加入其中。」

薛道銘冷冷道：「金玉盟只怕還威脅不到我們吧。」

李沉舟道：「渤海國昔日向大雍俯首稱臣，年年進貢，歲歲來朝，加入金玉盟後明顯態度有所改變，現在連大雍船隊經過他們的海域都要嚴查課稅了。」

薛道銘道：「若非被北疆戰事所累，朕絕饒不了他們。」

李沉舟道：「他們正是看出大雍被北疆戰事拖累，所以才敢如此猖狂，其實北疆防線不止對大雍重要，北疆一旦失守，黑胡的鐵騎就可揮師南下，必然威脅到整個中原的利益，現在的局勢卻是大雍將士拚死拚活為中原守住防線，而中原這些力量卻在趁機發展壯大。」

薛道銘在這一點上和李沉舟有著相同的看法，他緩緩點了點頭道：「人心不古，各自只知道為自己盤算。」

李沉舟道：「他們並不是不知道唇齒相依唇亡齒寒的道理，只是他們的本性極其自私，只要一天黑胡人沒有突破北疆防線，他們就可以在大雍的庇護下盡可能地撈取好處。」

薛道銘閉上雙目若有所思，過了一會兒敲了敲龍椅的扶手道：「可胡人賊心不死，未必肯答應和談。」

李沉舟道：「這場戰爭對黑胡來說也是死傷慘重，他們應當已經明白根本不可能在短期內征服大雍，根據我得到的情報，最近域藍國發生民亂，域藍國單憑自己的力量已經無法鎮住局勢，已經向沙迦國求援，沙迦方面毫不猶豫地答應了他們的要求，如果沙迦的軍隊抵達域藍國，即便是幫助他們平定了叛亂，我看也不可能離開域藍。域藍國是瀚海沙漠中唯一的綠洲，也是黑胡志在必得的地方，我看他們不會甘心域藍國落在沙迦的手中。」

薛道銘道：「此事既然是你提起，就交給你去辦，記住，和談可以，但是涉及到大雍利益方面的事情，寸步不讓！」

蘇宇馳站在鄖陽城西門箭樓之上，舉目望去，但見城門外到處都是難民，那些難民衣衫襤褸，滿面塵土，形容落魄無助，西州發生強烈的地震，波及五城十九縣，死了二十多萬人，昔日繁華的西州如今也是斷壁殘垣、屍橫遍野。這十多天以來，餘震不斷，西川多以山區地形為主，因為最近西川多雨，泥石流頻發，又造成不少後續災難，集結在鄖陽城外的難民大多來自西川東部。

袁青山來到蘇宇馳身後，他剛奉命出城，送出一些糧食支援災民，可是他們送出的那點糧食只不過是杯水車薪，對於城外近三萬難民來說起不到根本性的作用。

蘇宇馳歎了口氣，沉聲道：「難民的情況怎麼樣？」

袁青山道：「不容樂觀。」那些西川難民中有不少人受了傷，因為地震將通往西川腹地的道路封鎖，他們只能轉而向東尋求援助，可是到了這裡，鄖陽城卻緊閉城門，不許一人入內。

蘇宇馳對此也是進退兩難，他也知道那些百姓的艱難處境，可是朝廷已經下了命令，不許他們放任何西川百姓入內，蘇宇馳對朝廷的這道命令從心底是抵觸的，在他看來，西川的百姓也是大康的子民，朝廷下這樣的命令等於將自身子民摒棄於水火之中，西川遭遇天災，正是朝廷出手相助之時，可是朝廷此次的反應如此冷漠，身為大康將領，也只能接受命令。

除了提供有限的糧食和藥物，蘇宇馳再也提供不了其他幫助，聽到城外求救的聲音，望著那一雙雙充滿期盼而後又漸漸變得絕望的眼睛，蘇宇馳內心無比煎熬。

不但是蘇宇馳，連他手下的這些將士也不忍看下去了，袁青山道：「大將軍，咱們提供的食品和藥物根本無法滿足難民的要求，若是任由這種情況下去，恐怕會有很多人餓死在城門外。」

蘇宇馳抿了抿嘴唇，一言不發走下箭樓，袁青山緊跟在他身後：「將軍，難民中有許多孩子，我們是不是可以放女人和孩子入城？」

蘇宇馳猛然轉過頭去怒視袁青山道：「朝廷有命，不許我們放任何人入城，你想我抗旨不尊？」

袁青山道：「將軍，就算咱們守城的士兵之中也有不少親人留在西川，雖然李天衡謀反自立，可是西川的百姓也是大康子民，為何我們要將他們拒之門外？」他的眼圈都紅了，剛才出門深入難民之中，看到的情景讓他心酸不已。

蘇宇馳並非無情，他也知道袁青山所說的有道理，可是他向來都是個守規矩的人，朝廷有命豈敢不尊。

袁青山還想說什麼，蘇宇馳抬起手來示意他不必繼續說下去。

此時一名將領匆匆來到蘇宇馳面前，恭敬道：「大將軍，剛剛收到消息，鎮海王胡小天率領船隊已經抵達白狼堆。」

蘇宇馳微微一怔，胡小天來了，這種時候他來幹什麼？他首先想到的是胡小天會不會趁火打劫，皺了皺眉頭道：「來了多少人？多少船？」

那將領道：「人數不詳，十條貨船。」

「貨船？」蘇宇馳幾乎以為自己聽錯。

蘇宇馳抵達白狼堆的時候，胡小天一方已經開始著手將糧食搬運下船。

蘇宇馳心中已猜到胡小天前來的動機，雖然他早已不把胡小天當成大康臣子，可在面子上卻不得不跟他先打個招呼，微笑來到胡小天面前相見，抱拳行禮道：「蘇某不知王爺到來有失遠迎，實在慚愧。」

胡小天哈哈大笑：「蘇大將軍公務繁忙，自然是沒有那麼多的閒暇時間。」

蘇宇馳聽出他話裡有話，以為他是在責怪自己此前並未前往白泉城參加他的婚禮，慌忙解釋道：「蘇某本想前往白泉城參加王爺的婚禮，可是臨行之前卻又接到緊急公務，所以未能成行，還望王爺見諒。」

胡小天笑道：「大將軍的禮物我收到了，心意自然收到，我可沒有責怪將軍的意思。」

蘇宇馳啞然失笑道：「原是我多想了。」目光望向正在從船上卸下的貨物，碼頭上熱火朝天。

胡小天道：「聽聞西川發生地震，數萬災民聚集在鄖陽西門，面臨糧絕之憂，所以我特地送一些糧食和藥品過來。」

蘇宇馳心中暗忖，卻不知胡小天究竟在打什麼主意，可人家這件事做得冠冕堂皇，自己若是拒絕豈不是落人口舌？別的不說，即便是自己的這些下屬也未必心服，心念及此，蘇宇馳微笑道：「王爺果然義薄雲天，悲天憫人，這些糧食和藥物蘇某替難民收下了，一定將王爺的這番心意轉達給西川難民知道。」

胡小天心中暗罵，蘇宇馳啊蘇宇馳，我還沒說讓你轉達，你就搶先這麼說來堵我的嘴。表面上卻不露聲色道：「蘇大將軍公務已經足夠繁忙，我又怎能忍心讓你為了這點小事操勞，還是我親自將這些糧食藥物分發下去。」

蘇宇馳呵呵笑道：「王爺難道還信不過我？」

胡小天微笑道：「不是信不過，是不忍心啊，而且今次不是我一個人前來。」

蘇宇馳愕然道：「王爺的意思是……」其實他不用多說已明白胡小天所指的是什麼，卻見王妃龍曦月在兩名女子陪同下走了過來，一人是閻怒嬌，一人是維薩。

蘇宇馳並未見過龍曦月，聽胡小天介紹之後，慌忙上前見禮，恭敬道：「在下鄖陽守將蘇宇馳參見王妃娘娘！」

龍曦月道：「蘇大將軍不用如此客氣，我們姐妹幾個今次隨王爺一起過來，就是想為西川災民盡綿薄之力，這小小的要求還望將軍成全。」

蘇宇馳已經無話可說，現在再拒絕於情於理都說不過去，雖然他懷疑胡小天在賑災的背後另有動機，可是胡小天送來的糧食和藥材的確是實打實沒有摻半分假，再者說，胡小天此次帶來的士兵還不到兩千人，這樣的兵力若是想在鄖陽城生事根本沒有任何可能。

蘇宇馳在心中權衡再三，終於答應了胡小天的請求，他讓袁青山全程陪同，低聲叮囑袁青山道：「青山，你務必要記住，一定要盯緊他，若是有絲毫異動，第一時間通報於我。」

袁青山點了點頭，心中卻感覺蘇宇馳此番有些過慮了，無論從哪方面來看胡小天此次都不可能對鄖陽有圖謀，最大的可能無非是想借著這件事來收買人心，可是只要他是做善事，即便是收買人心又有何妨？現在大康朝廷不肯救，鄖陽方面也不可能全力以赴去救，總不能眼睜睜看著這數萬災民全都餓死在鄖陽城外？

西川受災的情況遠比胡小天想像中更加嚴重，當他們深入臨時的西川難民營之後，看到的景象讓龍曦月幾人都心酸不已，這些災民從西川逃出，根本來不及多帶東西，鄖陽方面雖然提供了一些軍糧，可是那點糧食畢竟解決不了根本問題。

一位婦人抱著已經餓死的嬰兒大聲哭號著：「為何不讓我們入關？難道我等不是大康的子民？你們口口聲聲說西川屬於大康，為何眼睜睜看著我們落難，卻不聞不問……你們算什麼朝廷……你們心中究竟有沒有百姓……」

袁青山此前已經來過難民營，他對這裡的情況已有不少瞭解，聽到這樣的話語，面孔發燒，羞愧地低下頭去。

胡小天手下的人已開始分發糧食和食物，鄖陽的士兵從旁協助維持秩序。

胡小天輕歎了口氣道：「袁將軍，這些難民的情況如此淒慘，為何你們不放他們入關？」

袁青山抿了抿嘴唇道：「王爺，不是我們不放，而是朝廷有令。」

胡小天冷冷道：「朝廷有令？我不信朝廷忍心讓自己的子民落入水火之中而不顧！他們身在康都當然不會知道這裡百姓的疾苦。難道他們心中西川的百姓不是大康的子民？難道他們已不把西川當成大康的一部分？」

袁青山道：「不是不幫，蘇將軍已經上書朝廷，可畢竟需要時間，我們在等朝廷的答覆。」

胡小天怒道：「一去一回十幾天就過去了，這些百姓缺衣少糧不說，而且天氣變化無常，不少百姓都已生病，死了不少人了，你們先放他們入城又有何妨？」

袁青山道：「王爺，鄖陽也是有心無力啊。」

胡小天道：「我說過要你們鄖陽負責救援了？你們只需開門放行，讓他們入關，至少給他們一條活路。」

袁青山道：「難民源源不絕，現在每日都在增加，誰也不知道這其中到底有沒有問題。」他說的是實情，包括蘇宇馳在內，很多人懷疑西川可能派兵混入難民之中，若是當真趁亂混入鄖陽，其後果不堪設想。

胡小天道：「你們考慮得可真是周到啊，就算你們說的有道理，就算這其中真有奸細，可女人和孩子呢？難道你們不懂得變通？不能將老弱婦孺先放入關中？」

袁青山咬了咬嘴唇，他何嘗不想，可是蘇宇馳在這方面的態度極其堅決，根本不同意變通，身為屬下，他又能有什麼辦法？

胡小天道：「這樣吧，你們將老弱婦孺先放入城，直接將他們送出鄖陽，我保證不讓一個難民停留鄖陽，不給鄖陽增加一丁點的麻煩。」

袁青山有些吃驚地望著胡小天，想不到胡小天竟然如此大義？可是想到蘇宇馳，他不禁又為難了起來，低聲道：「王爺，此事我作不得主。」

胡小天點了點頭道：「那好，你去將我的意思轉達給蘇大將軍，只要他答應，我馬上就開始轉移難民。」

蘇宇馳聽完袁青山的話，臉色陰沉道：「青山，胡小天為何不親自跟我說？」

袁青山道：「屬下並不清楚，可是他讓我來轉達。」

蘇宇馳起身負起雙手走到窗前，凝望窗外良久，方才低聲道：「你以為胡小天當真那麼好心？」

第八章

違抗軍令

蘇宇馳道：「放箭！我叫你們放箭！你們不清楚違抗軍令的後果？」
一名士兵率先將手中的弓箭扔在了地上，
他把雙手反剪在身後大吼道：
「去他娘的軍令，你殺了我就是，對自己的百姓放箭，
射殺老弱婦孺和禽獸又有什麼分別？
還說什麼保家衛國，保的究竟是誰？」

袁青山道：「將軍，縱然他包藏禍心，可是他提出的舉措可以解去當務之急，我們可以先放老弱婦孺入關……」

「不行！」蘇宇馳斷然拒絕道。

袁青山想不到蘇宇馳的態度依然如此堅決，他歎了口氣道：「將軍，眼看暴雨將至，外面數萬名難民衣不蔽體，更沒有遮風擋雨的地方，將軍難道忍心看著他們就這樣被困死城外？胡小天送來的那些糧食只能就一時之急，過不了幾天就會被耗盡，所以解決問題的根本辦法就是給這些難民一條活路，他們也是大康子民啊！」

蘇宇馳道：「婦人之仁，若是當真放那些難民入關，必然被胡小天所乘。」他握緊了雙拳，下定決心道：「沒有朝廷的旨意，不得放任何難民入城。」

胡小天在黃昏時分率隊離開了難民營，龍曦月黯然神傷，小聲道：「怎會如此淒慘，小天，我們幫幫這些百姓好不好？」

胡小天點了點頭道：「我盡力而為。」

身後那些難民齊齊跪倒在地，淒然高呼道：「王爺千歲，王妃娘娘，求你們放我們入關吧，風雨將至，吾等無處藏身，只要王爺收容，吾等以後即便是做牛做馬也要報答王爺的恩德。」

龍曦月聽到身後淒慘的求救聲，已經不忍卒看。

胡小天示意手下人護送龍曦月等人先走，自己則緩緩回過神來，他朗聲道：「我並非不想收容你們，你們也應當知道，鄖陽不是我的領地，想要你們入關，必須首先獲得蘇宇馳將軍的同意，我胡小天今天在這裡發誓，只要蘇將軍答應放行，你們西川難民有一個，我就收容一個，而且會對你們同等對待，幫助你們安家落戶，還請各位鄉親父老多些耐心。」

難民中有人道：「不必相信他，他和蘇宇馳一樣都假仁假義，欺騙我們……」

胡小天道：「我知道你們之中或許有人並不相信我的誠意，你們放心，救濟絕不會就此中止，從今日開始，我會將糧食和藥物源源不斷地送到這裡，幫助你們解去燃眉之急。」

原本對胡小天抱有質疑的人也不說話了，畢竟胡小天已經付諸實際行動，而且所有人都明白現在的鄖陽是蘇宇馳說了算，並不是胡小天說放就放的。

蘇宇馳站在城樓之上冷冷望著下方，胡小天的那番話中氣十足，振聾發聵，他自然聽得清清楚楚，他並不否認胡小天說的全都是事實，可是向那些難民說出這番話明顯有挑唆的成分在內，胡小天正在將所有的矛盾導向自己。

胡小天離開鄖陽的時候，蘇宇馳仍然例行相送。

胡小天道：「蘇大將軍，以後我們還會陸續送救災物資過來，還望蘇將軍能夠予以放行。」

蘇宇馳道：「王爺悲天憫人的情懷實在令人欽佩，只不過事關防務，蘇某也不便擅自做主，今日之事已經是破例了。」

胡小天笑道：「蘇大將軍不用擔心，因此而引起的任何責任，我來承擔。」

蘇宇馳微笑道：「有些事並不是說說而已，職責所在，還望王爺多多體諒。不如這樣，從明日起，我會派人在白狼堆負責接應，王爺所捐贈的一切救災物資，蘇某會一一查收送到，不知王爺意下如何？」

胡小天望著蘇宇馳道：「蘇大將軍既然信不過我，我又為何一定要相信蘇大將軍呢？」

情況並沒有因為胡小天的到來而好轉，在胡小天深入難民營慰問之後，西川鄖陽一帶就進入了漫長的雨季，地震讓西川多處道路崩塌，西川東西兩部也因此而隔絕，西川東部的難民源源不斷地前往鄖陽，胡小天讓人賑災的消息已經通過難民的口中傳到了西川，對這些難民來說，這無益於是黑暗中的一盞明燈，讓他們看到了生存的希望。

短短三日之間，聚集在鄖陽西門外的難民已經達到了近八萬人，難民的急速增加造成了糧食的短缺，雖然胡小天一方並未停止糧食的供應，然而難民數量的迅速增加，讓僧多粥少的現象非但沒有減緩，反而變得越發嚴重了。

蘇宇馳仍在等待著朝廷的命令，他是個循規蹈矩的人，在朝廷沒有正式下令之前，他不可能放這些難民入關，雖然蘇宇馳在心底深處也同情這些難民，可是目前的八萬多難民一旦進入鄖陽，情況會變得不可控制。

蘇宇馳明顯覺察到了內部的一些不滿情緒，他手下的這些將士也是人，人非草木孰能無情，他們對難民充滿了同情，對自己的處置方式是不滿的，蘇宇馳不怪這些手下，隨著時間的推移，心中也開始變得焦躁不安，如果這種狀況繼續下去，外面的難民的境況只會越來越差。

袁青山這次從難民營返回之後帶給蘇宇馳一個不好的消息，難民最近兩日的死亡人數都在五百人以上，饑餓疾病正在奪去越來越多人的性命，這場延綿多日的暴雨仍然沒有停歇的跡象，袁青山哀歎道：「將軍，百姓何其無辜，我們怎能忍心看著他們在死亡邊緣徘徊？既然胡小天答應接納這些難民，為何我們不給這些難民一條生路？」

蘇宇馳道：「我此前的話說得還不夠清楚嗎？沒有朝廷的命令，我們不可放一人入關。」一道耀眼奪目的閃電劃破天際，隨即傳來一連串沉悶的雷聲。

風雨聲中，城門外淒慘的哭號聲不斷，難民齊聲高呼：「放我們入城吧，蘇大將軍，我等絕不在鄖陽逗留，請蘇大將軍給我等一條活路投奔鎮海王。」

袁青山充滿期望地望著蘇宇馳。

蘇宇馳抿了抿嘴唇，此時外面傳來通報聲：「蘇大將軍，朝廷回信了。」一名渾身濕透的信使快步進入房內，蘇宇馳不等他參拜就急切道：「朝廷怎麼說？」那信使從懷中取出小心包裹的回信。

蘇宇馳接過回信展開，迅速看完，目光卻黯淡了下去。

一旁袁青山迫不及待道：「將軍，朝廷怎麼回覆？」

蘇宇馳道：「朝廷有令，不得放西川一人進入關中。」

「什麼？」袁青山的聲音中充滿了憤怒和不滿。

蘇宇馳沉聲道：「把朝廷的這道命令傳達下去，若有人膽敢違抗朝廷的命令，定斬不饒！」

此時一名負責駐守西門的將領匆匆趕來，卻是那些難民砍伐樹木，已經在護城河上搭起浮橋，目前約有百餘人通過了浮橋，正在拍打撞擊城門，而且聚集在城門外的難民越來越多。

蘇宇馳聽聞情況緊急，趕緊冒著風雨登上西門城樓，舉目望去，卻見護城河上已經搭起了一座浮橋，浮橋用砍伐的樹木捆紮連接而成，聯通護城河兩岸，難民沿著浮橋來到了城門下，數十名難民扛著圓木，一次次向城門發起衝撞，意圖將城門撞開。

蘇宇馳看到眼前一幕不由得勃然大怒，如果不是守城士兵無動於衷，這種情況根本不可能發生，他怒道：「你們都是瞎子嗎？看不到這些亂民攻城？」眾人全都垂下頭去，默然不語，以這樣的方式來表達對蘇宇馳處事方式的不滿。

蘇宇馳怒道：「傳我的命令，讓他們速速退回護城河外，若是膽敢繼續衝撞城門，定斬不饒！」

一名傳令官將蘇宇馳的命令傳達了下去。

可是下面的那些難民根本不聽，難民中一人叫道：「老少爺們，鎮海王明明答應要接納我們，這姓蘇的卻從中作梗，他和西川作戰，連咱們都記恨上了，他是要活活將咱們困死在這裡啊！」

有人道：「跟他拚了，拚也是死，困在這裡也是死，咱們就算死也要死得轟轟烈烈。」

難民群情激昂，相互鼓動，他們再度扛著圓木向城門衝撞而去。

蘇宇馳怒吼道：「給他們最後通牒，若是再不退去，格殺勿論！」

蘇宇馳的最後通牒對已經喪失了理智的難民而言根本起不到任何作用，眼看著局面就要陷入不可控的境地，蘇宇馳暗自下定了決心，大吼道：「弓箭手準備！」

二百名弓箭手在城樓上引弓搭箭，冰冷的鏃尖瞄準了下方的難民，可是每一名士兵的表情都顯得無比痛苦糾結。

蘇宇馳大吼道：「放箭！」

一聲令下，卻沒有任何人鬆開弓弦，袁青山虎目含淚，悲吼道：「將軍！」若是他們面對的是入侵的敵人，他們必然毫不猶豫，可是城門下全都是手無寸鐵的難民，這些百姓只不過是想求一條生路，他們並不是想攻城啊。

蘇宇馳怒視袁青山，忽然抬起腳來狠狠踹在他小腹之上，袁青山被踹倒在地。

蘇宇馳抽出腰間佩劍，指著那群弓箭手道：「我再說一遍，放箭！」

「咻！」「咻！咻！咻……」

羽箭穿透層層雨絲向正在衝撞城門的難民射去，城門下傳來一陣陣淒慘的哀嚎，蘇宇馳本以為射殺幾名難民就能夠起到以儆效尤的作用，可是讓他沒想到的是，鮮血非但沒有讓那些難民退縮，反而有更多的難民衝了上來，這次衝過浮橋的竟然有女人和孩子……

蘇宇馳大理石般堅硬的面龐輪廓之上沒有任何表情，儘管他的內心在滴血，他握緊劍柄，大吼道：「放箭！」

城外陣陣的慘呼聲讓鄖陽城蒙上了一層濃重的陰影，雨停了，風卻變得空前的猛烈，隨風送來血腥的味道，鄖陽城內軍民都處在極度的壓抑下。

鄖陽城南的德陽樓內，四名男子正坐在雅間內飲酒，其中一人赫然正是鎮海王胡小天，他那日並未離開，和夏長明、熊天霸、宗唐三人去而復返，悄然混入鄖陽城內，郥陽城西門雖然防守嚴密，可是其餘三門仍然維持著正常的出入，所以進入郥陽並不算難。其實就算封鎖嚴密，也攔不住擅長驅馭飛鳥的夏長明。

胡小天此次不僅僅是為了拯救西川的災民，自從蘇宇馳進駐，郥陽事實上已經成為他西進的攔路虎，而今次西川地震給了他一個千載難逢的良機。

夏長明低聲道：「主公，剛剛收到消息，大康正在西南邊境集結兵馬，看來有意趁機收復西川。」

胡小天淡然道：「李天衡雖然流年不利，可是也不至於喪失了所有的抵抗力。大康集結兵馬絕不是為了進攻，而是要阻止難民進入腹地。」

宗唐深有同感地點了點頭道：「不錯，郥陽就是例子，他們是想將麻煩留在西川內部，讓西川從內部先亂起來。」

胡小天道：「這世上的朝代、國家被滅的緣由多半不是因為外力，而是內部的原因。」

此時外面房門被輕輕敲響，卻是前往打探消息的梁英豪走了進來。

胡小天微笑示意他坐下，梁英豪顧不上坐下就低聲道：「一切果然不出主公所料，蘇宇馳拒絕放難民入城，難民為了求生，搭起浮橋，強行通過護城河，意圖撞開城門，蘇宇馳下令射殺，西門外死傷無數。」

熊天霸怒罵道：「這老烏龜怎地如此冥頑不化，難不成真要看著那些老百姓全都死在門前不成？」

胡小天道：「城內百姓怎麼看？」

梁英豪道：「從我和兄弟們所瞭解到的情況來看，怨念極大，聽說連蘇宇馳最得力的部下袁青山也因為抗命被抓了起來。」

胡小天緩緩點了點頭道：「蘇宇馳在這件事上做得的確不怎麼高明。」

梁英豪道：「剛才我和丐幫安翟接頭，他已經查清龜甲戰車和震天弩所在地點。」

熊天霸道：「好啊，只要將他們的戰車和震天弩毀去，就沒什麼好忌憚的了，三叔，不如派我過去。」

胡小天看了他一眼道：「為何要毀去？」

熊天霸道：「毀掉龜殼戰車和震天弩，咱們就能派大軍攻城了。」

胡小天緩緩搖了搖頭道：「不要忘了，我現在是大康鎮海王，你們都是大康的將領，這樣幹豈不是等於造反？」

熊天霸不明就裡，其餘幾人卻都聽出胡小天話裡有話。

夏長明道：「主公是不是有了主意？」

熊天霸嚷嚷道：「去他的大康將領，我才不要受這混蛋朝廷的管束，三叔，咱們何必跟在大康的身後受氣，我看您自己當皇帝就是。」

宗唐道：「熊孩子，別嚷嚷，聽主公怎麼說。」

胡小天道：「朝廷之所以不肯放難民入關，根本原因就是想西川內亂，這場天災將會加速西川的崩盤，就算不派兵攻打西川，西川也會因為無法承受這巨大的壓力而不攻自破。」他停頓了一下道：「朝廷是在等待機會，一旦機會到來，他們就會揮師挺進西川，目前的兵馬集結就是為了進攻西川做準備。」

夏長明道：「只是為何他們只在南部集結兵馬，而沒有派兵前來鄖陽呢？」

胡小天道：「西川最為重要的兩座城池，一為夔州，一位西州，只要控制住這兩座城池，等於控制了西川的命脈，夔州位於西川南部，更靠近大康邊境，而西州相對來說更為靠近鄖陽。本來對西川用兵，雙管齊下可以起到事半功倍之效，可是現在從鄖陽到西州的道路因為地震和泥石流中斷，從北部用兵已經沒有任何可能。所以他們才會將兵力集結在南部，只要時機到來，一舉從南線完成突破。」

宗唐道：「難道他們就不管難民的死活了？」

胡小天低聲道：「若是放任難民進入境內，那麼必然會加重大康的負擔，西川也可以獲得些許喘息之機，所以大康才會嚴控邊境線，至於鄖陽方面，目前並不是重點，只需堅守不出，不允許任何難民入境，就能夠將麻煩留在西川境內。」

熊天霸聽到這裡也明白了，憤憤然道：「朝廷可真是歹毒，為了收復西川竟然置數十萬百姓的性命於不顧。」

夏長明不解道：「可是主公都已經提出讓他們放難民入關，由我們接納這些難民，那蘇宇馳因何不肯答應？」

胡小天心中暗歎，其實自己的動機也不單純，可是無論動機如何，可畢竟對難民還是有好處的，他也不是空口白話，只要蘇宇馳肯放難民入關，自己必然會負責到底，可是蘇宇馳這個人原則太強，朝廷不允許的事情，他斷然沒有迴旋的餘地，而且蘇宇馳應該是對自己的動機抱有疑心，擔心他趁機將勢力滲入鄖陽。

胡小天早就想將鄖陽拿下，他也想過幾種方案，可很快就發現，蘇宇馳警惕性極高，很難達成，他也想過刺殺蘇宇馳，以他和熊天霸的武功，想要做成這件事並不困難，可是殺掉蘇宇馳容易，收服鄖陽城的人心太難。不過蘇宇馳過度的堅持已經造成了城內軍民的不滿，今日這場對難民的屠殺雖然暫時起到了震懾的作用，但是卻讓手下人看到了他殘忍冷血的一面，讓人心開始背離。

胡小天轉向宗唐道：「事情準備好了？」

宗唐點點頭，其餘幾人一頭霧水，並不知道胡小天讓宗唐準備的是什麼。

蘇宇馳的格殺令並沒有起到太大的效果，近千具被射殺城門下的難民屍體已經徹底激起了難民的憤怒，他們不顧一切地越過護城河，其中多半都是老弱婦孺。

面對手無寸鐵的百姓，將士們全都猶豫了，一個個將弓箭垂了下去。

蘇宇馳怒吼道：「放箭！我叫你們放箭！你們難道不清楚違抗軍令的後果？」

一名士兵率先將手中的弓箭扔在了地上，他把雙手反剪在身後大吼道：「去他娘的軍令，你殺了我就是，對自己的百姓放箭，射殺老弱婦孺和禽獸又有什麼分別？還說什麼保家衛國，保的究竟是誰？」

蘇宇馳怒道：「給我抓起來！」

「要抓連我們一起抓了，兄弟們，咱們就算死也不能做這種喪盡天良的事情。」一個又一個的士兵將手中的武器扔下。

蘇宇馳根本沒有料到形勢會變得不可控制，內心中的憤怒開始變成了一種恐慌，形勢不妙，手下將士顯然已經對他的做法產生了極大的不滿，如果繼續強勢威壓，或許會產生軍中嘩變。

蘇宇馳畢竟經驗老到，審時度勢，馬上意識到自己必須有所改變，他點了點頭，一言不發轉身走下城樓，就在此時，卻聽到一聲驚天動地的爆炸聲，整個城樓都為之震顫，煙塵四起，厚重的城門被轟出了一個大洞。

蘇宇馳險些被這劇震掀翻在地，扶著箭垛定睛望去，卻見西門處硝煙瀰漫，數十名守門的士兵在血泊中掙扎，誰也搞不清西門因何爆炸，城門外的難民也被這劇烈的爆炸驚呆，可馬上難民們就從震駭中回過神來，高呼道：「城門開了，城門開了！」數以萬計的難民開始從破損的城門擁入鄖陽城。

蘇宇馳雖然看得清楚，可是兩隻耳朵仍然嗡鳴不已，剛才的那聲爆炸讓他在短時間內失去了聽覺。蘇宇馳大喊著，指揮士兵去阻止那些百姓，西門完全陷入一片混亂之中。

守城的將士們想要將那些百姓攔住，可是那些難民完全已經喪失了理智，他們不顧一切地衝上來，不惜用身體衝撞對方的刀劍，搶下刀劍，就瘋狂刺入守城士兵的身體。

一名難民挺起搶來的長矛向蘇宇馳飛撲而來，閃亮的矛尖刺向蘇宇馳的心口。蘇宇馳抽出佩劍，將對方的長矛格開，噹的一聲震響傳入蘇宇馳的耳膜，他的聽力開始恢復，蘇宇馳順勢一劍，將那名難民的頭顱砍下，望著如同噴泉般湧出的鮮血，蘇宇馳爆發出一聲悲吼，高呼道：「擅入鄖陽者，格殺勿論！」

宗唐將一枚炮彈填入炮筒之中，這支轟天雷是胡小天和他之間的秘密，自從宗唐離開大雍追隨胡小天之後，他的多半時間就用來改進轟天雷，在宗唐和諸葛觀棋多次研究和改進下，不但將轟天雷完善，且根據胡小天的提示研製出了縮小版的轟天雷，這支轟天雷長不過五尺，炮口直徑半尺，炮身也被分成了三部分，至於支架附件全都可以拆解，組裝用螺絲螺母，要說這螺絲螺母全都是胡小天給出的圖紙。

螺絲螺母雖然不是胡小天的原創，可是在宗唐和諸葛觀棋看來，已經是了不起的發明創意，胡小天掌握了前世太多的東西，可是他並沒有親手將之變成現實的能力，宗唐的出現恰恰彌補了這一點。

這支縮小版的轟天雷威力之大，讓宗唐也目瞪口呆，炮彈的配方最初是胡小天提供，又經過諸葛觀棋的改進，第一炮就已經轟爛了城門，因為這一炮太過突然，蘇宇馳一方甚至沒搞清楚城門是因何被擊破。

宗唐隱匿在大方塔的七層，從他的位置剛好可以將西門看得清清楚楚，第二炮瞄準的是城樓的台階，蓬的一聲。

黑色圓球沿著膛線弧旋飛出，宛如天外流星一般準確擊中了城樓石階，將石階中段炸得四分五裂，城樓上下來接應的幾名士兵被炸得粉身碎骨，一時間煙塵瀰漫，石屑亂飛。

強大的後坐力讓整個塔身為之震顫，宗唐完成任務後，迅速拆卸轟天雷，他的四名手下同時幫手，轉瞬間已將轟天雷解體，這是為了以防萬一，如果他們的藏身之處被暴露，要確保轟天雷不至於落入他人手中，否則後果不堪設想。雖然轟天雷對胡小天而言算不上什麼高科技武器，可是在如今的年代卻是不折不扣的大殺器。

宗唐的任務就是負責將城門炸開，現在任務已經圓滿完成，接下來的事情就是將轟天雷轉移到安全地點藏匿，然後前往接應。

難民如同潮水般瘋狂擁入鄖陽西門，兩次不明原因的爆炸並沒有嚇退難民，對這些難民而言，困在外面也是等死，亡命一搏或許還能拚出一條生路。

郥陽的駐軍迅速向破損的西門處集結，在蘇宇馳的親自引領下對湧入的難民進行驅趕，然而形勢已經由不得他們控制。面對瘋狂湧入以命相搏的難民，郥陽士兵最初還能保持克制，他們並不想對手無寸鐵的百姓下手，可很快他們就發現，若是不果斷處置，別說將這些難民趕出城去，甚至連他們保全性命都沒有任何可能。

難民利用木棒、石塊，一切可能的工具作為武器進行攻擊。

蘇宇馳好不容易從難民的包圍纏鬥中脫開身來，組織士兵開始進行圍剿射殺，一陣混亂過後，郥陽將士很快就調整好狀態，畢竟他們都是訓練有素的軍人，先以弓箭手密集射殺，壓制住難民前衝的勢頭，然後長槍兵頂上，形成一個巨大的弧形包圍圈，將難民包圍在其中，在蘇宇馳的指揮下，包圍圈緩慢收縮，試圖將難民趕出城去。

局勢陷入相持的階段，站在高處進行射殺的弓箭手開始停下射擊，畢竟這都是一些手無寸鐵的百姓，他們並不想造成更多的殺戮。

蘇宇馳怒吼道：「射！擅入城內格殺勿論！」眼前的形勢不容樂觀，還不能說他們已經控制了局勢，若是難民再度反撲肯定會造成更大的麻煩。多半士兵的眼中流露出極其不忍的目光，他們面對的並不是敵人，而是自己的同胞，蘇宇馳今天表現出的冷血和殘酷已經激起了他們的極大反感。

嗖！一支羽箭從後方射向蘇宇馳的後心，蘇宇馳一直注視身前，卻並未留意身後的狀況，幸虧他身邊的護衛及時察覺，合身撲上，用身體擋住了這支冷箭。

羽箭透胸而入，侍衛連吭都沒吭就一命嗚呼，蘇宇馳轉身愕然望去，卻見隊伍之中一名己方士兵怒吼道：「娘的，你有沒有人性？這些都是俺們的父母兄弟，這些人中有我們的妻兒老小，他們只是為了求一條活路，你為何如此冷血？」

周圍士兵向他圍去，意圖將此人拿下，卻見那人將弓箭隨手拋到一邊，然後從肩頭抽出一對南瓜一樣的大錘，發出一聲哇呀呀怪叫，雙錘猶如風車般掄起，周圍士兵挨著就死沾著就傷，他大吼道：「兄弟們，鄉親們，咱們不能充當幫兇，咱們要救自己的父母兄弟。」

這貨根本就是熊天霸，他奉命混入蘇宇馳軍中，剛才試圖冷箭射死蘇宇馳，想不到蘇宇馳身邊的侍衛充當了替死鬼。

熊天霸這邊一鬧，竟然有不少士兵也跟著倒戈，其實鄖陽城內有不少將士來自於西川，若是對付西川大軍他們絕不會有絲毫猶豫，可是他們今日屠殺的全都是自己的父老鄉親，在多數士兵看來，蘇宇馳完全可以網開一面，放西川難民入關，畢竟胡小天此前已經表示願意接納這些難民，蘇宇馳只需做個順水人情即可，根本無需他付出什麼，可連這麼簡單的事情蘇宇馳都不願做，誰都看得清清楚楚，如果這些難民繼續被困在外，死亡人數必然直線遞增，難民今日亡命攻城也是逼不得已。

蘇宇馳的種種鐵腕手段，已經激起了許多士兵的反抗，現在他們明明已經將局勢控制住，蘇宇馳又下了格殺令，很多來自西川將士的怨念已經達到了爆發的邊緣，熊天霸的出現正是時候，其實這貨壓根就不是西川口音，可是在眼前的混亂狀況下居然無人對此質疑。

與此同時，那些被暫時壓制住的難民也因為對方內部的分裂而受到鼓舞，難民中有人大聲疾呼道：「鄉親們，我們左右都是一死，怕什麼？咱們跟他拚了！」

又有人叫道：「這些士兵也是咱們的手足同胞，全都是蘇宇馳那個賊子逼他們這樣做，殺死蘇宇馳，殺死蘇宇馳！」

難民們大聲疾呼，其實多半難民都不知道蘇宇馳究竟是哪個？剛才號召殺死蘇宇馳的那個卻是混在難民中的梁英豪，他和熊天霸兩人帶著多名手下混入雙方陣營之中，趁機挑起混亂，將局面搞得越發錯綜複雜。

西門陷入混戰中時，袁青山正在被人押著前往大牢，在炮聲響起之時，袁青山就知道出事了，他轉向那四名押解他的士兵道：「解開我，西門出事了！」

四名士兵你看看我，我看看你，誰都不敢將他解開，這四人全都是蘇宇馳的親信，向來對蘇宇馳唯命是從。

袁青山怒道：「你們猶豫什麼？還不放開？」

此時一道身影從空中俯衝而下，袁青山抬頭望去，還沒等他看清對方的樣貌，四名押解他的士兵已經被悉數擊倒在地，那人手中玄鐵劍閃電般劈向袁青山的身後，將縛住他的牛筋繩斬斷。

袁青山這才看清對方乃是一名年輕男子，他警惕望著對方，不明白此人為何會來救自己，從對方的樣貌來看，應該跟自己素昧平生。

那年輕人道：「咱們長話短說，能否避免一場屠殺全在你一念之間。西門士兵嘩變，蘇宇馳被殺，若是無人出來主持局面，鄖陽必將陷入一場血腥殺戮之中。」

袁青山道：「不可能，將軍不可能有事。」他雖然對蘇宇馳此次的做法不滿，可並不代表他否定蘇宇馳的全部，一直以來他對蘇宇馳都非常尊重，聽聞蘇宇馳遇害，內心震驚之餘卻又非常懷疑。

那年輕人道：「無論你相信與否，鄖陽的局面若是繼續下去，必然會變得不可收拾，而今之計，唯有給難民讓出一條道路，放他們從鄖陽通過，鎮海王已經答應會接納他們。」

袁青山頭腦中一時間變得紛亂如麻，他忽然想起蘇宇馳此前的那番話，低聲道：「你究竟是誰？你是胡小天派來的？這所有一切都是你們在幕後策劃？」

對方哈哈大笑：「欲加之罪何患無辭，鎮海王做事向來光明磊落，他只是送糧食給災民，想要拯救百姓與水火之中，那蘇宇馳固執冷血，非但不同意給災民放行，反而對他們大肆屠殺，哪裡有壓迫哪裡有反抗，水能載舟亦能覆舟，這個道理難道你不明白，今日郥陽之窘境完全是爾等一手造成，於鎮海王何干！我今次前來找你，無非是不想軍民相殘，想要避免一場慘禍。」

袁青山抿了抿嘴唇，心中對此人的話仍然將信將疑。

那年輕人道：「何去何從全在將軍一念之間！」他也不多說轉身就走，袁青山追了上去：「你等等……」可是等他追到前方街道拐角發現對方的身影已然不見。

熊天霸向前跨出一步，然後猛然彈跳而起，身軀猶如出膛的炮彈射入空中。蘇宇馳看到這貨猶如天神下凡，心中已經知道不妙，自己軍中絕無如此勇猛強悍的人物，他連連後退，一群士兵將他護住。

熊天霸手中大錘劈空砸了下去，大錘未到，一股強勁罡風先行衝入人群之中，那群圍護蘇宇馳的士兵被這股罡風吹得立足不穩，熊天霸手中大錘狠狠砸落下去，這一錘砸在了地上，雖然並未命中目標，可是以大錘為中心，強大的震動向周圍輻射而去，地動山搖，周圍的士兵在這股強震之下，立足不穩，紛紛摔倒在了地上。

那些西川的難民也被這強震嚇了一大跳，他們剛剛經歷地震從西川逃來，多半都成了驚弓之鳥，還以為郥陽發生了地震。

蘇宇馳踉踉蹌蹌好不容易才站穩身形，可是熊天霸卻在此時有若雄獅般衝到面前，一錘砸在蘇宇馳的腹部，熊天霸這一錘擊打得相當巧妙，雖然擊中蘇宇馳的身體，可是並沒有造成太大的傷害，等到錘頭落在蘇宇馳的腹部方才發力，等於是將蘇宇馳推了出去。蘇宇馳本以為必死無疑，可馬上就意識到對方並沒有想把他一錘砸死，蘇宇馳宛如騰雲駕霧般飛了出去，正落入那幫難民之中。

還沒等蘇宇馳爬起，就聽到有人叫道：「他就是蘇宇馳，殺了他！」難民聽說他是蘇宇馳，一個個蜂擁而上，蘇宇馳縱然勇武，可落下時已經被摔掉了半條命，再加上雙拳難敵四手，他一個人又怎能對抗那麼多的難民。

熊天霸見好就收，他今天嚴守胡小天的策略，強忍心中的殺意，大錘一揮，眾人紛紛閃避，這廝完全是魔神再世，誰找上他都免不了是一個死字。

梁英豪混在難民中，看到大局已定，自己也悄悄溜了。

袁青山組織一支兩千人的重甲軍，趕回西門的時候，眼前的情景讓他大吃一驚，他慌忙大呼道：「閃開，所有人都閃開！放他們進來，不得阻擋！都給我聽著！不得阻擋！」

現場的百姓和士兵都已經殺紅了眼，哪有人聽他的命令。

袁青山無奈，只能讓重甲軍持盾，強行衝入其中。以重甲軍組成人牆，強行將雙方分隔開來，其實今日城破純屬意料之外，縱然西川難民合力衝撞城門，可是不等他們到達城門下方，蘇宇馳就號令弓手進行射殺，這些難民根本組織不起像樣的進攻，如果不是宗唐利用轟天雷擊穿城門，局勢絕不會演變到如今的地步。可是胡小天計畫周詳，一步步引導局勢，到目前已經變得完全失去了控制。

無論是鄖陽的將士還是西川難民都不清楚究竟發生了什麼，當然這其中也有頭腦清醒的人，蘇宇馳就是其中的一個，他已經意識到胡小天前來送糧必然抱有其他的動機，所以蘇宇馳拒絕胡小天接納難民的請求，甚至拒絕由胡小天一方護送救濟糧，親自將糧食交到難民的手中，他寧願在白狼堆分派人手來做這件事。導致的結果就是，鄖陽駐軍分出一萬人在白狼堆，城內的防守力量自然削弱不少。

無論蘇宇馳如何謹慎，終究還是沒有料到胡小天會從內部攻破他的城門。當西川難民擁入鄖陽之後，情況已經由不得蘇宇馳左右了。

應該說蘇宇馳方面終究還是大意了，如果他們提前調動重甲軍，或許事態就會被及時控制住，不會發展到如此惡劣的境地，等到袁青山調來重甲軍，用盾陣將雙方分開，雙方死傷已經達到了近五千人，當然其中多半都是西川難民。鄖陽方面最大的損失就是蘇宇馳，這位大康名將，馳騁疆場，為大康立下無數戰功的大將，竟然被憤怒的難民群毆致死，其結局實在是淒慘。

重甲軍將難民逼退，袁青山從狼藉一片的地面上找到了蘇宇馳，蘇宇馳滿身是血，躺在地上已經氣絕身亡了，袁青山抱起蘇宇馳的屍首，一時悲從心來，虎目之中熱淚滾滾而落，身後將士看到蘇宇馳被殺，自然義憤填膺，不知誰人大喝道：

「兄弟們，殺了這幫亂民為大帥報仇雪恨！」

袁青山怒吼道：「全都給我冷靜！」他緩緩站起身來，此時袁青山心中已經明白，今日之事很可能是胡小天的佈局，雖然他沒有確切的證據，但是從種種跡象來看，其中必然有人在推波助瀾，可是如果不是蘇宇馳的固執己見，局勢也不會發展到如此的地步。

站在那裡，環視眾人，眾將士的表情或憤怒、或迷惘、或悲哀、或彷徨，畢竟他們今天面對的並非是敵人，而是大康的百姓，如果為蘇宇馳報仇，那麼就意味著一場屠殺再次展開。

可是如果不報仇，蘇宇馳豈不是白白死了。

袁青山的耳中忽然傳來一個聲音。

「這些人的性命全都掌握在袁將軍的手中，袁將軍何不放百姓一條生路？」這聲音分明是此前營救他的那個年輕人。

袁青山四處尋找，卻沒有找到說話人的身影，他用力咬了咬嘴唇，大聲道：「放他們離開鄖陽！」

「袁將軍！」

袁青山大吼道：「所有一切責任我來承擔！」事到如今，唯有讓步才能避免傷亡繼續擴大，袁青山已經沒有時間去考慮後果。

鄖陽方面很快組織守軍，嚴守街道兩旁，打開東西大門，讓那些西川難民從城內通過，袁青山站在殘破的城牆之上，望著扶老攜幼躑躅行進的人群，內心感到莫名輕鬆，他意識到自己的抉擇並沒有錯，雖然違背了朝廷的命令，可畢竟給這數萬難民一條生路，蘇宇馳為何不肯這樣做？如果他及早做出這樣的選擇，或許就不會有這場慘劇的發生？

一名士兵來到他的身邊，抱拳道：「啟稟袁將軍，鎮海王到了！」

袁青山皺了皺眉頭，胡小天來得倒是及時，他沉吟片刻道：「人在哪裡？」

「目前剛剛進入東門！」

袁青山道：「從城外過來的？」

那士兵點了點頭道：「他還說要見蘇大將軍！」

袁青山道：「將他請到這裡！」

胡小天在梁英豪和夏長明兩人的陪同下來到西門，沿途看到鄖陽將士排列成整齊的兩隊，來自西川的難民就從佇列之中經過。在袁青山果斷下令放行之後，雙方自然停下了衝突，鄖陽方面所要做的只是負責看住這些難民，避免他們趁著混亂逃竄到鄖陽城內，其實他們這也是多此一舉，在難民心中最大的渴望就是通過鄖陽進入鎮海王的領地，畢竟這位王爺已經答應過，會接納他們所有的難民。

一隻黑吻雀振動著翅膀飛到夏長明肩頭，唧唧咋咋地叫著，夏長明聽完之後向胡小天轉述道：「有三支全副武裝的軍隊正向西門調遣，應該是衝著主公來的。」

胡小天不以為然地笑了笑。

梁英豪提醒他道：「主公還要多一些小心。」

胡小天道：「袁青山放難民入城已經違背了朝廷的命令，你們放心吧，他至多也就是虛張聲勢。」

談話間已經來到西門前方，袁青山率領八名盔甲鮮明的武士大踏步來到胡小天的面前，抱拳道：「卑職參見王爺千歲千千歲，末將甲冑在身不能全禮，還望王爺恕罪。」

胡小天點了點頭，翻身下馬，將馬韁扔給了梁英豪，目光在梁英豪臉上掃了一眼，卻見梁英豪英俊的面孔上充滿悲愴和憤懣，胡小天道：「蘇大將軍何在？」

袁青山強忍心中的悲痛道：「蘇大將軍已經為國捐軀了。」暗忖道，你胡小天根本就是明知故問。

胡小天歎了口氣道：「真是可惜。」說完之後，他沿著左側台階向城樓上方走去，右側的台階業已被宗唐利用轟天雷炸毀，所以通往城樓只剩下這邊的階梯。階梯之上的屍體已經清理乾淨，可是血跡卻沒有來得及清洗，目光所及處處血跡斑斑。

胡小天來到城樓之上，袁青山獨自一人跟隨他走了上去。

站在城樓之上，胡小天舉目遠眺，只見那些難民正在緩慢通過吊橋，多半人都是滿身泥濘，衣衫襤褸，可是他們的雙目中第一次燃起了希望。

胡小天道：「袁將軍是這些難民的大恩人啊！」

袁青山道：「卑職不敢居功，所有一切全都是王爺計畫中的事情。」說這句話的時候，他的雙目中透著寒光，宛如兩道鋒利的匕首刺向胡小天的雙目，試圖看透他內心深處的秘密。

胡小天道：「謀事在人成事在天，我現在真正懂得了天命不可違的道理。」

袁青山聽出他話裡有話，冷冷道：「剛才有人在趁機挑起混亂，王爺知不知道怎麼回事？」

胡小天淡然笑道：「我這個人生性懶惰，只要結局理想，哪還有那麼多的精力去調查過程？」

袁青山道：「王爺真的打算將這些難民全都接納嗎？」

胡小天道：「我若是不接納他們，他們豈不是死路一條，袁將軍若是不下令打開城門，這數萬條性命就活活被困死在鄖陽城外，你都敢違背朝廷的命令解救這些難民於水火之中，我無非是劃出一些土地，拿出一些錢糧，跟袁將軍所做的一切相比根本是微不足道。」他停頓了一下又道：「其實我反倒有些擔心你。」

「擔心我什麼？」

胡小天道：「蘇大將軍死於難民之手，你又違背朝廷的命令打開城門放任難民入內，我看朝廷必然會追責。」

袁青山歎了口氣道：「只要能夠拯救這數萬百姓，我袁青山死而無憾。」他目光灼灼盯住胡小天道：「單憑那些難民的力量無法攻破西門吧？」

胡小天知道袁青山在懷疑自己，他輕聲道：「朝廷之所以不放難民入關，其根本原因是想西川的局勢雪上加霜，這樣下去，用不了太久的時間就會從內部崩盤，你有沒有聽說朝廷正在南線集結大軍？」

袁青山點了點頭。

胡小天道：「鄖陽雖無地利可守，但是地理位置極其重要，乃是西川西北的唯一出口，紮住了這個口子就斷絕了西川和外部的來往。」紅木川如今在他的掌控之中，西川現在的窘境正是所有出口都被別人控制，被人為封閉起來。此前李天衡也曾經意圖從南北完成突破，可最後還是以失敗告終。

胡小天道：「西川發生地震，朝廷在這件事上做得很不人道，西川東北部道路中斷，西川軍隊無法及時救援，東北部的老百姓唯有自謀生路，他們的生路就是經由鄖陽入關進入內地，如果你們堅持閉關不放，那麼這數萬，甚至數十萬百姓就會被活活困死其中。」

袁青山抿了抿嘴唇，他不得不承認胡小天所說的全都是事實。

胡小天道：「如果蘇將軍能夠看得更長遠一些，今天本不該有那麼多的犧牲。」他伸出手去拍了拍袁青山的肩頭道：「鄖陽的事情你承擔不了！」

袁青山早就知道自己擔不了，可是事已至此，唯有一死，正如他此前所說，若是自己的死能夠換來這近十萬難民的平安，也算值得了，一時間熱血上湧道：「大不了就是一死，又有什麼好怕？」

胡小天道：「有句老話，好死不如賴活著，袁將軍的氣節我很欽佩，可是在保全氣節的同時也要懂得變通，你承擔不了，未必代表我承擔不了。我會上奏朝廷，鄖陽發生民亂，蘇大將軍遭遇不測，我來臨時掌控大局。」

袁青山倒吸了一口冷氣，他忽然明白胡小天真正的目的並非是拯救這些在死亡線上掙扎的難民，而是要拿下鄖陽，不費一兵一卒拿下鄖陽。他不無譏諷道：「王爺打得一手的如意算盤！蘇大將軍雖然不幸身故，可是鄖陽還有數萬將士，王爺當真以為我們會背叛大康嗎？」

胡小天微笑道：「你不記得誰封我為鎮海王？我是大康的王爺，我何時背叛過大康？」

袁青山道：「王爺別忘了自己的處境。」他的意思再明顯不過，你胡小天現在是孤身進入鄖陽，只要我一聲令下，定然讓你死無葬身之地。

胡小天道：「來鄖陽之前，我的部下曾經奉勸我，提醒我袁將軍或許會對我不利，我卻不那麼認為，袁將軍乃是識大體之人，一個冒著被追責砍頭的危險，給數萬災民一條生路的人，又焉能被莫須有的仇恨蒙住眼睛？」

袁青山默默望著胡小天，胡小天應該看透了自己的心思。他幾乎能夠斷定今天的這場動亂完全是胡小天一手造成，蘇宇馳就算不是直接，也一定是間接死於胡小天之手，可那又如何？殺了胡小天為蘇宇馳報仇？若是胡小天死了，他手下的將士又焉能放過鄖陽？自己豈不等於一手將這些難民和庸江兩岸的百姓推入戰火之中？蘇宇馳的死很大程度上應該歸咎於他的固執，如果蘇宇馳不死，那麼城外的近十萬難民就會被活活困死。

胡小天看出袁青山心底的彷徨，低聲道：「袁將軍難道真想再起戰事，讓百姓飽受戰火折磨？讓庸江流域得來不易的平靜再度被打破嗎？」

袁青山的頭緩緩垂了下去。

胡小天道：「人一輩子，總會不停面對選擇，一念之差，有可能成為眾人景仰的英雄，也可能成為千夫所指的罪人，何去何從，只有袁將軍自己才能把握。」

七七參加胡小天的大婚之後，又去大康西部巡視，回到康都剛剛七日，然而一個令她震驚的消息傳來，西川難民攻破城門，蘇宇馳在混亂中被難民群毆致死，無奈之下，鄖陽向鎮海王胡小天求助，胡小天率領大軍前往平亂，一日之間就將叛亂平定。

聽權德安稟報完最新的情況，七七居然沒有發怒，秀眉微顰道：「蘇宇馳怎麼會死得那麼窩囊？」

權德安苦笑道：「具體的事情還在調查，不過有一點能夠斷定，胡小天不費一兵一卒就將鄖陽給拿下了，而且他還上書邀功。」他將胡小天的那封親筆書信雙手呈給了七七。

七七接過書函，流覽了一遍，冷笑道：「滿紙謊言，這胡小天還真夠無恥！」

權德安道：「公主殿下打算如何處理這件事？」

七七道：「木已成舟，他現在翅膀硬了，以為本宮不敢輕易對他出手。」

權德安低聲道：「殿下打算對他出手嗎？」

七七瞪了他一眼道：「誰率軍跟他打？你嗎？」

權德安訕訕笑了起來。

七七道：「西川地震，那些難民不去西州求助，反而一窩蜂地往鄖陽這邊逃難，究竟是為了什麼？」

權德安道：「此事奴才倒是清楚，西川的東北部都是山區，因為地震，多處道路坍塌阻塞，想要將所有道路打通，至少也需要半年甚至更長的時間，而胡小天又向外散佈消息，說他會接納所有難民，給了那些難民希望。」

第九章

沒有靈魂的軀殼

周王龍燁方在西川已經七年，剛過而立之年，
他卻已經頭髮花白，看起來就像是一個老頭子。
被軟禁在西州的歲月裡，他只能沉溺在酒色之中，
雖然李天衡並未為難他，可是龍燁方感覺自己已經慢慢死去，
成為一具沒有靈魂的軀殼，一具行屍走肉。

七七幽然歎道：「他可真是狡猾，將那幫百姓的心思摸得一清二楚。」她的手指輕輕敲擊了一下椅子的扶手，似乎在想什麼。

權德安道：「老奴有句話，不知當講還是不當講？」

「說吧，別賣關子！」

權德安道：「老奴以為當初將難民拒之門外的做法並不妥當，畢竟那些難民都是大康的百姓，現在到處都在散佈流言，說朝廷不顧百姓的死活。」

七七瞪了他一眼道：「你早不說？」

權德安道：「殿下向來不喜內臣議論國事。」

七七擺了擺手道：「算了，也不是什麼大事，傳本宮的旨意，嘉獎胡小天平亂有功，加封他為大都督，賞黃金萬兩，綢緞二百匹，鄖陽就交由他暫時管理。」

「什麼？」權德安幾乎以為自己聽錯，可他馬上也就明白了七七的意思，既然事情已經成為了事實，七七也不好改變，胡小天如今勢力已經坐大，此番借著平亂之名收了鄖陽，其實等於明搶。

七七應對的辦法也就是暫時先將他安撫，等以後有了機會再做定論。

權德安離去後不久，楊令奇前來求見。

來到七七面前，察覺到這位公主殿下臉色不善，心中猜測十有八九和鄖陽的事情有關。

果不其然，七七冷哼了一聲道：「楊令奇，你幫本宮出了一個好主意啊！」

楊令奇道：「不知殿下指的是什麼事情？」

七七起身緩緩向他走去，楊令奇被威勢所迫，緩緩將頭垂了下去，雙目不敢正眼去看七七。

七七道：「將西川難民拒於邊境線，不許任何人入關，你真是出的好主意。」

楊令奇道：「公主殿下不是想要拿下西川，現在是最好的機會，只要西川內亂，必然不攻自破。」

七七冷笑道：「不攻自破？不攻自破的是鄖陽，現在胡小天不費一兵一卒將鄖陽拿去了，楊令奇，本宮真不知道你是在幫我還是在幫他？」

楊令奇道：「殿下若是懷疑我的忠心，大可剖出我這顆心看看，令奇願意一死以證清白！」他的臉上充滿激動之色。

七七懶洋洋歎了口氣道：「本宮不是懷疑你的忠誠，而是懷疑你的判斷，你提議封堵西川，讓西川內亂，可胡小天卻想方設法開了個口子。」

楊令奇道：「就算他開了個口子也無法左右大局，這場地震讓西川的東北部和其他地方道路中斷，鄖陽的戰略地位自然不像過去那般重要。」

七七道：「你是建議本宮將鄖陽送給他不成？」

楊令奇道：「事已至此，就算對他用兵也來不及了，不如做個順水人情，胡小天就算天大的本事也不可能在短時間內打通前往西州的道路，據我說知，西川這次波及的難民很多，目前困在邊境的就有三十萬之多，他既然想做善事，不妨為他宣揚，讓所有難民都前往投奔。胡小天雖然實力不俗，可是以他今時今日的財力只怕無法負擔起那麼多難民的吃穿用度，其結果可想而知。」

七七意味深長地望著楊令奇道：「你這次該不會再讓我失望吧？」

楊令奇道：「令奇殫精竭慮時刻為公主殿下大業考慮，若是有半點私心雜念，讓我不得善終！」

七七聽到他立下毒誓，俏臉反倒冷了下來：「夠了，好端端地發這種毒誓做什麼？你只需踏踏實實地辦事，本宮自然會看得清清楚楚。」

七七的反應並沒有出乎胡小天的意料之外，身為大康的實際掌權者，她應當懂得權衡利弊，在目前的狀況下選擇讓步，無異於明智之舉。當然七七也沒那麼簡單，新近難民數量激增，也和她在邊境故意放水，留出一條通道供難民逃往胡小天的領地有關。

正如楊令奇所預測的那樣，胡小天必然因為難民的到來而壓力倍增，想當救世主可沒有那麼容易。

這段時間，胡小天一直都待在鄖陽，雖然不費一兵一卒就將鄖陽拿下，可畢竟蘇宇馳在鄖陽軍中影響力很大，胡小天擔心情況會有反覆，所以他親自留在鄖陽，一來安撫鄖陽將士，二來確保難民有序進入關內。

縱觀歷史，難民問題如果處理不當會引發一系列的矛盾，胡小天為了盡可能地避免問題，投入了大量的人力和物力，短短一個月內，他所接納的難民已經達到了十萬人，而且數字仍然在不斷增加。

庸江的雨季終於暫時告一段落，久違的烈日出現在天空之中，胡小天一早就迎來了他的高參諸葛觀棋，諸葛觀棋此次是隨同運糧船隻一起過來的，在胡小天接管鄖陽之後，在鄖陽和興州之間劃出了大片區域供難民臨時居住，目前面臨的最大問題還是糧食短缺。

諸葛觀棋來到胡小天居住的府邸，胡小天已經親自迎出門來。諸葛觀棋躬身作揖道：「屬下參見主公！」

胡小天笑道：「觀棋兄無需多禮，這些日子，我都悶死了，心中有很多話想要跟觀棋兄說，有很多問題想要請教您呢。」

諸葛觀棋笑道：「主公折殺我也，請教二字觀棋可不敢當。」

胡小天邀他來到花廳落座，僕人送上茶水後退下。

諸葛觀棋道：「恭喜主公。」

胡小天一聽就知道他說的是什麼，呵呵笑道：「無非是虛名罷了，何喜之有？

永陽公主現在恨不能把我生吞活剝，可她現在精力又兼顧不了那麼多，也不敢輕易挑戰咱們的金玉盟。」

諸葛觀棋道：「無論怎樣終究都是一件喜事，對了，這次王妃娘娘本來想親自過來，可是主公又派人說不許她們任何人前來，幾位娘娘很是失落。」

胡小天歎了口氣，其實他何嘗不想見到龍曦月她們幾個，只是現在鄖陽初定，局面尚不穩固，胡小天擔心她們過來會有危險。

諸葛觀棋自然明白他的心意，輕聲道：「主公離開東梁郡多日，也該回去看看了。」

胡小天點了點頭道：「我也想回去啊，可是這邊的情況還不穩定，每日還有難民源源不絕地趕過來，目前還走不開啊。」

諸葛觀棋道：「根據初步統計，截至今日主公收容的西川難民已經有十萬人，按照您的意思分散到各個聚居地。」

「糧食夠不夠？」

諸葛觀棋道：「根據我們糧食儲存的情況，如果只是這十萬人，我們還負擔得起，至少撐到今年秋收沒有任何的問題。」

胡小天欣慰點了點頭道：「那就好！」形勢比他預想中還要樂觀一些。

諸葛觀棋道：「可是難民潮並沒有減少跡象，最近從南部輾轉進入的難民不斷增加，如果任由這種狀況繼續下去，或許我們還要面臨更多難民的壓力。」

胡小天微笑道：「朝廷不肯接納西川難民，現在我提出收容這些難民，他們乾脆留出了一條道路，讓西川難民全都來到咱們這裡。」

諸葛觀棋點了點頭，這件事顯而易見，胡小天設計奪走鄖陽讓大康朝廷吃了個暗虧，一報還一報，讓西川難民擁入胡小天的領地就是他們報復的手段之一。

胡小天道：「我曾經說過，難民來多少我接收多少。」

諸葛觀棋狡黠道：「好像有這回事。」

胡小天道：「說出去的話射出去的箭，我要是現在收回，豈不是等於在天下人面前失了顏面。」

諸葛觀棋道：「主公打算為了一句話而率領所有軍民冒險，讓好不容易取得的大好局面後退嗎？」

胡小天道：「這些天，我也始終在猶豫，十萬災民應該不會影響我們的經濟，可如果繼續下去就很難說了。」他望著諸葛觀棋道：「先生以為我該怎麼做？」

諸葛觀棋道：「水能載舟亦能覆舟，主公這次的做法充滿魄力，雖然從眼前的局面看，或許會讓我方經濟面臨嚴峻的考驗，可是如果能夠成功挺過這次考驗，主公不但得了民心，得到了天下人的敬仰，更得到了數十萬忠於您的子民。目前我們面臨最大的問題其實是人口不足，此次主公拿下鄖陽，意味著我們已經掌控了西到嵇城，東到庸江入海口，北到東洛倉，南到雲澤的大片區域，這片土地足以養活十倍於現在的人口。」

胡小天點了點頭，人口不足的確是他所面臨的最大問題，在他的領地迅速擴張之後，這一問題變得越發明顯，人口是生產力和戰鬥力的基礎，國以民為本，失去了根本就不用談什麼發展，這也是胡小天看衰西川的原因，一個國家經濟落後，運勢衰微還有扭轉的機會，可是如果失去了百姓，那麼就成為無本之木，無源之水。治大國如烹小鮮，光有鍋沒有食材又怎麼做飯？

諸葛觀棋道：「大康之所以給西川難民流出一條通路，其根本原因就是要將西川難民的壓力轉嫁到主公身上，主公的決斷或許會讓經濟在短期內止步不前甚至發生倒退，可是從長遠來看，對您卻是有益無害的。」

胡小天道：「觀棋兄一語讓我茅塞頓開，這些天，我一直都在猶豫，究竟應不應該停止接納難民。」

諸葛觀棋道：「我和天星計算過，接收三十萬難民絕無問題，前提是要動用庫銀大規模採購糧食。」

胡小天微笑道：「金玉盟成立之後，還從未發揮過一次力量，天香國、渤海國都是魚米之鄉，我馬上安排，咱們以比市價高一成的價格採購糧食。」

諸葛觀棋笑道：「主公為何要高出一成呢？」

胡小天道：「雖然是盟友，也不能讓他們遭受損失，需要糧食的不僅僅是咱們，中原大面積發生災情，今年糧食的價格必然水漲船高，觀棋兄，你幫我擬一份通告，一要注意安撫本土百姓的情緒，讓他們相信，我們收容難民的行動絕不會影響到他們正常的生活，二要讓所有難民明白，我們會盡一切努力將他們安置妥當，但是也要讓他們清楚任何事情絕非一蹴而就，要給我們一定的時間，三要讓所有入境的難民遵守我們的律例，任何人膽敢為非作歹，必將受到律法的嚴懲。」

諸葛觀棋頻頻點頭，胡小天所說的幾點尤為重要。

胡小天道：「鄖陽以西，西川東北的大片地盤等於成為我們的囊中之物，因為道路中斷，李天衡的軍隊一時間無法打通道路抵達那裡，西川東北的兩座城池方井和青巒，幾乎夷為平地，我準備派兵馬入駐那裡，幫助災民重建家園。」

西州城在這場地震中受損也非常嚴重，這段日子以來，李天衡始終都在忙於救人賑災，整個人也變得疲憊不堪，手下謀士姚文期悄悄來到他的面前。

李天衡看了他一眼道：「怎樣？」他的聲音有氣無力，這段時間以來，他聽到了太多的壞消息，已經讓他變得有些麻木了。

姚文期道：「我們派出去求援的使臣全都被拒絕了。」

這是李天衡意料之中的事情，他淡然笑道：「周圍都等著落井下石，哪有人肯雪中送炭？」

姚文期道：「通往方井和青巒的道路多處坍塌，想要打通道路恐怕至少需要半年以上的時間，那邊的災民大都逃難去了。」

李天衡眉峰動了一下，壓低聲音道：「胡小天得了鄖陽？」

姚文期點了點頭道：「蘇宇馳不肯放難民入關，引發難民強行攻城，蘇宇馳下令對難民進行射殺，又激起內部不滿，引發兵亂，幸虧胡小天及時派兵平定了這場內亂，大康也因為他的功績對他進行了重賞。」

李天衡呵呵笑了起來，他的笑聲卻顯得說不出的壓抑，許久笑聲方才停歇：「你當真那麼看？」

姚文期道：「大帥，此事必有蹊蹺，可事情既然已經成為事實，追究其中的過程就沒有太多的意義。」

李天衡歎了口氣道：「胡小天當真是福星高照，這次不費一兵一卒得了鄖陽，還幹掉了蘇宇馳，整個庸江流域已經無人能與他相抗衡。」

姚文期道：「他得到的不僅僅是鄖陽，方井和青巒等於向他敞開了大門。」

李天衡心有不甘道：「道路被封，我們的軍隊目前根本不可能到達那裡，也只好接受這個現實。」

姚文期道：「天下間能夠有魄力接收難民的並不多。」

李天衡道：「他是在利用這次機會爭取民心，大康卻是要趁機將壓力轉嫁給他們。這胡小天的確氣魄非凡，竟然對難民來者不拒，他就不怕被拖入泥潭之中？」

姚文期道：「此事屬下也有過瞭解，聽說胡小天這次為了收容那些災民，特地在領地中劃出了幾大塊單獨的區域，統一管理，在不影響當地百姓正常生活的前提下，給與他們最大的幫助。」

李天衡皺了皺眉頭道：「他的存糧難道供應得上？」

姚文期道：「據說前往胡小天領地逃難的百姓已超過十萬，人數還在不斷增加，我本以為胡小天不可能無休止地接收難民，可目前來看還沒有停歇的跡象。」

李天衡道：「那就是找到了糧源，」他停頓了一下道：「他的盟友伸手相助了？」

姚文期點了點頭道：「被大帥言中了，根據我們目前得到的情報，渤海和天香兩國都賣給胡小天不少的糧食。」

李天衡聽到這裡不由得怒從心起：「我們派出使臣好話說盡，他們竟然連一粒米都不肯借給咱們。」

姚文期歎了口氣道：「畢竟西川不是他們的盟友。」

李天衡道：「真不知道胡小天有什麼本事，竟然可以讓他們對他死心塌地。」

姚文期道：「大帥，我們應當怎樣應對？」

李天衡歎了口氣，他有種心力憔悴的感覺，早在胡小天拿下紅木川之後，西川就被人如同紮口袋一樣牢牢困在其中，現在鄖陽也落在了胡小天的手中，不用問，胡小天的下一步佈局就是要一點點吞併自己的領地。現在大康屯兵東南，時刻準備進軍燮州。李天衡不由得想起了張子謙，若是他活著，或許還能夠幫自己出出主意，可是眼前這種狀況下，自己的手下再無人能和張子謙相比。

李天衡望著姚文期道：「你問我？」

姚文期面露尷尬之色，他也聽出李天衡語氣中的不悅成份，蜀中無大將廖化作先鋒，姚文期被推上首席智囊的位置也是無奈之舉，他也深知自己的能力無法勝任，和張子謙相比，他的才能和膽色都要差上許多，在李天衡的面前始終抱著一份深深的敬畏，不敢輕易說出自己的主意。

姚文期道：「大帥，其實……其實……」

「不必吞吞吐吐，有什麼話你只管直截了當地說出來。」

姚文期道：「屬下以為，而今之計唯有歸降大康方為上策……」他說出這番話的時候一顆心幾乎都要跳出嗓子眼兒。

李天衡凌厲的眼神冷冷落在姚文期的臉上，姚文期嚇得撲通一聲跪倒在了地上：「屬下只是隨口說說，大帥千萬不要見怪……」

李天衡緩緩點了點頭道：「我又沒有怪你，你怕什麼？」他向後退了一步，黯然坐在太師椅上，低聲道：「起來吧！」

姚文期悄悄用眼角的餘光看了看李天衡，確信他並沒有發怒，這才小心翼翼地站了起來。

李天衡道：「我依然記得，我五十壽辰之日，胡小天奉了朝廷的命令前來封王，那時候林澤豐和趙彥江兩人意圖謀反，想要趁著我疏於防備將我制住，救出周王，幸虧楊昊然提醒，我方才提前得悉了他們的陰謀。」

姚文期點了點頭，這件事他再清楚不過。

李天衡道：「我不怕什麼大康朝廷，我更不會怕什麼胡小天，他們封住我的出路又能如何？我西川數十萬將士一樣有能力與之一戰，可是現在連老天都不站在我的一邊！」說到這裡，他的情緒明顯激動起來，揚起右拳重重擊落在茶几之上，喀嚓一聲，茶几應聲而斷，几面上的茶杯落了一地，摔得粉碎。

姚文期被嚇得打了個激靈。

李天衡道：「我悔不該當初沒聽子謙兄的話，若是我早日出兵拿下紅木川，就不會有今日之窘境，若是我趁著大康虛弱之時東進，現在控制庸江的也就不會是胡小天！」天賜良機，稍縱即逝，現在李天衡徒留悔恨。

李天衡望著一旁噤若寒蟬的姚文期，心中暗歎，若是張子謙活著或許能夠扭轉乾坤吧？張子謙死後，李天衡越發覺得他的重要。其實就算張子謙仍然在世，面對如此的局面也只能一籌莫展。

周王龍燁方在西川已經七年，剛過而立之年，他卻已頭髮花白，看起來就像是個老頭子。被軟禁在西州的歲月裡，他只能沉溺酒色之中，雖然李天衡並未為難他，可是龍燁方感覺自己已慢慢死去，成為一具沒有靈魂的軀殼，一具行屍走肉。這七年間他很少離開秋華宮，這座昔日大康富麗堂皇的行宮，已經成為他的囚籠，他厭倦這裡的一切，唯有醉生夢死方能忘記自己悲哀的現狀。

西川地震，龍燁方曾經祈求秋華宮倒掉，不但是圍牆，甚至包括這裡的一切，將他活埋也好，他不怕死，寧願死也不願苟且偷生地活在世上。然而這場地震震塌了西州多半建築，可他所住的秋華宮依然完好，只是掉落了幾片瓦片。

外面的情況究竟怎樣？龍燁方無從得知，身邊的所有人都不敢對他吐露實情，但凡有敢跟他多說幾句的，其結局必然是死，七年之間已經多次得到了驗證，於是龍燁方變得越發沉默寡言，他懶得說話，也懶得害人。

李天衡的到來讓龍燁方頗感意外，在他被囚秋華宮的歲月裡，李天衡前來這裡的次數屈指可數。

李天衡今日穿便服前來，走入龍燁方的寢宮就聞到一股濃烈刺鼻的酒氣，李天衡不覺皺了皺眉頭，他從骨子裡看不起龍燁方，如果龍燁方表現得再硬氣一些或許還能夠獲得自己的尊重。

龍燁醉眼朦朧地望著李天衡，他呵呵狂笑道：「這不是李大帥嗎？什麼風把您……給吹來了？來得正好，陪我喝酒！」他重重拍了拍一旁的錦團。

李天衡微微一笑，並沒有坐下，仍然站在那裡俯視著龍燁方。

這樣的角度讓龍燁方從心底感覺到不自在，他搖搖晃晃站起身來，望著李天衡道：「你……找本王……有什麼事情？」

李天衡道：「好事！」

龍燁方聽到他的回答忍不住大笑起來，彷彿聽到了天下間最滑稽的事情。他的笑聲卻倏然收斂，充滿怨毒地望著李天衡道：「是不是要殺我了？」

李天衡搖了搖頭道：「我準備送你離開。」

「去哪裡？」

李天衡道：「送你返回康都！」

龍燁方緩緩搖了搖頭，然後一步步向後方退去，停下腳步，毫無徵兆地大吼起來：「你為何還要騙我？我現在生不如死，為何你不肯給我一個痛快！去你的康都，去你的大康，我現在心中只想早點去死！」他抬起腳來，一腳將酒案踢翻，杯盤狼藉散落一地。

李天衡鄙夷地望著他：「你如果真想死，隨時都可以去死，沒人會攔著你。」

他早已將龍燁方看得清清楚楚，周王根本沒有自殺的勇氣。他抽出佩劍扔在地上，道：「給你兩條路，一是去死，二是好好拾掇一下自己，我會送你返回大康。」

龍燁方以為自己聽錯，抬頭再看的時候，李天衡已經離開。

他望著李天衡的背影緊緊握住雙拳，目光又落在地上的那柄劍上，撲了過去，右手顫抖著伸了出去，握起長劍反手橫在自己的頸部，可無論如何也不忍心割下去，龍燁方將長劍用力拋開，大聲嚎哭起來，他不僅是害怕，更懊惱自己無用。

大帥府內，一個灰色身影悄然閃入其中，他對大帥府的地形非常熟悉，輕車熟路地進入東邊的院子，這院落中住著李天衡的兒子李鴻翰。

那灰衣人來到院門外，擦了擦額上的汗，這一路趕得太急，已經是大汗淋漓，輕輕敲了敲院門，沒多久就看到一名武士過來開門，那灰衣人道：「少帥在嗎？」

武士點了點頭，引著他來到演武堂，李鴻翰正在裡面練劍，聽到腳步聲，隨手將劍插入劍鞘之中，轉身望去，沉聲道：「齊竟成，你不在秋華宮老老實實做事，來我這裡幹什麼？」

那灰衣人乃是他昔日屬下齊竟成，新近被派往秋華宮負責周王龍燁方的安全。

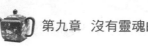

齊竟成有些緊張道：「少帥，小的有要事向您稟報。」

李鴻翰點了點頭，示意周圍武士全都出去，齊竟成確信演武堂內只有他們兩個，方才跪倒在李鴻翰的面前道：「啟稟少帥，剛才大帥去過秋華宮。」

李鴻翰不以為然道：「他去找那個廢物作甚？」他早已忽視了龍燁方的存在，自從大康的實際權力被永陽公主掌控，龍燁方也就失去了相應的價值，在他們的手上無非是一個幌子罷了，可以讓李家在西川的自立有個站得住腳的理由。

齊竟成道：「大帥說要放了周王，要送他回康都。」

李鴻翰聞言一怔：「當真？」

齊竟成道：「千真萬確。」

李鴻翰瞇起雙目，他點了點頭道：「你先回去，有什麼情況馬上回來稟報。」

「是！」齊竟成恭恭敬敬退下。

李鴻翰站起身來走出門外，來到花園之中，一個白髮蒼蒼的老花匠正在那裡修剪花枝。

李鴻翰來到他的面前，表情居然顯得頗為恭敬，低聲道：「師父，出事了！」

老花匠一雙眼睛漠然看了他一眼，然後低聲道：「什麼了不得的事情？」他的聲音有些尖細，像極了女人，可仔細聽又不是。

李鴻翰道：「果然被師父言重，我爹要將周王送還給大康。」

老花匠桀桀笑道：「現在的大康還容得下周王嗎？」

李鴻翰道：「那龍燁方就算回去也是死路一條。」

老花匠點了點頭道：「不錯，永陽公主好不容易才把持大康朝政，又豈肯將到手的權力讓出去？你爹這樣做應該是想表明誠意，只可惜已經錯過了時機。」

李鴻翰道：「師父說得對，就算將周王送回去，大康仍然不會放棄對西川用兵的想法。」

老花匠微笑望著李鴻翰，心中卻罵他鼠目寸光，低聲道：「恐怕你爹的目的不僅僅是想大康退兵那麼簡單。」

李鴻翰愕然道：「什麼？」

老花匠道：「若是我沒猜錯，大帥已經決定歸順大康了。」

李鴻翰用力搖了搖頭道：「不可能，我爹不可能那樣做。」一時間心亂如麻，李鴻翰也曾經雄心萬丈，幻想著有一日李氏可以問鼎中原，父親做了皇帝，以後這皇位理所當然會傳到自己的手中，然而現在卻出現了這樣的變故，若是當真被師父言中，父親歸順大康，那麼李氏一門只怕永遠都無出頭之日。

老花匠看穿了他的心思，拍了拍他的肩頭道：「你是我最喜歡的徒兒，我自然要為你著想，依我看，大帥這次真要歸順，只怕朝廷也饒不了他。」

李天衡這段日子明顯蒼老了許多，他和兒子也有一段時間沒有單獨說話，不得不說，他對兒子有些失望，可失望歸失望，畢竟是自己的骨肉，在決定大事之前，仍然要和他商量一下。

父子兩人相對而坐，李天衡將自己的想法說了一遍，他本以為兒子會認同自己的做法，卻想不到會遭到激烈的反對。

「爹，我不同意歸降大康。」

李天衡歎了口氣道：「鴻瀚，你以為爹想這麼做？西川的境況你也看到了，大康大軍壓境，就算我們不降，他們早晚都會打過來，以我們現在的力量根本不可能和他們抗衡，西川百姓已經飽受天災之苦，難道你忍心看他們再承受戰火之殤？」

李鴻翰大聲道：「爹，在我心中您始終都是一個頂天立地的大英雄，任何事情都無法將您擊垮，可是現在您讓我太失望了。」

李天衡怒道：「大丈夫能屈能伸，識大體，知大局，豈可逞匹夫之勇？」

李鴻翰道：「您以為將周王送給大康就會沒事？當初我們兵強馬壯的時候，大康前來封王你不答應，現在我們陷入困境，你以為大康會接受你的歸降？」

李天衡神情黯然，若非到了逼不得已的地步，他也不會做出這樣的選擇，他低聲道：「大康這兩年雖然風調雨順，但是並未恢復當初的元氣，他們也不想打仗，新近胡小天雖然接受封王，可是此人野心勃勃，無時無刻不對大康社稷虎視眈眈，新近奪了不少的土地，大康若是對我們用兵，胡小天勢必會趁虛而入。」

李鴻翰呵呵笑道：「你又怎麼知道大康朝廷的想法？當年我勸你對大康用兵你

不聽，我勸你殺了胡小天你也不聽，現在好了，大好的局面就因為你的優柔寡斷淪落到如此的地步……」

李天衡聽到他竟敢當面指責自己，不由得勃然大怒，揚手甩了他一記響亮的耳光，怒道：「豎子無禮，竟敢跟我這樣說話！」

李鴻翰捂著面孔，一張英俊的面龐因為憤怒和羞辱變得通紅，他大吼道：「您真是威風煞氣，可也只是在我面前擺擺架子而已，連和康軍正面作戰的勇氣都沒有，你怎麼讓將士們心服？爹！你是不是老糊塗了？」

李天衡抓住劍柄怒吼道：「我今日就殺了你這逆子！」

李鴻翰仰起脖子道：「殺！你現在就殺了我，我就算死了也好過奴顏婢膝地去看別人臉色！」

李天衡怒極，正欲發作之時，外面卻衝進來一個身影，卻是他的義子楊昊然，楊昊然上前將李鴻翰抱住，連拖帶拽地將他拉了出去，口中道：「義父息怒，他喝多了，他喝多了！」

其實此時還沒到午飯時間，李鴻翰連飯都沒吃，哪來的酒喝？李天衡欠缺的恰恰是一個藉口，他總不能當真將自己的親生兒子給殺了。

李鴻翰雖然被楊昊然強拉了出去，可是他的憤怒依然如火山爆發無可抑制，雖然是父親的決定，可是他卻有一種失去一切的感覺，失去西川，失去地位，失去權力，失去夢想！他早已將自己視為西川未來的主人，可是心願還未完成，父親就要將這一切本該屬於自己的東西全都送出去，李鴻翰豈能甘心。

楊昊然將李鴻翰拽到隔壁的院落之中，李鴻翰用力掙脫開他的手臂，怒吼道：「我們家的事情輪不到你一個外人插手！」

楊昊然歎了口氣道：「義兄，我雖然是一個外人，可是大帥待我恩重如山，我為李家赴湯蹈火，就算犧牲性命也在所不辭。」

李鴻翰平日裡和楊昊然關係一直不錯，剛才那番話也是一時氣憤，口不擇言，說出之後，內心中頓時有些後悔，他轉過身去，狠狠一拳砸在大樹之上，蓬的一聲，樹皮凹陷下去，樹葉因為這強烈的震動簌簌而落。他的面孔因為痛苦而扭曲，壓低聲音道：「昊然，你不是我，又怎麼會懂得我的痛苦，爹要將周王送回大康，還要帶著我們向大康俯首稱臣！」

楊昊然在李鴻翰身後發出一聲驚呼：「什麼？不可能，義父怎麼會做出如此不智的選擇？以往西川強盛，大康衰微，若是攜西川歸順，必被看重，或許還能夠享受榮華，確保一世安康，可現在西川如此局面，朝廷即便是接受了我們的歸降，也不會將我等看在心上，更何況我們此前和朝廷對立了那麼久，還軟禁了周王。誰又能保證，我們歸降之後，朝廷不會對我等施以報復？」

這番話說到了李鴻翰心裡，他重重點點頭道：「我也是這樣奉勸爹爹，可是他非但不聽，反而對我大肆辱罵，真不知他心中究竟作何感想？」

楊昊然道：「其實義父做出這樣的選擇也是無奈之舉，有句話我不知當講還是不當講，自從張先生去世之後，義父做事就變得猶豫不決，鄖陽戰敗之後，這種狀況變得越發嚴重，此前的地震傷亡慘重，義父似乎完全喪失了信心，其實我們西川還有數十萬將士，數百萬百姓，地勢險要，沃野千里，只要挺過眼前的艱難局面，仍然有復興的機會，只可惜義父再也沒有了昔日的雄心，一個人一旦喪失了信心，自然就談不上什麼鬥志。」他長歎了一口氣道：「義兄，既然義父都已經做出了決定，你我兄弟也只有遵從了。」

李鴻翰重重搖了搖頭道：「不行，我們辛辛苦苦開創的基業憑什麼拱手送給大康？這西川不僅僅是我爹一個人的，還是兄弟們拋頭顱灑熱血方才開創的一番天地，豈能因為他的一句話白白送人。」

楊昊然拍了拍李鴻翰肩頭道：「義兄，義父做出的決定西川無人能夠更改。」

李鴻翰用力咬著嘴唇，連血都滲了出來，他不甘心。

楊昊然壓低聲音道：「其實還有一個辦法……」

李鴻翰轉向楊昊然，目光中充滿了期待。

楊昊然道：「義父認為大康能夠接納我們，可是如果朝廷認為我們不值得原諒，那麼大帥也就自然死心了。」

李鴻翰經他的提醒馬上想起了什麼，雙目中迸射出凜冽的殺機：「龍燁方！」殺掉龍燁方，他們自然就成為大康不可原諒的罪人，那麼父親歸降的計畫就會全盤落空，大康也就會視他們為永遠的敵人，也只有這種方法才能保住西川。

福禍相依，往往在幸福即將到來之時，厄運也會悄然降臨，龍燁方被囚七年，總算盼到自由之日，在確信李天衡並沒有欺騙自己後，他彷彿突然煥發了新生，忙著沐浴更衣，準備行裝，雖然龍燁方現在已是大康最可能繼承皇位的皇子，可是他心中卻沒有一絲一毫對於皇位的野望，他只想儘快返回故土，安安靜靜地生活就好，哪怕是沒有王族的身分他都不會在乎。

房門被輕輕敲響，龍燁方停下手上的工作，警惕道：「誰？」

護衛齊竟成的聲音從外面傳來，龍燁方這才鬆了口氣，七年的囚禁生涯讓他變得謹小慎微，凡事都太過警惕。

得到他允許後，齊竟成推門走了進來，跟他一起進來的還有西川少帥李鴻翰。看到李鴻翰，龍燁方不禁有些吃驚，平日裡李鴻翰很少會到秋華宮來，他對李鴻翰有著說不出的畏懼，畢竟當年落入李氏之手，就是由李鴻翰親自實施。有些慌張道：「李將軍……來了。」

李鴻翰哈哈大笑，打量了一下龍燁方道：「周王殿下今日精神了許多，果然是人逢喜事精神爽，對了，我還忘了恭喜您了！」他向龍熚方抱了抱拳。

龍熚方強行擠出一絲笑容道：「何喜之有？」

李鴻翰道：「欣聞殿下要重返康都，所以鴻瀚特地奉了父帥之命前來給您送行！」他向齊竟成使了個眼色，齊竟成道：「進來吧！」

卻是一名侍衛端著托盤走了進來，托盤內放著一壺酒，還有三個酒杯。

齊竟成接過之後，那侍衛退了出去。

李鴻翰抓起酒壺緩緩將三隻杯子斟滿，微笑道：「周王殿下在西川七年，這七年裡面，我們李氏待你也算不薄，不知周王心中作何感想？」他端起一杯酒向龍熚方遞了過去。

龍熚方望著那杯酒，臉上流露出惶恐之色，他吞了口唾沫，喉結上下蠕動。

李鴻翰看出了他心中的恐懼，呵呵笑道：「殿下擔心酒中有毒？那好，我先乾為敬！」他將這杯酒仰首飲盡，然後端起另外一杯，送到龍熚方的面前。

龍熚方顫聲道：「我……我戒酒了……」

李鴻翰彷彿聽到了天下間最可笑的事情，哈哈大笑起來。

龍熚方道：「我……我對天發誓……發過毒誓……若是我再……再飲酒就讓我腸穿肚爛不得好死……」

李鴻翰點了點頭：「果然夠毒，看來我也不好逼你喝酒。」他將這杯酒也喝了，緩步走向龍燁方。

龍燁方嚇得連連後退。

李鴻翰道：「殿下有沒有想過，我若是真想殺你，又何必在酒中下毒那麼麻煩？」他端起了第三杯酒：「周王殿下不至於連這點面子都不肯給我吧？」

周王龍燁方望著再度送到自己面前的那杯酒，他終於下定了決心，顫抖著將那杯酒接過。

李鴻翰道：「殿下喝了這杯酒，我就送你出門。」

「去哪裡？」

「你該去的地方！」

龍燁方一橫心，將那杯酒飲了下去。

李鴻翰接過他手中的酒杯，輕聲道：「你為何不堅持到底？其實這酒壺是有玄機的，前兩杯酒沒事，這最後一杯酒……」他嘿嘿冷笑了起來。

龍燁方忽然感到腹如刀攪，痛得他捂住肚子，跪倒在了地上。

李鴻翰俯視著他，極其無辜地揚起了雙手，撇了撇嘴唇道：「跟我沒關係，你自己發的毒誓，如果我是你，就不會喝這杯酒。」

「你……你不怕我……我大康雄師，將……將西川夷為平地……」

李鴻翰冷笑道：「怕！真的很怕，但前提是他們得有那個本事，就算他們有，也得在乎你的性命。」他抬起腳來一腳將龍燁方踏翻在地，然後抽出佩劍。

李天衡聽到周王被殺的消息，震驚得難以言表，他抑制不住內心的憤怒，大吼道：「把那個逆子給我抓來！」

「不用麻煩！」李鴻翰緩步走了進來，隨手一丟，龍燁方那顆血淋淋的人頭扔在了地上，嘰哩咕嚕滾到了李天衡的腳下。

李天衡目眥欲裂，咬牙切齒道：「逆子，你知不知道你害了西川？」

李鴻翰道：「害西川的另有他人，爹，龍燁方已經死了，你還拿什麼去和大康討價還價？」

李天衡怒道：「我殺了你這畜生！」他抽出佩劍一劍劈向李鴻翰。

李鴻翰冷哼一聲，腳步一晃，李天衡面前虛影閃現，他這一劍劈了個空。

李鴻翰緩緩搖了搖頭道：「我是你兒子，你居然對我下殺手？」

李天衡道：「我沒你這個兒子！你最好乖乖給我束手就擒，我要將你送去大康負荊請罪！」

「老糊塗了你！」李鴻翰怒吼道：「我是你兒子！你居然要把我送給朝廷？」

李天衡又是一劍揮落。

李鴻翰挑起李天衡的長劍，強大的膂力震得李天衡手臂發麻，李天衡的表情充滿錯愕，他不知兒子何時武功進境到如此的地步。李天衡怒視李鴻翰道：「你忍心西川的百姓因為你的一己私利而墮入水火之中？」

李鴻翰擋住李天衡的來劍，隨即用力一劈，強大的攻擊力震得李天衡向後方接連退了三步，手中的佩劍幾乎拿捏不住。

李鴻翰道：「你老了！頭腦不管用了，西川在你的手上每況愈下，日漸式微，你還霸佔著權力不放，獨斷專行，想要將我們所有人都帶入萬劫不復的深淵嗎？」

李天衡怒道：「你這忤逆不孝的東西，我早該看出你野心勃勃。」

李鴻翰冷冷道：「我還沒傻到要跟你一起去送死！」向前跨出一步，強大的殺氣從四面八方向李天衡壓榨而去。

李天衡為之色變，他從未想過兒子的武功竟然提升到這樣的境界，李天衡內心中感到前所未有的恐懼，這小子難道想弒父？他挺起長劍指著李鴻翰道：「你以為這樣做就能讓我屈服？你以為西川的將士就會服從於你？」

李鴻翰道：「交出虎符印信，向所有人宣佈你將讓位於我！」

李天衡怒道：「白日做夢！」

噹！又是一聲震徹耳膜的衝撞，李天衡再度被震得踉蹌後退，他的內心中湧出一陣悲哀，或許兒子說的沒錯，老了，自己畢竟還是老了。

李鴻翰冷冷望著父親，他清楚地知道，不是父親變弱了，而是自己在迅速變強，他已經擁有了獨當一面的能力，他完全可以帶領西川走出困境，靜靜望著父親，一字一句道：「你扛不住，我來！」

李天衡怒視李鴻翰道：「逆子，現在放下武器，我還會饒你一命！」

李鴻翰道：「現在的你又能耐我何？」

李天衡歎了口氣手中劍尖垂落了下去，他點了點頭道：「孽障！也罷，事已至此，我給你就是……」他伸手在懷中摸了一下，然後將一物向李鴻翰扔去。那物脫手之後就炸裂開來，蓬的一聲煙塵瀰漫，粉紅色的迷霧將周圍籠罩。

李鴻翰想要屏住呼吸已經來不及了，聞到一股香甜的味道，身體頓時感覺酥軟無力，甚至連劍都握不住了，長劍噹啷一聲落在了地上。

煙霧散去，李天衡冷酷絕情的面孔漸漸變得清晰起來，他緩緩走向李鴻翰，望著這個親生骨肉，目光中充滿了失望和憤怒。

李鴻翰道：「爹……你……你竟然對我下毒……」

李天衡冷笑道：「你以為自己的翅膀已經夠硬？足以撐起整個西川？呵呵……我有沒有教過你？對一個真正的王者來說，最重要的不是武功，而是這裡！」他指了指自己的腦袋，然後狠狠一腳踢在李鴻翰的腹部，踢得李鴻翰躬下身去，捂著肚子，發出一聲強忍疼痛的悶哼。

李天衡道：「張先生沒有說錯，你根本沒有繼承家業的本事，你甚至不配做我的兒子！」他又是一腳踢得李鴻翰翻滾了出去。

李鴻翰顫聲道：「爹……爹饒命……我……我沒想過要殺您……」

「沒想過？你以為我感覺不到你剛才的殺機？留你這樣忤逆的畜生在世又有何用？」他緩緩將利劍舉起。

森寒的劍光照耀在李鴻翰的雙目之上，讓他肝膽俱寒，他聲嘶力竭地叫道：「師父……」

李天衡不屑道：「我還以為你有多大的膽子，竟然嚇得連親爹都不認識了！」

一個陰惻惻的聲音在門外響起：「他不是叫你，而是叫我！」上半句還在門外，可下半句的聲音卻從李天衡的背後飄來。李天衡只看到一道虛影，他慌忙轉過頭去，沒等他看清對方的身影，腹部已經受了一記重擊，他的身軀倒著飛了出去，撞擊在牆壁之上，然後又摔落在地上，手中的長劍也脫手飛出，劍鋒直奔李鴻翰的咽喉而去。

李鴻翰明明看到劍鋒刺來，可偏偏中毒之後手足痠軟，根本無力避開，嚇得大聲慘叫起來。

一隻乾枯的手掌搶在劍鋒刺中他之前將劍鋒抓住，然後將劍柄遞給了他，李鴻翰握住劍柄，緩緩站起身來，沒等他心中做出決斷，那乾枯的手掌在他肩頭輕輕一拍，李鴻翰就不受控制地向前衝去，噗！手中劍深深刺入了李天衡的胸口。

第十章

陰　謀

熊天霸看出其中的陰謀，嚷嚷道：
「三叔，這是個大陰謀！那永陽公主又是什麼好人？
她才不會那麼好心讓你當什麼使臣，
還說把西川的一半地盤劃給你，騙三歲小孩子吧，
這其中一定有詐，而且那個慕容展看著跟鬼似的，
你跟他結伴同行，還不知途中要怎麼害你！」

李天衡瞪圓了雙目，愕然望著自己的兒子，目光中充滿了不甘和震驚。李鴻翰的表情同樣吃驚，他剛才還在猶豫是不是要下手？畢竟這是自己的父親。

那陰惻惻的聲音在他身後再度響起：「想成為真正的王者，需斬斷七情六欲，你不殺他，他就殺你，為師只能幫你到這裡，何去何從，你自己好自為之……」那身影已經飄然而去。

李天衡的雙手握住劍鋒，他的掌心被劍刃割破，鮮血汩汩流下，望著自己的兒子，恍惚中彷彿看到他從襁褓到蹣跚學步的時候，李天衡的唇角露出一絲笑意。

李鴻翰滿頭大汗，喃喃道：「我不想……我不想的……」

「畜生……你……會後悔的……」李天衡艱難地說完了這句話，頭顱緩緩垂落下去，他的屍體仍然站在那裡，屹立不倒。

李鴻翰放開了手中劍，他又感到手足痠軟，正準備從父親懷中搜尋解藥，聽到外面急促而紛雜的腳步聲。李鴻翰帶著哭腔大喊道：「抓刺客，抓刺客！」

楊昊然率領武士衝了進來，看到眼前的情景，所有人都是大吃一驚。

李鴻翰滿臉都是淚水：「快抓刺客……他殺了我爹……逃了……」

楊昊然抱住李鴻翰的身體，大聲道：「少帥，我們看到了，是那個花匠，他剛剛從這裡逃了出去，還殺了我們的兩名侍衛。」

李鴻翰惶恐的內心此時方才感到稍稍平復下來，應該是師父在外面故布疑陣，是，是他殺了父親，如果不是他推了自己一把，自己或許不會親手把劍刺入父親的心口。

李鴻翰道：「我中毒了……我中毒了……」

楊昊然道：「少帥不必驚慌，我馬上請人為您醫治。」

鄖陽的局面漸漸穩定，以袁青山為首的鄖陽將士明顯接受了現在的命運，這不僅僅因為他們對大康以及蘇宇馳此前的所為失望透頂，還因為胡小天籠絡人心的手腕的確非常高明。

胡小天準備返回東梁郡的時候，西川方面卻突然傳來了李天衡的死訊。

為他最早帶來這個消息的卻是丐幫夔州分舵舵主孟廣雄，一直以來丐幫都肩負著收集各地情報的工作，孟廣雄是胡小天的舊識，也是丐幫年輕一代中的佼佼者，胡小天對他極為看重。

孟廣雄此前一直留在大雍臨時負責丐幫江北分舵的重整事務，月前方才獲准返回西川，可是途徑鄖陽就聽說了李天衡遇害的消息，所以他第一時間將消息通報給胡小天。

胡小天聽到這個消息的時候也覺得不可思議，李天衡在這個時候死去只會加重西川的亂局，他首先質疑這件事的真實性：「廣雄，此事當真？」

孟廣雄道：「千真萬確，據說李天衡是被大康刺客所殺，他兒子李鴻翰也受了傷，現在李鴻翰已經在眾人的推舉下成為新的統領。」

胡小天道：「子承父業倒也應當，只是這樣一來，西川豈不是更加混亂？」

孟廣雄道：「我也是過來說一聲，這就得趕回去，我必須要在這場仗打起來之前安置好我的那幫兄弟。」大康已經在西川東南邊境集結大軍，擺明了要趁著西川內部混亂的時候給予重擊，搶佔昔日失去的地盤。

胡小天道：「倒也不急，明日再走不遲，大康雖然屯兵西南，可至今仍然按兵不動，李天衡那個人優柔寡斷，可他兒子李鴻翰更是心胸狹窄，我看西川在李鴻翰手裡狀況必然更加惡劣，那群將士也未必會對李鴻翰心服。」

孟廣雄道：「話雖然這麼說，可我這心裡終究還是不踏實。」

胡小天道：「已經是晚上了，明日再走不遲，咱們兄弟這麼久不見，怎麼也要吃頓飯再走。」

盛情難卻，孟廣雄也只好答應下來。

胡小天讓人準備酒宴的時候，卻有人通報說大康使臣到了。

胡小天心中暗忖，自從自己奪了鄖陽之後，傳來大康封賞自己的消息，可是直到現在都沒見聖旨和賞賜下來，畢竟康都和鄖陽一東一西相隔遙遠，使臣抵達這裡也需要一段時間。

這次前來的使臣只有一個，讓胡小天意外的是，來人乃是大內侍衛統領慕容展。

慕容展依然像過去那樣冷漠，白髮如霜，面無表情。

胡小天滿面堆笑迎了上去：「我當是誰？原來是慕容統領，您不在康都守護皇上，來鄖陽這座偏僻的小城卻是為了何事？」

慕容展冷冷道：「我身為大康之臣，來到大康的土地上有什麼不對嗎？」

胡小天嘿嘿笑了一聲：「慕容統領來得正好，我今晚設宴為老友接風洗塵，慕容統領剛好跟著湊上一桌。」言語中明顯抱著對慕容展的輕視。慕容展卻並沒有動怒，將一封信遞給胡小天道：「王爺，公主殿下委託我交給你的信！請王爺親啟！」

七七看完大雍禮部尚書孫維轅遞交的國書，微笑點了點頭道：「多謝貴上的問候，大康大雍乃是一衣帶水的鄰邦，素來交好，這些年來交往頻繁，互利互惠，本宮也希望兩國的和平能夠長久維持下去。」

孫維轅笑道：「公主殿下，今次小使奉陛下之命前來，加深兩國友情是一，還有一件事情需要和公主殿下當面相商。」

七七道：「尊使儘管明言。」

孫維轅道：「五年前，大康安平公主和我國七皇子聯姻，原本是一件普天同慶的大喜事，只可惜在雍都遇刺，公主殿下香消玉殞，陛下心懷歉疚，於是將東梁郡割讓給貴國，以此來表達歉意。」

七七點了點頭道：「確有此事。」

孫維轅又道：「然貴國鎮海王大婚之時，鎮海王妃非但閨名，而且長相和安平公主一模一樣，此事令大雍上下困惑不已，當年胡小天乃是大康遣婚使，當時到底發生了什麼事情，其中到底有什麼玄機，還望貴國給我們一個確切地說明。」其實現在胡小天迎娶龍曦月之事已經是天下皆知，誰心中都明明白白，既然安平公主沒死，那麼就證明當年胡小天從中做了手腳，瞞天過海將安平公主救出，大雍自然就吃了一個大虧，非但沒有得到安平公主，反而因此賠進去了一座城池。

七七當然心知肚明，可是在大面上卻仍然要進行維護，畢竟現在胡小天是大康的鎮海王，若是推翻了以往的事情，非但是胡小天在道理上說不過去，連帶著整個大康都變得理虧，七七道：「外界那些無憑無據的謠言最好不要相信吧，安平公主當年於雍都遇害，遺體也回歸故里，我方為了謹慎起見，特地請多位高人驗證，足可證明死去的就是安平公主無疑，這個世界上長得一模一樣的人並不少見，同名同姓的人更是數不勝數，尊使大人又何必無事自擾呢？」

這句話等同於說孫維轅就是庸人自擾。

孫維轅笑道：「小使也覺得不可能，可是偏偏我家陛下對此深信不疑，有些誤會還是儘快澄清得好，想要驗證一個人的身分並不困難，公主殿下可否下令讓鎮海王妃配合？」

「配合什麼？」

孫維轅道：「我們剛巧找到了當年在紫蘭宮伺候安平公主的宮女太監，只消他們去見一見鎮海王妃，這個謎團自然迎刃而解。」

七七冷冷望著孫維轅，看來這次他們是有備而來，不過話說回來，當年胡小天非但拐走了龍曦月，還順手讓大雍賠了一座城池，如今真相大白，誰也不會輕易咽下這口氣。孫維轅的要求看似無禮，實則並不過分。

七七本想拒絕，可轉念一想此事於己何干，不若做個順水人情，於是輕聲歎了口氣道：「既然貴國存疑，解釋清楚倒也不失為一件好事。」

孫維轅知道她應允了這件事，躬身行禮道：「多謝公主殿下深明大義。」

七七暗自好笑，難道我答應就是深明大義，不答應就是不通情理？其實答應是人情，不答應是本份，其實自己答應與否根本無關大局，到了胡小天那裡，他未必買帳。不過他不買帳就是抗旨不尊，剛好又讓自己抓住了一個把柄。

孫維轅要求的事情卻並不止這一件，他又道：「公主殿下，還有一事，五年前貴國曾經借走了東洛倉，算起來歸還之期已經過了半年，然貴國仍無主動歸還的跡象，想來貴國是忘了這件事。」

七七秀眉微顰，這大雍使臣果真是得寸進尺，東洛倉的事情她當然清楚，當年是胡小天偷襲並強佔，後來大雍看到既成事實，於是派出長公主薛靈君前往談判，最終讓步借給了胡小天五年，算起來這期限早已到了。她面露不悅之色：「此事你好像找錯了地方。」

孫維轅道：「契約之上蓋著大康的玉璽，當年的出借文書也是大康文太師簽訂。」胡小天當年只不過是東梁郡的統領，所以他沒資格簽署這樣的文書，雖然東洛倉是他一手奪走，也是他和薛靈君親口商定五年之期，可合約的最終簽署卻是大康朝廷所為，是以孫維轅並沒有找錯地方。

孫維轅大聲道：「當年所簽訂的文書小使也帶來了，公主殿下不妨過目。」

七七冷冷道：「不必了，文太師！」

「老臣在！」文承煥顫巍巍從文臣班列中走出，他最近一直稱病在家，如果不是七七特地讓人請他上朝，他仍然不會出現。

七七道：「東洛倉的事情你是否記得？」

文承煥咳嗽了一聲，躬身作揖道：「啟稟殿下，確有其事，當初簽訂合約的時候乃是三月初，如今已經七月下旬了。」

七七道：「此事倒是本宮忽略了。」她向孫維轅微笑道：「國與國之間最終信義，既然合約上這樣寫，自然要應該兌現，尊使不必擔心，本宮馬上下旨，讓鎮海王返還你們的東洛倉。」

「多謝公主殿下！」孫維轅大喜過望，想不到今次前來居然如此順利。然而朝上百官卻並不看好這件事，雖然當初簽訂合約的乃是大康朝廷，可東洛倉的實際控制權仍然在胡小天的手裡，東洛倉位於他領地最北方，戰略意義極其重要，胡小天不會輕易放手，就算七七下旨，他也未必肯答應將東洛倉交還給大雍方面。七七下旨的目的也只是給胡小天造成點麻煩，讓天下人都知道這廝背信棄義。

此時洪北漠匆匆進入朝堂，他的出現讓眾朝臣有些好奇，畢竟洪北漠很少上朝，不知他此時出現有什麼重要的事情。

洪北漠果然有重要的事情相告。

孫維轅身為大雍禮部尚書當然也是極有眼色之人，他今次前來的目的都已經達到，適時告退。

洪北漠等到孫維轅離去之後，方才上前道：「公主殿下，剛剛收到西川方面的消息，李天衡遇刺身亡了！」

此言一出，滿朝皆驚，對大康而言這算得上一個好消息。

七七聽到這消息後卻沉默了下去，她首先想到的是李天衡究竟死於誰人之手？

洪北漠道：「根據目前得到的消息，他們將矛頭指向我朝，說是大康派出殺手刺殺了李天衡。」

其實文武百官多數都認為這件事可能是大康幹的，畢竟現在大康在西南集結大軍，自然想西川越亂越好，如今李天衡死了，群龍無首，西川的內部局勢必然混亂不堪，正是大康用兵的絕佳時機。

七七怒道：「簡直是一派胡言！」當著滿朝文武她否定了這個質疑。

洪北漠道：「目前由李天衡之子李鴻翰繼承他的權位，西川內部暫無異動。」

七七擺了擺手，示意眾人退朝，只留下洪北漠、周睿淵和文承煥三人。她輕聲道：「此事蹊蹺，李天衡在此時被殺，何人得利？」

周睿淵道：「在外界看來自然是大康得利，畢竟我方屯兵西南，天下人都認為我們要進攻西川。」

太師文承煥道：「周大人此言差矣，李天衡遇刺，得利的可不是我們大康一方，胡小天趁著西川地震，攻城掠地，不但侵佔了鄖陽，還趁機得到了西川東北的大片土地，還有西川的鄰國，他們都可能從中獲益。」

七七站起身來，來回踱了幾步道：「從中獲益最大還是李鴻翰。」

眾人都是微微一怔，永陽公主的想法果然和他人不同，不過所有人也不得不承認她說得有道理，李天衡死後，作為他唯一繼承人的李鴻翰理所當然就成為西川首領，雖然弒父奪權乃是天理不容之事，可是這樣的事情在皇室並不少見，永陽公主雖然年紀不大，卻親身經歷了皇宮爾虞我詐相互殘殺的無數事情，所以她首先想到李鴻翰謀害李天衡也很正常。

文承煥道：「殿下這麼一說，也有可能。」

周睿淵卻搖了搖頭道：「李鴻翰雖然名聲在外，可是以微臣對此人的瞭解，他卻沒有太大的本事，弒父奪權只怕沒這個魄力。」

文承煥不屑笑道：「周大人難道忘了，人是可以改變的。」

洪北漠道：「李天衡這個人做事優柔寡斷，其子李鴻翰卻是激進衝動，不排除他們父子產生矛盾的可能，微臣反倒擔心周王殿下的安危。」

其實幾人心中都在想著周王的事情，可是除了洪北漠之外，沒有人敢主動提起，畢竟誰都看出七七的權力欲極強，就算周王活著回歸，她也不可能將手上的權力拱手相讓。

七七想了想道：「此事必須儘快調查清楚。」她的目光在三人臉上掃了一眼，輕聲道：「依你之見，派誰去最合適？」

三人同時沉默了下去，過了一會兒，文承煥道：「依臣之見，此事讓胡小天去解決最好。」

七七皺了皺眉頭道：「他只怕沒那麼聽話。」

文承煥嘿嘿笑道：「大雍使臣的事情公主殿下難道忘了？公主殿下可以用幫他

解決這個麻煩作為條件！他要是不答應，一旦事發，何以在天下人面前立足？」

洪北漠在這一點上居然和文承煥有著同樣的看法，他贊同道：「我看文太師的想法不錯，在西川的事情上，胡小天和我方擁有著相同的利益，就算我們不派他去，他也一定想將這件事搞個清楚弄個明白。」

文承煥道：「就說派他前往西州弔唁李天衡，為大康澄清此事，追封李天衡為王，順便勸降李鴻翰。」

七七道：「你當胡小天是傻子嗎？冒著這麼大的風險前往西州？」

文承煥道：「兩國交兵不斬來使，更何況我方大軍屯集在西川邊境，那李鴻翰也不是傻子，除非他想自尋死路，否則不會做出斬殺使臣的事情。」

洪北漠道：「文太師所言極是，而且胡小天向來野心勃勃，他雖然不會老老實實地為朝廷辦事，但是他對西川覬覦已久，想必不會錯過這個千載難逢的良機。」

七七道：「你是說，他會打著為大康出使的旗號辦自己的事情？」

洪北漠微笑道：「公主殿下明鑒，胡小天最擅長做的事情就是公器私用！」

七七點了點頭，想了一會兒方才道：「依你之見，派誰去當使臣最為合適？」

洪北漠道：「慕容展！」

胡小天看過七七的這封密函，特地留意了一下落款，日期是在兩天之前，也就是說慕容展從康都趕到鄖陽只用了兩天的時間，這速度可真是夠快，他並沒有馬上說話，而是將密函慢慢整理好了塞入衣袋之中，自從大婚之後，胡小天就在服裝設計的道路上越走越遠，對衣服進行了不少改良，當然不至於再像婚禮當日穿著西裝打著領帶出來，不過在細節上進行一些人性化的加工還是必要的。

慕容展也很能沉得住氣，灰白色的雙目靜靜望著胡小天等待他的回覆。

胡小天向慕容展做了個邀請的手勢：「慕容統領請用茶！」

慕容展點了點頭，蒼白的面孔上仍然沒有絲毫的笑意，端起茶盞抿了一口。卻聽胡小天道：「這信裡的內容，慕容統領想必清楚吧？」

慕容展搖了搖頭道：「公主殿下給王爺的私信，我怎麼敢看？」

胡小天呵呵笑道：「慕容統領還是像過去那樣古板，換成是我，一定抑制不住好奇心，偷偷拆開看了再用火漆封好，既滿足了好奇心還不會露出半點破綻。」

慕容展道：「論到變通在下自愧弗如，在下已是知天命之年，想要改變也是來不及了。」

胡小天道：「稟性難移，是好事也是壞事，慕容統領在感情上想必也是從一而終吧？」

慕容展兩道白眉皺起：「多謝王爺關心，在下的家事無需他人過問。」

胡小天呵呵笑了起來：「我只是對飛煙關心，可不是關心你。」

慕容展強壓怒火，這廝實在是太猖狂了，擺明了想要挑釁。

不過胡小天也沒有繼續這個話題，輕聲道：「大雍還嫌自己的麻煩不夠多？居然還敢派人前來索要東洛倉？當年我的確說過借東洛倉五年，可簽下合約的是朝廷，我可沒說過一定要把東洛倉還給他們。」

慕容展真是哭笑不得，這廝果然皮厚心黑，從一開始就準備賴帳，不過他對東洛倉的事情並不關心，永陽公主派他前來也不是為了這件事。

胡小天道：「公主殿下真是有趣呢，想讓我為她做事只管直接開口差遣就是，居然還開出條件，你知不知道她開出了什麼條件？」

慕容展沒說話，一副漠然置之的模樣。

胡小天道：「慕容統領，你很不配合嘍！」

慕容展道：「不知王爺讓我怎樣配合？」

胡小天道：「公主殿下說讓你陪我前往西川弔唁，順便勸降李鴻翰，這麼大的事情難道你一丁點兒都不知道？」

慕容展道：「倒是聽說一些，可公主殿下並未詳細說明，只是說王爺怎樣吩咐，在下就怎樣去做！」

胡小天看到他不死不活的樣子心中暗罵，我讓你去死你去不去？可他心中再不待見慕容展，畢竟人家也是慕容飛煙的親爹，自己的岳父，看在慕容飛煙的份上也不能讓他太下不來台，胡小天道：「要是我不去呢？」

慕容展道：「無論王爺去不去，在下都要去這一趟。」

胡小天道：「慕容統領先去休息吧，我要好好考慮一下。」

慕容展起身告辭，臨行之時不忘叮囑道：「還望王爺儘快給我一個答覆。」

即便是熊天霸這樣一根筋的小子也能夠看出其中的陰謀，嚷嚷道：「三叔，這是個大陰謀！那永陽公主又是什麼好人？她才不會那麼好心讓你當什麼使臣，還說把西川的一半地盤劃給你，騙三歲小孩子吧，這其中一定有詐，而且那個慕容展看著跟鬼似的，你跟他結伴同行，還不知途中要怎麼害你！」

宗唐道：「連熊孩子都能看明白的事情我也懶得再說，主公一定看得清楚。」

熊天霸連連點頭道：「是啊，我都能看出來，她自然騙不過三叔的。」

夏長明道：「明知騙不過，卻為何要騙？」

熊天霸道：「女人嘛！因愛生恨唄，三叔娶了映月公主沒娶她，她當然對三叔恨之入骨，所以想盡一切辦法要坑害三叔。」

眾人頗感驚豔，發現熊孩子今天的腦殼出奇地好用。

胡小天微笑道：「永陽公主雖心狠手辣，可絕不是一個心胸狹窄之人，在大局方面看得很清楚。」他站起身來，緩緩踱了幾步道：「她一定認為我想得到西川，就算沒有她的委派，我也一定會將西川的事情查個水落石出，所以才將計就計。」

孟廣雄道：「就算想查也未必一定要跟她合作，也無需王爺親自前往，這件事不如就交給我來辦，在西川我辦事還是有些把握的。」

胡小天道：「別看大康在邊境集結兵馬，但是以他們目前的國力並不支持他們發動對西川的戰事，所以他們直到現在都沒有發動攻擊，李天衡遇刺，西川內部必然出現混亂，大康連這個契機都沒有把握，反而想要派出使臣勸降，足以證明他們並沒有做好戰爭的準備。」

孟廣雄道：「還有一種可能，大康朝廷內部意見並不統一。」

胡小天點了點頭，洪北漠和七七他們真正的重點或許還在皇陵，對西川遠沒有外界想像中那樣看重。以七七的聰明才智，她又怎能不會想到自己會產生懷疑？僅僅用將西川的土地分給自己一半這個誘餌很難讓自己心動，至於幫助自己應付大雍的藉口就更可笑了。古往今來欠債的才是大爺，大雍最近內外交困，他們又哪有時間來對付自己？

李天衡的死太過突然，外面到處瘋傳刺殺李天衡的是大康，從七七的反應來看，這件事應該不是她所為，否則她就沒必要多此一舉。可如果排除了大康，那麼殺害李天衡的真凶又是誰呢？胡小天總覺得這件事沒那麼簡單，七七在這一點上無疑是瞭解自己的，她知道自己的好奇心，所以才會讓慕容展前來。

胡小天輕聲道：「無論他們找不找我，我都有必要去西州一趟！」

眾人都沉默了下去，胡小天只要做出決定的事情就很難更改。

過了好一會兒，梁英豪道：「如果是一個圈套呢？」

胡小天道：「就算是圈套，我也能夠全身而退。」

「我跟你去！」宗唐率先表態道。

胡小天搖了搖頭：「沒必要，既然朝廷委派我為使臣，那麼我就跟著慕容展一起走。」

熊天霸道：「三叔，那女人不能信，你小心再被她騙！」

胡小天道：「我們表現得太過警惕反而不好，此番前往西州，慕容展和我應該是同仇敵愾，你們不必擔心我的安全。」

孟廣雄道：「從鄖陽到西州的道路因為地震中斷多處，至今尚未打通，想要在最短的時間內抵達西州，必須要翻山越嶺。這條路我最熟悉，還是我跟著王爺一起去，反正我也要回西川，論到對西川之熟悉，在座的兄弟沒有比我更加熟悉。」

此番追隨慕容展前來的還有旋風十六騎，這十六人是慕容展身邊最精銳的武士，他們所乘的坐騎也都是日行千里的駿馬，這才得以短短兩日從康都抵達鄖陽。

然而他們的千里馬在接下來的路途中卻派不上用場，出鄖陽以西七十里就進入山區，山區道路崎嶇險峻，而且因為前陣子的西川地震造成多處道路中斷，除非這些千里馬生出雙翅方才能夠飛躍群山直達西州。

胡小天對此早有心理準備，將坐騎交給護送他們一路前來的梁英豪帶回。

慕容展對他們選擇這條道路深感不解，禁不住向胡小天抱怨道：「若是按照我的路線，向南繞行這道路會好走得多。」

胡小天微笑道：「這條路安全一些。」向南就進入了大康腹地，他沒那麼傻，陪著這幫人深入其中，還不知道會有怎樣的變數。這條路雖然險峻一些，可是對他們這些武人來說也構不成太大的困難，一到夏日，飛梟例行飛往北方避暑，導致胡小天沒有了這最快捷的交通工具可用。不過這樣也有好處，途中可以調查一下西川震後的狀況。

雖然許多難民都逃到了胡小天的領地內，可並不意味著西川的東北區域已經無人，仍然有一些居民駐留當地，胡小天此前也派出了兩萬人的隊伍，這支隊伍在前往災區救援的同時，也在趁機侵佔西川的地盤。

西川東北部最大的兩座城池，方井和青巒如今已經盡在胡小天的掌握之中。

在山間跋涉了兩日之後，他們抵達了青巒城，從青巒再往西南道路幾乎全部被損毀，不過這裡距離西州的直線距離也就是三百里。

青巒幾乎完全淪為廢墟，城內殘存的幾座建築中駐紮著剛剛抵達這裡不久的士兵，聽聞胡小天一行到來，駐軍慌忙迎接，當晚騰出最為完整的一座院子給胡小天等人休息。

晚飯之後，胡小天出門散步，正遇到同樣出門的慕容展，兩人目光相遇，微微頷首算是打了個招呼，這幾天他們雖然同行，可是彼此之間交談不超過三句。慕容展這個人的性情冷淡，平日裡就沉默寡言。他一路之上所見表明，胡小天的勢力已經滲透到西川的東北部，就目前來看，胡小天無疑是西川地震最大的獲益者。

慕容展望著門前的衛兵道：「開始還不明白王爺因何會選擇這條道路？現在我才明白，原來王爺早有佈局。」

胡小天微微一笑道：「西川地震，山巒崩塌，道路損毀，百姓流離失所，掙扎在死亡線上，身為大康鎮海王，我又豈能對這些子民不聞不問？」

慕容展心中暗自冷笑，說得冠冕堂皇，還不是趁虛而入，借著機會搶佔地盤。

兩人一起走出院落，看到城內到處都是斷壁殘垣，滿目瘡痍，除了偶爾經行的士兵，就只有在殘垣中搜索的一些老人，這些老人無力離開，只能守著這座已然廢棄的城池。

胡小天歎了口氣道：「世事無常，天威難測！」

慕容展道：「王爺如此年輕，卻似乎看破了紅塵俗事。」

胡小天搖了搖頭道：「不是看破，而是感到痛心，爭來鬥去無非是為了權力二字，就算真正成為高高在上的唯一王者，又能給百姓帶來什麼好處？其實大家何必要拚個你死我活？放下成見，彼此聯手，過上幾天安生日子豈不快活？」

慕容展唇角現出一絲冷笑：「自古以來爭鬥就沒有停過，你說的事情只不過存在於理想中罷了。」

胡小天道：「如果給你一個從頭再來的機會，你會不會放棄現在的權力和地位，選擇和家人一起平靜的生活呢？」

慕容展因為他的提問而愣住，灰白的雙目黯淡了下去，沉默了一會兒方才道：「這世上沒什麼是我在乎的。」

胡小天歎了口氣道：「我為飛煙感到悲哀！」

慕容展冷冷道：「她不會在乎你的想法，對她來說你只是一個過客！」

胡小天道：「即便是一個過客，她也會永遠記得我，在她心中只怕已經忘了你的存在。」

慕容展覺察到胡小天正在有意挑起自己的憤怒，他反倒笑了起來：「做人千萬不要太貪心，貪心總沒有好處。」

胡小天道：「我始終在懷疑一件事。」

慕容展道：「懷疑什麼？」

胡小天道：「這世上難道真的會有不疼兒女的父母？」

慕容展充滿嘲諷地望著胡小天：「王爺大婚好像尊父並未送上半句祝福吧。」

胡小天剛才的那通話有意在揭開慕容展心底的傷疤，所以慕容展絕不介意這個以牙還牙的機會。胡不為拋下胡小天母子逃離大康乃是天下皆知的事實，慕容展的回答非常得當。

胡小天絲毫沒有介意道：「可多數總還是好的，當年飛煙和我一起前往西川，應該有你在背後起到了作用，後來她去守皇陵，也是你為了保護她，至於後來她因何上了前往羅宋的船隊，又為何會失蹤，我本來百思而不得其解，可後來去了天香國之後，我也漸漸明白了。」

慕容展靜靜望著他道：「明白什麼？」

胡小天道：「她的父親對她還是極其關愛的，或許早就猜到這支船隊最終會發生什麼。」

慕容展的表情變得陰沉起來。

胡小天向他走近了一步：「飛煙在天香國過得很好，而且她居然還找到了她的母親。」

慕容展灰白色的眼眸中流露出一絲陰冷的殺機。

胡小天道：「雖然這世上有很多巧合的事情，可是幾件巧合的事情同時發生就不得不讓人多做考慮了，我寧願相信，飛煙的父親出於對她的關心，所以提前為她安排好了一切。」

慕容展冷笑道：「聽你這麼一說，這位父親還真是未卜先知無所不能。」

胡小天搖了搖頭道：「這世上哪有那麼多未卜先知的事情！未卜先知一是基於種種線索的判斷，還有一個就是預先計畫，這叫運籌帷幄，可我想不通的是，其中若是一個環節出了問題，必然會全盤皆輸，比如羅宋船隊突然改向天香國的事情，難道飛煙的父親連這件事都已經事先知情？」

慕容展的面孔籠上一層嚴霜。

胡小天微笑道：「於是我做了一個極不可靠的猜測，飛煙的父親和我的那位老爹早就相識，而且關係還非同尋常，這樣就能解釋，因何我去西川，飛煙會為我保駕護航，同樣也能夠解釋飛煙因何登上了前往羅宋的船隊，而船隊最終抵達天香國，剛好成就了她和蘇玉瑾母女相認。我本以為是巧合，現在看來，那蘇玉瑾也一定是預先就得到了消息。」

慕容展咬牙冷笑道：「你的想像力還真是豐富啊！」

胡小天歎了口氣道：「我本來是個懶得動腦子的人，可是漸漸發現，圍繞在我身邊的陰謀算計遠遠超出我的想像，生存在這樣的世界裡，我若繼續懶散下去，不肯動腦子，豈不是要死？」

慕容展冷哼了一聲，並沒有說話。

胡小天又道：「我死了倒沒什麼？可是我的這幫老婆們豈不是要守寡？」

慕容展又哼了一聲。

胡小天道：「我知道你心中恨不能殺了我，可你又不敢，因為你太愛飛煙，所以你不敢做讓她難過的事情。」

慕容展陰森森道：「任何的忍耐都是有限度的。」

胡小天道：「無論你看我怎樣不順眼，都無法否認我是你女婿的事實，也無法否認我和飛煙之間發生過的事情。」

慕容展瞪大了雙目，幾乎要將灰色的眼珠子給瞪出來，胡小天的這句話無疑是在向他宣佈，自己的女兒跟眼前這無賴小子已經生米煮成熟飯，他咬牙切齒道：「你無恥！」

胡小天道：「情之所至，無法自拔，若非因為飛煙，你以為我想認你當岳父嗎？」

慕容展被這廝氣得差點沒把一口老血給噴出來，他扭頭就想走，既然不能殺了這廝，唯有躲著。

可胡小天卻沒有就此放過他的意思，呵呵笑道：「別急著走嘛！」

慕容展憤然轉過頭來，惡狠狠盯住這廝道：「作甚？」他恨不能衝上去狠狠咬這小子一口。

胡小天道：「你和老胡勾搭的事情，別人知不知道？」不等慕容展回答，他又道：「我也是多此一問，別人肯定不知道，每個人都有自己的立場，自己的目的，你的目的究竟何在？」

慕容展冷冷道：「一個人的好奇心太重很容易短命。」

胡小天道：「殺我？好像沒那個必要，你也沒那個本事。」

慕容展道：「你的自我感覺始終那麼好，以為自己很聰明？能夠看穿一切？」

胡小天道：「不是我聰明，其實我還是有些後知後覺，這件事我早就應該看出破綻，這個世界上哪來的那麼多的巧合！」

這個世界上的巧合雖多，可絕不會接二連三，很多人都明白這個道理，可是卻只有很少的人去將這些巧合聯繫起來，胡小天一直是個懶散的人，尤其是在這樣炎熱的夏季，他真想找一片樹蔭，舒舒服服睡個好覺，可局勢卻由不得他停下腳步。

自從和胡小天深談過之後，慕容展變得更加沉默了，他有意迴避著胡小天，懶得跟這小子再打交道。

胡小天並不擔心慕容展會害自己，他幾乎可以斷定慕容展和胡不為早有勾結，至少現在自己和胡不為的利益暫時沒有衝突之處，想起胡不為，他不由得聯想起徐老太太，難道慕容展也是徐老太太所製造的火種之一？

老太太雖然告訴了他不少的秘密，可是胡小天也無法信任她。高明的騙子絕不會滿口謊言，他們甚至會告訴你百分之九十九的實情，其中只有一句謊話，而這句謊話恰恰是致命的。

李天衡的死驚動了不少的人，前來弔唁的人陸續到來，首先派人前來弔唁的居然是天狼山的馬賊，李天衡和閻魁鬥了那麼多年，到最後居然還是他先走。沙迦國八王子霍格身為李天衡的女婿，理所當然地前來奔喪，此前西川地震，李天衡讓人前往求援，霍格對使臣避而不見，顯然沒有幫助西川的意思，只不過這次他並未帶妻子前來，據說是妻子聽聞父親遇害生了重病，如今臥病在床，所以霍格只能獨自前來。

國土被沙迦人侵佔了大半的南越國也派出了使臣。

胡小天一行抵達西州當日，西州又發生了一波餘震，雖然造成的損失不大，可是仍然讓如同驚弓之鳥的百姓們湧上大街廣場等空曠之處，寧願在外面露宿，也不願回去居住。

眼前的西州和此前的記憶大相徑庭，可是街道雖然混亂，但是來往巡視士兵的佇列卻非常齊整，看來西川的將士並沒有因李天衡的離世而亂了方寸。胡小天進入西州之後就和慕容展分開，他們在入城之前就約定，先抽兩天的時間搞清楚狀況，然後再決定以怎樣的方式去弔唁李天衡，在此之前最重要的是確定周王的安危。

其實胡小天和慕容展都有各自的事情去辦，他們彼此間也欠缺信任。分開了更方便彼此辦事，兩人約定好見面的地點，進入西州城之後就各奔東西。

胡小天對西州這座城池並不陌生，孟廣雄在西川一帶更是熟悉，他前往聯繫西州丐幫弟子的時候，胡小天則獨自去了百草堂拜會他的老朋友周文舉。

來到百草堂門前就看到長長的佇列，因為地震造成了太多的傷亡，這段時間百草堂幾乎晝夜不停地忙活著。

胡小天看到別人都在規規矩矩排隊，自己若是從正門而入必然會引起公憤，繞了個圈子來到後牆，輕輕逾越了牆頭來到後院內，後院中空無一人，看到兩側都有房屋坍塌，走出後院，就聽到前面藥僮提醒眾人道：「你們聲音小一些，先生已經三天沒有合眼了，剛剛才睡著，你們讓他休息一下。」外面果然靜了下去。

周文舉在西州德高望重，這段時間為了診治百姓不辭辛苦，所有的百姓都看在眼裡。

胡小天趁人不備，悄然摸上了小樓，來到二層，果然聽到輕微的鼾聲，從敞開的窗口向其中望去，卻見周文舉正躺在竹榻之上，酣然大睡，在他的身邊還坐著一個小藥僮正在為他打扇。

胡小天悄悄走了進去，輕輕點了那藥僮的昏睡穴，藥僮軟綿綿倒了下去。他接住扇子為周文舉搧了兩下，然後還是決定將他弄醒，拍了拍周文舉肩頭。周文舉轉了個身仍然大睡，胡小天不得已只能湊在他的耳邊道：「先生，來病人了！」

這一招非常靈驗，周文舉一骨碌就從榻上坐了起來：「急症嗎？」睜開惺忪的睡眼方才感覺到事情有些不對，定睛一看，認出眼前之人竟是久未謀面的小友胡小天，他慌忙揉了揉眼睛，充滿震驚道：「老夫莫不是做夢吧？」

胡小天微笑道：「周先生，您不認得我了？」

周文舉道：「怎麼會？怎麼敢忘啊！」他的目光落在地上酣睡的小童身上。

胡小天笑道：「先生放心，我只是略施手段讓這孩子睡上一會兒。」

周文舉歎了口氣，抱起那藥僮將他放在竹榻之上：「是該睡上一會兒了，這些日子百草堂上上下下全都忙壞了。」轉過身來，笑道：「胡大人……呃，對了，草民現在應該稱呼您為王爺了。」

胡小天道：「周先生對我有救命之恩，這種客氣話以後千萬不要再說。」

周文舉笑了笑道：「咱們隔壁去喝杯涼茶吧！」

來到隔壁書房，他給胡小天倒了一杯涼茶，雙手遞了過去，胡小天恭敬接過。

周文舉道：「胡公子今次前來是為了李大帥的事情？」這段時間西川最大的兩件事一是地震，二就是李天衡之死。

胡小天點了點頭道：「不錯，正是奉了大康朝廷之命，前來弔唁的。」

周文舉對政治不甚關心，他只知胡小天已是大康的鎮海王，新近還娶了王妃，至於胡小天和大康的關係他並不清楚，周文舉道：「公子或許不該來這一趟。」

「為何？」

周文舉道：「難道公子不知道，現在外面到處都傳得沸沸揚揚，說大帥乃是被大康派出的殺手所害，少帥已經揚言要率軍殺入康都為大帥報仇。」

胡小天嗤之以鼻，李鴻翰的口號雖然叫得很響，可現在看來只不過是癡人說夢，以西川今時今日的狀況，自保都難更不用說要殺入康都。胡小天對李鴻翰這位大舅子還是很瞭解的，此人心胸狹隘，為人陰狠自私，當年自己落跑燮州之時就險些死在他的手裡。

胡小天道：「大帥的家人是不是都已經回來了？」他真正想問的是夕顏，夕顏的真名乃是李無憂，是李天衡的女兒。

周文舉道：「不甚清楚，因為大帥是遇刺身亡，所以少帥正在調查這件事，大帥的靈堂也不允許外人前往弔唁，其實就算允許，西州百姓也沒那個心境。」

這幾年西州在李氏的經營下每況愈下，所以李天衡的威望和民心也是越來越差，老百姓對他的遇害身亡並沒有想像中悲痛，事實上許多百姓巴不得西川敗亡，早日回歸到大康的懷抱，畢竟現在大康正在復甦，老百姓的眼睛也是雪亮的。

胡小天點了點頭：「李鴻翰何以認定謀殺他父親的就是大康派出的殺手？」

周文舉道：「應該是找到了證據，不然他也不會如此斷定，對了，當時少帥也中了毒。」

「中毒？」

周文舉點了點頭道：「確切地說應該是一種迷藥，可以讓人渾身酥軟。」

胡小天道：「知不知道這種迷藥的成分？能不能從中查出來源？」

周文舉道：「應該是五仙教的酥骨散！」

聽到這裡胡小天內心怦然一動，他首先想到的就是夕顏。可是夕顏沒理由去害自己的哥哥，這其中究竟又發生了怎樣的事情？或許這一切要從五仙教那裡尋找答案，李鴻翰必然也是知情的。

胡小天暫時不去想這件事，他低聲道：「先生有沒有周王的消息？」

周文舉搖了搖頭道：「已經很久沒聽說過周王的消息，只是知道他住在秋華宮。」

孟廣雄和胡小天在約定的茶樓碰頭，孟廣雄這一天裡聯繫了西州分舵的兄弟，基本上摸清了西州大致的情況，在李天衡死後，西州整體的情況還算平靜，李鴻翰繼承權力之後重用了他的義兄楊昊然，打壓了一批以姚文期為首的議和派，如今這些人大都以勾結大康謀害家主的嫌疑被投入了監獄。另外一件大事就是各方使臣的陸續到來，沙迦、南越、天香都派來了使臣弔唁。

南越的國運因沙迦的入侵已經岌岌可危，引不起胡小天的太多注意，沙迦前來弔唁也是在預料之中的事情，反倒是天香國前來弔唁讓胡小天感到有些好奇，天香國和西川並無土地接壤，中間隔著紅木川乃是胡小天自己的地盤，而且過去也沒有聽說過他們之間有什麼交往，不知天香國這次因何如此重視這件事？

更讓胡小天感到納悶的是，天香國此番派來的使臣竟然是周默，周默乃是當年他在西川結拜的義兄，也是他在這世上最為信任的一個朋友，可後來卻背叛了他，並一手將龍曦月劫持去了天香國，這件事對胡小天的打擊很大。雖然最後自己和龍曦月有情人終成眷屬，可是胡小天和周默之間的裂痕卻至今無法彌合，或許今生也沒有和好的可能。

真正讓胡小天警醒的是天香國對周默的任用，種種跡象表明，周默是胡不為的人無疑，天香國以周默為使臣，可以證明天香國太后龍宣嬌和胡不為之間的關係仍然牢不可破，假如這一切都在胡不為的操縱下進行，那麼作為金玉盟中最重要盟友的天香國則存在著很大的隱患。

政治有如人生，就是一個不斷翻臉和好的過程，為了利益而結盟，為了利益而決裂，共同的利益可以讓雙方迅速走到一起，可為了利益同樣可以刀劍相向乃至拚個你死我活。人生是一場歷練，只有經歷得多了，才會明白這世上真的東西越來越少，而正因為此，所以才要懂得珍惜。歷練得多了就學會了隱藏自己的愛憎，喜怒不形於色是對每一個政治家最基本的要求。

胡小天雖然並不喜歡霍格，儘管這廝跟自己早就結拜過，可是他仍然記得在前來西川為李天衡拜壽的時候，霍格曾經和薛勝景聯手謀害自己，此一時彼一時，現在看來最值得信任的那個人卻是霍格，胡小天直覺上感到天香國此番派人前來必有玄機。

霍格此番住在宣寧驛館，這座驛館也屬於西州招待貴賓的地方，但是和以往他過來時的待遇仍然有所不同，過去他都是直接入住帥府，表面上看似乎和他妻子沒有一起前來有關，可是實際上卻是對他的一種冷落。

霍格敏銳覺察到了這邊的變化，抵達西州之後，他也很理智地選擇了謹言慎行，除了去李天衡的靈堂弔唁過一次，再沒有主動進入過大帥府。

李天衡雖然去世多日，可是他的葬禮卻始終都沒有舉行，據說是要等遠嫁沙迦的女兒回來。霍格這次代表妻子而來，方才發現西川內部的事情遠比他想像中要複雜得多。

胡小天的約見對霍格而言是一場及時雨，他也需要有人聯手，雖然沙迦這些年從未停止過對西川的滲入，可畢竟身為異族，他們想要真正融入這塊土地並不是那麼容易。沙迦在胡小天大婚的時候派出觀禮團就表現出相當的誠意，按照沙迦可汗桑木札的說法，任何事情都不能一蹴而就，沙迦想要完成入主中原的壯舉就必須要耐著性子，花上十年甚至幾十年的時間，明確提出了遠交近攻的策略，他們當前的最主要目標就是南越國，如今已經侵佔了南越超過一半的土地，根據現在的戰況來看，一年之內就可完成對南越的滅國大計。西川只是他們的下個目標，可是在他們還沒有來得及啟動入侵西川計畫的時候，西川的形勢卻突然發生了劇變。

霍格此行的目的絕非是為了弔唁，他肩負著查清西川狀況的任務，和南越國相比，西川才是真正的肥肉，沙迦決不能眼睜睜看著這塊肥肉被其他勢力瓜分。

胡小天此前來西川為李天衡拜壽的時候，曾經在宣寧驛館下榻過，對那裡的一切也頗為熟悉，他讓孟廣雄將自己的一封親筆信送到霍格的手裡。

霍格收到他的親筆信之後沒有絲毫猶豫，如約來到驛館對面的百味樓，他和胡小天上次就曾經在這裡相聚過。

整個百味樓都空空如也，除了他們之外並沒有其他的客人，今天胡小天提前將整座百味樓包下。

霍格走入雅間內，看到一人背身站在窗前，正在眺望窗外的街景，從身影就已經認出是胡小天，他不由得哈哈大笑起來：「我的好兄弟，你今日真是好大的手筆！」

胡小天微笑轉過身來：「大哥，別來無恙？」

或許是因為高原上的風吹日曬，霍格比起上次相見的時候顯得滄桑了不少，兩鬢竟然增添了些許的白髮，眉弓之上也多出了一道觸目驚心的疤痕。霍格道：「還算過得去。」

兩人相對而坐，先乾了三碗酒，霍格抹乾唇上的酒漬道：「這些年，你我兄弟雖然天各一方，可是愚兄卻無時無刻不在關注兄弟的消息，兄弟的每一件成就，每一件喜事，都讓我這個做大哥的與有榮焉，欣慰不已！」

胡小天將酒碗滿上，端起酒碗道：「這碗酒，我敬大哥，多謝大哥在我婚禮之時派觀禮團不遠千里而來。」

霍格端起這碗酒喝了，感歎道：「本來我是想親自去一趟，只可惜南越國戰事正緊，實在是抽不開身，只能讓赫爾丹代我前去，還望兄弟不要怪我才好！」

「怎麼會！」

霍格緩緩將酒碗落下，上下打量了胡小天幾眼道：「兄弟還真是膽色過人，這種狀況下居然還敢前來西川。」

胡小天道：「我為何不敢來？」

霍格道：「我岳父據說是被大康所派的殺手刺殺。」言外之意就是你是大康鎮海王，居然還敢在這個時候出現，難道不要命了？

胡小天道：「大哥都說是據說，想來也是沒什麼證據了。我雖然接受大康冊封，可一直以來大康朝中的事情我從不過問，大哥對這一點想必是清楚的。」

霍格當然清楚，他靜靜望著胡小天，剛才那番話的目的無非是想要引出胡小天這次前來西川的真正動機。

胡小天也沒打算隱瞞，輕聲道：「不瞞大哥，我這次過來的確是為了大康朝廷辦事。」

霍格喔了一聲，向前探了探身子道：「什麼事？」

胡小天道：「弔唁大帥的忠魂，並追謚大帥為王！」

霍格目光一亮，然後低聲道：「大康朝廷是要欲蓋彌彰嗎？」

胡小天道：「這黑鍋大康朝廷不肯背，不然以西川目前的狀況，大康想要收復失地根本花費不了太大的力氣，又何須做這種多此一舉的事情？」

霍格呵呵笑了起來：「兄弟是說鴻瀚認錯了人？」

胡小天道：「大帥遇刺應該是事實，可是按照常理而論，殺手刺殺成功而且全身而退，他會不會蠢到自報家門？」

霍格道：「你這麼一說，那殺手有可能是在故意栽贓陷害了。」

胡小天道：「或許殺手什麼都沒說。」

霍格聽出了胡小天的言外之意，他分明在懷疑李鴻翰，其實霍格對此也存有懷疑，只是沒證據的事情不好輕易說出口。他搖了搖頭道：「鴻瀚在這件事上不可能憑空捏造吧？」

胡小天道：「我不瞭解他，他是你的大舅子，他究竟是什麼人？你比我要更加清楚。」

霍格道：「其實我對他也談不上瞭解。」

胡小天道：「大哥以為李帥遇害，誰人獲得的利益最大？」

霍格抿了抿嘴唇，這個問題他早就已經想過，大康被風傳為刺殺李天衡的幕後真凶，那麼大康顯然不是獲得利益的那一個。至於沙迦，因為西川地震，也因為沙迦專注於對南越的戰事，所以近階段對西川抱著作壁上觀的態度，他們自然沒有從中得到任何的利益。南越這樣奄奄一息的小國？天狼山的馬匪？這兩者根本興不起太大的風浪，至於天香國，雖然派出了使臣，可畢竟天香國和西川之間並沒有直接接壤，他們想要得到直接的利益必須跨越紅木川。

剩下的也只有西川內部了，大舅子李鴻翰無疑是既得利益者，李天衡遇害，他理所當然地繼承了一切，成為西川實際上的掌權者，胡小天的這番話明顯是在暗示自己，李鴻翰才是最有嫌疑的那個，此番他指認大康策劃李天衡的謀殺案根本是賊喊捉賊。往往遇到過於錯綜複雜的局面的時候，無需仔細考慮其中的玄機，越是想得深入，往往越是容易被盤根錯節的細節誤導，以最簡單的思維觀其表像，說不定就輕易找到了事情的關鍵，天下熙熙皆為利來，天下攘攘皆為利往，胡小天的這句話顯然問到了點子上。

霍格想了好一會兒道：「李鴻翰其實沒什麼本事！」

胡小天點了點頭，他對霍格的這個評判深為認同，他和李鴻翰接觸已經不止一次，在數次的交鋒中李鴻翰從未贏過自己，現在兩人早已不是一個級數的對手，李鴻翰心胸狹隘，急功近利，嫉賢妒能，這樣的一個人又有什麼能力掌控西川？

胡小天道：「李帥遇害之後，所有人都認為西川內部或許會出現動亂，然而讓大家沒想到的是，西川非但沒有出現混亂，軍中反而井然有序，這說明有兩個可能，一，李鴻翰是個大智若愚的人，過去一直在偽裝，而他確有經天緯地之才，更有過人的魅力，可以迅速收攏人心，讓西川將士對他死心塌地。」

霍格的唇角露出一絲不屑的笑意，以他對李鴻翰的瞭解，李鴻翰絕沒有這樣的本事，更沒有這樣的魅力。

胡小天繼續道：「排除了這個可能，那就是李鴻翰的身邊必有高人指點，能夠在這麼短的時間內控制住西川將士，穩住軍心，這個人在西川絕不是默默無名之輩，只要我們稍稍動一動腦筋就能將這個人找出來。」

霍格的雙目不由得一亮，胡小天冷靜的頭腦，縝密的思維讓他暗自佩服，幸虧這次胡小天和自己並非是敵對的立場，任何人擁有一個像他這樣的對手都會是一件極其頭疼的事情。

霍格道：「岳父大人遇害之後，李鴻翰出手鎮壓了一批主和派，此舉表面上是和大康劃清界限，查出內部可疑人物，實際上卻是排除異己。」

胡小天點了點頭道：「李帥座下首席謀士姚文期也被下獄，據說此人當初極力勸說李帥歸順大康。」

霍格道：「李鴻翰目前正處於守孝期，外界的許多事情都放手給楊昊然去做！此人乃是大帥的義子。」

胡小天自然聽說過楊昊然的名字，他微笑道：「在認李帥為父之前，此人曾經是趙彥江的義子，可後來一樣大義滅親，將林澤豐和趙彥江意圖救出周王回歸大康的計畫告訴了李帥，並親自率兵將兩人拿下。」

霍格皺了皺眉頭：「如此說來，楊昊然這個人非常可疑？」

胡小天道：「楊昊然的年齡並不大，比李鴻翰還要小一些，這樣年輕就能夠攀爬到西川軍中高位，足見此人的心機，而且短短幾年之間，他總是能夠站在最終得勢的一方，這份眼界並不多見。」

霍格道：「如果岳父之死真是內部出了問題，那麼此事必然早有計劃。」

胡小天端起酒碗，兩人又同乾了一碗。

霍格道：「可是有一點我仍然想不通，西川現在內憂外患，舉步維艱，岳父一死，只會讓西川的狀況更加惡劣，難道他們鬼迷了心竅，非要做這種親者痛仇者快的事情？」他抬起雙眼：「大康屯兵邊界，是不是要對西川發動攻擊？」

胡小天道：「若是大康有攻打西川之意，又何必派我前來？大哥應該清楚，大康這兩年的狀況雖然有所好轉，可是元氣並未恢復，並不足以支撐他們展開一場如此規模的戰爭。」既然想跟霍格合作，不妨做得更坦誠一些。

霍格笑了起來：「讓大康更為顧忌的是你吧？他們若是攻打西川，可能會後院失火。」

胡小天呵呵笑了起來：「大哥以為我是趁火打劫之人？」

霍格意味深長道：「這次西川地震，老弟你可占了不少的地盤，整個西川的東北幾乎都落入了你的掌控，愚兄對你的手段已經佩服得五體投地了。」

胡小天道：「天下人都以為我占了個天大的便宜，可誰又知道我的苦楚？大哥若是去那片地方走一走就會發現，幾座城池完全淪為廢墟，百姓流離失所，苦不堪言，為了救濟災民，現如今我都開始節衣縮食了。」

霍格暗罵這廝得了便宜賣乖，微笑道：「做人不能只看眼前，必須考慮到長遠利益，別人怎麼看我不知道，可是我對兄弟的做法是深深認同的，換成是我也一定會這麼做，只不過未必能夠比老弟你做得更高明。」

胡小天道：「大哥若是喜歡，我將那片地方讓給你吧。」

他也就是信口胡謅，中間隔著這麼遠的距離，就算他肯送，霍格也沒辦法將之掌控。

霍格當然明白胡小天也只是虛情假意，他呵呵笑道：「這麼大的禮我可不敢收，不過兄弟若是肯將夔州送給我，我就心滿意足了。」

夔州不是胡小天的地盤，胡小天自然沒有支配的權力，霍格就算再糊塗，也不會連這件事都不清楚。胡小天嘿嘿一笑，他焉能聽不出霍格是在提條件，若是兩人聯手能夠拿下西川，霍格想分走夔州的土地。西川沃野千里，土地肥美，可大都集中在夔州一帶，至於胡小天目前所佔據的東北部，卻是起伏延綿的山區，和夔州自是不能相提並論，霍格果然打的如意算盤。

胡小天爽快地點了點頭：「若是有那麼一天，大哥只管拿去。」說得何其大方，反正夔州也不屬於自己。

霍格道：「一言為定。」

「一言為定！」

兩人碰了碰酒碗，目光相遇，又同時笑了起來，其實誰也不把對方的話當真，飲完了這碗酒，胡小天道：「大哥可知道周王現在的消息嗎？」

霍格搖了搖頭：「聽說在秋華宮，我可幫忙打探消息。」

胡小天向前探了探身子，壓低聲音道：「還有天香國使團的事情，希望大哥幫忙查清。」

霍格點了點頭道：「有任何消息，我會第一時間通知兄弟！」

西州祈遠堂，天香國特使周默推開東廂最南首的房門，首先聽到的就是一連串的咳嗽聲。

蕭天穆咳得很厲害，一方白色的羅帕用力捂住嘴，身體佝僂得像一個蝦米，彷彿要將他的肺給咳出來，過了好久方才平復，蒼白的臉上也浮起兩抹紅潮，移開羅帕，灰暗的雙目雖然看不到任何的東西，可是他能夠聞到濃烈的血腥味道，這味道來自於他的體內。

歎息聲從身後傳來，周默將一方洗淨的棉巾遞到他的手中。

蕭天穆擦掉嘴唇上的血跡，輕聲歎了口氣道：「大哥，看來我命不長久了。」

周默道：「總會有辦法……」停頓了一下又道：「義父不會對你的病情坐視不理。」

蕭天穆的唇角浮現出一絲苦澀的笑意，因劇烈咳嗽而泛起的紅潮已經迅速褪去，皮膚更顯得蒼白如紙，額頭的青筋越發明顯，彷彿隨時都會掙脫那輕薄的皮膚爆裂出來。他低聲道：「我現在才知道人活在世上最大的悲哀其實並不是看不見，而是無法擺脫別人的束縛。」

周默拍了拍他的肩頭：「不必想太多，既然選擇了這條路，就只能一直走下去。」

蕭天穆道：「我不喜歡這樣的生活。」

「我也不喜歡，可是我們早已沒了選擇。」周默的目光黯然神傷。

蕭天穆用力吸了口氣，試圖讓自己提起一些精神，可這新鮮的空氣卻又刺激到了他敏感而脆弱的肺，他再次開始大聲咳嗽起來。

周默憂心忡忡地望著他。

等到蕭天穆的咳嗽聲再次平復，他喘息道：「有沒有聯絡上？」

周默點了點頭道：「見過面了……」接下來就是長久的沉默。

蕭天穆覺察到了什麼，輕聲道：「他怎麼說？」

周默道：「大康此次前來是為了追諡李天衡，此番派來的欽差你猜是誰？」

「三弟？」蕭天穆脫口而出。

周默頗為詫異地望著蕭天穆，實在想不透他究竟是從何得知

蕭天穆道：「大康在邊境屯兵只是虛張聲勢，他們並未恢復元氣，還沒有一口吃下西川的本事，小天趁著西川危機搶佔了不少的地盤，大康對此也是無可奈何，既然不能動他，只能選擇跟他暫時合作，將他穩住。」

周默道：「我們終究還是對不起他，此番碰面，我都不知應該如何面對。」

蕭天穆道：「他早已不是昔日的那個懵懂少年！這些年來，我們雖然沒有跟他

見面，可是卻始終在關注他的所作所為，小天能有今日成就，絕非偶然，一個人若沒有足夠的胸襟氣魄，又怎能在這亂世之中脫穎而出？大哥又何必始終對這件事心存內疚？」

周默歎了口氣道：「不知怎麼，我始終還是將他當成自己的兄弟……」說到這裡，內心中感到愧疚難當。他卻已經明白，他們兄弟三人再也無法回到過去。

蕭天穆咳嗽了一聲道：「感情是這世上最奢侈的東西，付出越多，失去越多，大哥不要忘了，整件事從開始就是義父的計畫。」

周默道：「如果有一天我們要跟他決一生死，你會怎麼辦？」

蕭天穆道：「我會毫不留情，因為小天也會那樣做！」

周默又歎了口氣，過了許久方才問道：「你知不知道義父他究竟想要什麼？」

蕭天穆轉向窗外，雖然他看不到任何的景物，可是他聽得到風聲，輕風掠過樹葉的沙沙聲，這聲音讓他壓抑的內心感覺到一絲輕快，他彷彿看到了天空中飄蕩的雲層，他的思緒也如那浮雲一般悠悠蕩蕩不可捉摸。

龍宣嬌冷冷望著胡不為：「你說什麼？」

胡不為道：「取消和胡小天的協議。」

龍宣嬌柳眉倒豎：「本宮還真是搞不清楚，因何你會如此痛恨胡小天？我又不是將糧食白白送給他，人家是以高出市價一成的價格收購，這筆生意於天香國來說並不吃虧。」

胡不為道：「你是想幫胡小天渡過這個難關！」

龍宣嬌點了點頭道：「既然結盟就應當守望相助。」

胡不為呵呵笑道：「婦人之見，你永遠不懂得養虎為患的道理！」

龍宣嬌勃然大怒，在茶几上重重一拍，霍然站起身來，怒道：「就算胡小天是一頭猛虎，也是你養出來的！至少在目前我看不出他對我有任何的威脅。」

胡不為道：「你幫他挺過這一關，以後滅掉天香國的就會是他。」

龍宣嬌冷笑望著胡不為：「你不覺得自己插手的事情實在太多了？」

胡不為道：「我還不是為了你們母子考慮？」

龍宣嬌道：「我可沒覺得。」她平復了一下情緒，重新坐了回去，輕聲道：「你背後做的那些事情不要以為可以瞞得過我，你在南陽灣調兵遣將，集結兵馬，可曾向我稟報過？」

胡不為微笑道：「正想跟你說起這件事。」

龍宣嬌道：「說吧！」

胡不為道：「集結兵馬的目的是為了拿下紅木川！」

龍宣嬌聞言大驚，她怒視胡不為道：「你什麼意思？本宮說過要拿下紅木川嗎？」

胡不為道：「沙迦入侵南越，南越小國岌岌可危，被沙迦滅國是早晚的事情。沙迦人拿下南越，下一個目標就是紅木川。若是被他們掌控了南越和紅木川，就形成了對西川的兩面包圍。」

龍宣嬌怒道：「西川干我們什麼事情？」

胡不為道：「李天衡活著的時候或許不干咱們的事情，可現在李天衡死了，西川已經群龍無首！」

龍宣嬌道：「不是群龍無首，而是子承父業，難道你不清楚李鴻翰已經被推舉為西川的新一任領袖？」

胡不為微笑道：「傀儡罷了，只要我願意，隨時都可以砍下他的腦袋！」

龍宣嬌因他的這句話而震驚，鳳眸圓睜，以她對胡不為的瞭解，他絕不是個輕易說大話的人，既然說得出就應該做得到，望著信心滿滿躊躇滿志的胡不為，她似乎明白了什麼，低聲道：「李天衡的死是你一手策劃？」

胡不為並沒有直接回答她的問題，輕聲道：「當年我和李天衡定下盟約，雖然我因朝堂動盪而落難，可是我並未怪他，等我脫困，再跟他提起聯盟之事，想不到他竟然背信棄義！」他的雙目中迸射出凜冽殺機。

龍宣嬌冷笑道：「此一時彼一時，那時候你只不過是一個拐跑了大康船隊的逃犯，人家貴為西川之主，又豈肯跟你合作？天下間除了我這個傻女人，誰又會給你庇護？」

胡不為道：「李天衡這個人從來都是優柔寡斷，佔據了西川這麼肥美的地方，還掌控了周王，居然不知加以利用，坐失良機。」

龍宣嬌譏諷道：「這世上不是每個人都有你那麼大的野心。」

胡不為道：「每個人都有野心，可並不是每個人都有膽量！在而今的亂世，固步自封，猶豫不決只有等著被人屠宰。李天衡的手下張子謙倒是一個人物，只可惜他對張子謙雖然足夠尊重，可是對張子謙的建議卻始終猶豫不決，這才導致了西川的困局。」

龍宣嬌道：「李天衡是不是你殺的？」

胡不為微笑道：「有沒有想過，我們將西川和紅木川全都納入版圖，天下的格局又該產生怎樣的變化？」

龍宣嬌冷冷道：「我沒精力陪你去瘋，進軍紅木川的事情我決不允許。」

胡不為歎了口氣道：「你現在說這種話是不是有些遲了？」

龍宣嬌傲然望著胡不為道：「別忘了誰是天香國的太后，更不要忘了隆越才是天香國的皇上！」

胡不為道：「你難道不明白，我所做的一切全都是為了隆越？」

龍宣嬌望著胡不為，似乎才認識他一樣，她緩緩搖了搖頭：「你是在騙我？還是連自己都一起欺騙了？你從一開始就只為了你自己，我現在終於明白，為何胡小天要跟你決裂，你是這世上最冷酷無情的人。在你的字典裡根本沒有感情這兩個字，你所在乎的只是自己的利益！」

胡不為的微笑凝結在臉上。

龍宣嬌道：「你休想調動天香國的一兵一卒，只要我還有一口氣在。」

胡不為道：「為什麼你到現在都不懂得安分守己？」

龍宣嬌怒視胡不為：「大膽！只要本宮一聲令下，你和你的那些手下全都要給我滾出天香國！我這就讓人接管南陽灣，你以後不得插手任何的政事！」

胡不為慢慢低下頭去，忽然他揚起手來狠狠抽了龍宣嬌一記耳光，這記耳光打得極其響亮，龍宣嬌猝不及防，失去平衡坐倒在了地上，她簡直無法相信發生的一切，望著面孔猙獰的胡不為，她怒吼道：「你找死！」

胡不為一把捏住她的咽喉，如此用力，扼得龍宣嬌幾乎就要透不過氣來，龍宣嬌的內心感到一種惶恐，她第一次感覺到死亡距離自己如此接近，她想要叫喊卻發不出任何的聲音，以為自己必死無疑的時候，胡不為卻鬆開了大手。

龍宣嬌捂著頸部，劇烈咳嗽起來，等她稍一恢復，就尖叫道：「來人！」

胡不為充滿嘲諷地望著她。

龍宣嬌接連叫了幾聲，卻沒有一個宮人膽敢走進來。

胡不為道：「你在挑戰我的耐性，隆越之所以能夠登上王位，不是因為你有什麼過人的本事，而是因為我，離開我的庇護，你們母子根本見不到明天的太陽！我可以控制西川，一樣可以控制天香國，你最好乖乖聽話，不然我會讓你親眼目睹兒子死在你的面前！」

龍宣嬌不禁打了一個冷顫，她用力咬了咬嘴唇：「胡不為，你不要忘了，他也是你的兒子……」

胡不為冷笑道：「一個野心勃勃，只顧著自己的人，會在乎兒子的性命嗎？我可以毫不猶豫地犧牲小天，同樣的事情絕不介意再做一次！」

龍宣嬌內心被重擊了一下，她感覺自己的呼吸變得困難了。胡不為絕不是在恐嚇自己，他可以做出任何的事情。

胡不為伸出手去，龍宣嬌下意識地向後撤了一下，胡不為這次並沒有打她，大手落在她的肩頭，輕聲道：「皇宮內有不少人都是我的心腹，你想做什麼，瞞不過我的眼睛，所以你最好乖乖聽話，不然我會很生氣。」

龍宣嬌黯然道：「你乾脆殺了我就是！」

胡不為道：「你做了那麼多對不起我的事情，我的確應該殺了你，可我這個人還是念及舊情的，今天的事情，最好不要讓蘇玉瑾知道，不然我饒不了你。」他的笑容溫柔可親，可是在龍宣嬌的眼中，這張面孔卻無法形容的猙獰可怖。

龍宣嬌鼓起勇氣道：「你以為我會怕你嗎？」

胡不為道：「你不怕，可你害怕隆越會受到傷害，你這輩子，做不成一個好妻子，也不是一個好情人，可你總還是一個好母親。」他揚起手輕輕撫摸著龍宣嬌被他打腫的面龐，龍宣嬌厭惡地扭過臉去。

胡不為輕聲道：「安心當你的太后，其他的事情你無需多想。」

請續看《醫統江山》第二輯卷十七　得而復失

醫統江山 II 卷16 內奸攻心

作者：石章魚
發行人：陳曉林
出版所：風雲時代出版股份有限公司
地址：10576台北市民生東路五段178號7樓之3
電話：(02) 2756-0949
傳真：(02) 2765-3799
執行主編：劉宇青
美術設計：許惠芳
行銷企劃：林安莉
業務總監：張瑋鳳

初版日期：2021年4月
版權授權：閱文集團
ISBN ：978-986-352-959-0
風雲書網：http://www.eastbooks.com.tw
官方部落格：http://eastbooks.pixnet.net/blog
Facebook：http://www.facebook.com/h7560949
E-mail：h7560949@ms15.hinet.net
劃撥帳號：12043291
戶名：風雲時代出版股份有限公司

風雲發行所：33373桃園市龜山區公西村2鄰復興街304巷96號
電話：(03) 318-1378
傳真：(03) 318-1378
法律顧問：永然法律事務所 李永然律師
北辰著作權事務所 蕭雄淋律師

行政院新聞局局版台業字第3595號 營利事業統一編號22759935

國家圖書館出版品預行編目資料

醫統江山 第二輯／石章魚 著. -- 臺北市：風雲時代，2021.02- 冊；公分

ISBN 978-986-352-959-0（第16冊；平裝）

857.7 109021687